Cuentos de los hermanos Grimm

ALMA CLÁSICOS ILUSTRADOS

Cuentos de los hermanos Grimm

Versión de
Jacob y Wilhelm Grimm

Ilustraciones de
Otto Ubbelohde

Edición revisada y actualizada

Título original: *Kinder- und Hausmärchen*

www.editorialalma.com

@almaeditorial
@Almaeditorial

Diseño de la colección: lookatcia.com
Diseño de cubierta: lookatcia.com
Maquetación y revisión: LocTeam, S.L.

ISBN: 978-84-15618-70-6
Depósito legal: B17806-2017

Impreso en España
Printed in Spain

Este libro contiene papel de color natural de alta calidad que no amarillea (deterioro por oxidación) con el paso del tiempo y proviene de bosques gestionados de manera sostenible.

Índice

El rey Sapo, o Enrique el Férreo

En los tiempos antiguos, cuando el desear todavía servía de algo, vivía un rey cuyas hijas eran todas bellas, pero la menor era tan bella que el mismo sol, que tanto ha visto, se maravillaba cada vez que sus rayos le tocaban la cara. Cerca del palacio real había un enorme bosque oscuro y, en este bosque, bajo un viejo tilo, había una fuente. En días de mucho calor, la princesa salía hacia el bosque y se sentaba en el borde de la fresca fuente; cuando se aburría tomaba una bola de oro, la lanzaba al aire y la recogía. Éste era su juego favorito.

Ocurrió una vez que la bola de oro no volvió a la manita que la princesa alargaba, sino que, cayendo al suelo, rodó directamente hacia el agua. La princesa la siguió con la mirada hasta que la bola desapareció, pues la fuente era profunda, tan profunda que no se veía el fondo. Entonces, se echó a llorar y lloró cada vez más fuerte, sin hallar consuelo. Mientras así se lamentaba, alguien le habló:

—¿Qué te pasa, princesa? Tus sollozos son capaces de romper el corazón de una piedra.

Ella se volvió para ver de dónde procedía la voz, y vio a un sapo que sacaba del agua su cabeza gorda y fea.

—¡Ah, eres tú, viejo chapoteador! —dijo ella—. Estoy llorando por mi bola de oro, que se me ha caído en la fuente.

—Tranquilízate y no llores más —respondió el sapo—; esto puedo resolverlo yo. Pero ¿qué me darás si rescato tu juguete?

—Lo que tú quieras, querido sapo; mis vestidos, mis perlas y mis piedras preciosas, y, además, la corona de oro que llevo puesta.

—¿Tus vestidos, tus perlas y piedras preciosas y tu corona de oro? No quiero nada de eso —respondió el sapo—, pero si estás dispuesta a quererme, a aceptarme como amigo y compañero de juegos, y dejas que me siente a tu lado en la mesa, que coma de tu platito de oro, que beba de tu copita y que duerma en tu camita, si me prometes todo eso, me sumergiré y te traeré la bola de oro.

—¡Oh, sí! —exclamó ella—, te prometo todo lo que quieras con tal de que me devuelvas la bola.

Sin embargo, ella pensaba: «Qué cosas dice este sapo tonto; vive en el agua con sus semejantes y croa, no puede ser amigo de ningún ser humano.»

Al oír la afirmación, el sapo se zambulló de cabeza, buceó hasta la profundidad y, al cabo de un rato, salió nadando con la bola en la boca, que escupió sobre el césped. Llena de alegría al ver de nuevo su lindo juguete, la princesa lo cogió y se alejó saltando con él.

—¡Espera, espera —gritó el sapo—, llévame contigo; yo no puedo correr!

Pero, ¿de qué le servía croar tan fuerte como podía? Sin escucharle, ella volvió corriendo al palacio y pronto olvidó al pobre sapo, que tuvo que sumergirse de nuevo en su fuente.

Al día siguiente, cuando la princesa se había sentado a la mesa junto con el rey y todos los cortesanos y estaba comiendo en su platito de oro, se oyó algo —chap, chap, chap, chap— que subía por la escalera de mármol y, una vez arriba, ese algo golpeó la puerta y llamó:

—Tú, la hija menor del rey, ábreme.

Ella corrió para averiguar quién era y, al abrir, ahí estaba el sapo. De inmediato dio un portazo y volvió a la mesa, muy asustada. Dándose cuenta de que el corazón le latía con fuerza, el rey le dijo:

—Niña mía, ¿de qué tienes miedo? ¿Es que hay un gigante ante la puerta que quiere llevarte consigo?

—Oh, no —respondió—, no es un gigante, sino un sapo repugnante.

—¿Qué quiere de ti el sapo?

—¡Ay, querido padre! Ayer, en el bosque, cuando jugaba al borde de la fuente, mi bola de oro cayó al agua. Y como lloré tanto, el sapo la recuperó y, puesto que me lo exigió tan insistentemente, le prometí que sería mi amigo; pero jamás pensé que sería capaz de salir del agua. Ahora está ahí afuera y me reclama.

En esto, los golpes se oyeron por segunda vez y la voz llamó:

—Hija del rey, la más joven,
ábreme.
¿No te acuerdas
de lo que me dijiste ayer,
junto al agua fresca de la fuente?
Hija del rey, la más joven,
ábreme.

Entonces dijo el rey:

—Debes cumplir lo que prometiste. Anda y ábrele.

Ella fue a abrir la puerta y el sapo entró dando saltos. La siguió hasta su silla, pegado a sus pies, y ahí se sentó.

—Levántame —pidió desde allí.

Ella vaciló, hasta que finalmente el rey le ordenó hacerlo. Una vez en la silla, el sapo quiso subir a la mesa y cuando estuvo allí ordenó:

—Acércame tu platito de oro para que comamos juntos.

Ella así lo hizo, pero claro estaba que no de muy buena gana. El sapo se regaló con la comida, aunque a ella se le atascaron casi todos los bocados en la garganta. Por último, él dijo:

—Estoy satisfecho y tengo sueño. Ahora llévame a tu cuarto y prepara tu camita de seda; allí nos tenderemos a dormir.

La princesa se echó a llorar, pues tenía miedo del frío sapo. No se atrevía a tocarlo y ahora debía dormir en su bonita y limpia camita. Pero volviéndose, iracundo, el rey exclamó:

—No debes menospreciar a quien te ayudó cuando te hallabas en apuros.

Entonces, cogiéndolo con dos dedos, subió con él y lo puso en un rincón. Pero cuando ella estaba acostada, el sapo se acercó arrastrándose y dijo:

—Tengo sueño y quiero dormir tan bien como tú. Súbeme o se lo diré a tu padre.

Entonces, ella se enfureció y lo tiró con todas sus fuerzas contra la pared.

—¡A ver si así me dejas en paz, sapo repugnante!

Pero al caer de la pared ya no era un sapo, sino un príncipe de mirada hermosa y amable, que por voluntad del rey se convirtió en su querido amigo y esposo. Entonces, le contó que había sido encantado por una bruja malvada y que nadie sino ella podría haberlo rescatado de aquella fuente, rompiendo el hechizo, y le anunció que al otro día partirían juntos hacia su reino. Luego durmieron y, cuando a la mañana siguiente el sol los despertó, llegó una carroza a la que iban enganchados con correas de oro ocho caballos que lucían en sus cabezas plumas blancas de avestruz; y en su parte posterior venía de pie el criado del joven príncipe, que era el fiel Enrique. Al ver a su señor transformado en un sapo, el fiel Enrique se había entristecido tanto que mandó poner tres barras de hierro alrededor de su corazón para que no estallara de dolor y de pena. Esta carroza debía recoger al joven príncipe para conducirlo a su reino; el fiel Enrique instaló a la pareja en el interior y, lleno de alegría por la ruptura del hechizo, ocupó de nuevo su puesto detrás. Cuando ya habían recorrido una parte del camino, el príncipe oyó un fuerte crujido a sus espaldas, como si algo se hubiera roto. Entonces, volviéndose, gritó:

—¡Enrique, se rompe la carroza!
—No, señor, no es la carroza
sino una barra de mi corazón
que sufrió gran aflicción
cuando estabais en la fuente sentado
como un sapo encantado.

Y todavía otra vez y otra más se oyó el crujido en el camino, y el príncipe creyó de nuevo que se rompía la carroza, pero no eran sino las barras del corazón de Enrique que estallaban, porque su señor se había salvado del encanto y era feliz.

Cuento de uno que se fue de casa para aprender a tener miedo

Un hombre tenía dos hijos, de los cuales el mayor era inteligente y sabía arreglárselas con todo, en tanto que el menor era tonto e incapaz de aprender y entender nada; al verle, decía la gente: «Éste será una carga para el padre.» Cuando se trataba de hacer algo, siempre tenía que hacerlo el mayor, pero si el padre le encargaba ir en busca de alguna cosa al atardecer o incluso por la noche, y si el camino pasaba a través del cementerio u otro lugar escalofriante, solía responder:

—Ah, no, padre, por allí no voy, me da pavor.

Porque en verdad sentía miedo.

Ahora bien, cuando de noche, cerca del fuego, se contaban historias de las que ponen los pelos de punta, los oyentes decían a voces:

—¡Ay, me da pavor!

El menor, al oír esto en su rincón, no llegaba a comprender lo que querían decir.

—Siempre dicen que les da pavor. ¡Me da pavor! A mí no me lo da; ése debe ser uno de los talentos que no tengo.

Una vez el padre le dijo:

—Oye, tú, en ese rincón: te has hecho alto y fuerte y tienes que aprender algo para ganarte la vida. Ya ves cómo tu hermano se esfuerza, en tanto que tú eres un caso perdido.

—Ay, padre —respondió—, me gustaría mucho aprender algo; ya lo creo. Si fuera posible quisiera aprender a tener miedo.

Al oír esto, el mayor se echó a reír y pensó: «¡Santo Dios, qué tonto es mi hermano! Éste no llegará a nada en toda su vida; el que quiera ser algo tiene que empezar afilando sus uñas con tiempo.»

Suspirando, el padre le dijo:

—Ya irás aprendiendo a sentir miedo, pero con eso no podrás ganarte la vida.

Un poco después, cuando vino de visita el sacristán, el padre se quejó de cuán torpe era su hijo menor en todas las cosas, pues no sabía nada ni era capaz de aprender.

—Imagínese, cuando le pregunté cómo quería ganarse la vida, tuvo el atrevimiento de decir que quería aprender a sentir miedo.

—Si no es más que eso —respondió el sacristán—, puede aprenderlo conmigo. Dejádmelo, que yo lo voy a desasnar.

El padre se alegró, pues pensó: «Así el muchacho va a enderezarse un poco.»

De este modo, el sacristán se lo llevó a su casa y le encomendó la tarea de tocar la campana. Después de unos días, le despertó a medianoche y lo mandó levantarse para que subiera al campanario y tocara. Pero el sacristán subió antes, disimuladamente, pensando: «Ahora aprenderá lo que significa sentir miedo»; y cuando el muchacho llegó arriba y se volvió para coger la cuerda de la campana, vio en lo alto del campanario una figura blanca.

—¿Quién es?—llamó. Y como la figura permaneciera inmóvil y silenciosa, agregó—: Respóndeme o lárgate. Nada tienes que hacer aquí durante la noche.

Sin embargo, el sacristán seguía quieto, para hacer creer al muchacho que era un fantasma.

—¿Qué quieres?—preguntó por segunda vez el joven—. Si eres un hombre honrado, habla. De lo contrario, te tiraré escaleras abajo.

El sacristán pensó: «No habrá querido decir tal cosa en serio», y sin dejar escapar un murmullo, se quedó allí de pie como petrificado. Entonces, el muchacho le increpó por tercera vez, pero al ver que esto tampoco daba resultado, tomó impulso y tiró al fantasma escaleras abajo, de manera que después de rodar diez peldaños se quedó tirado en un rincón. Acto seguido, el joven tocó la campana, volvió a casa, se acostó sin decir palabra y reanudó su sueño.

La esposa del sacristán estuvo esperando a su marido mucho rato, pero éste no volvía. Finalmente, como le entrara miedo, despertó al muchacho.

—¿No sabes tú dónde se ha quedado mi marido? —le preguntó—. Subió antes que tú al campanario.

—No —respondió él—, no lo sé, pero alguien estaba parado en lo alto de la escalera, bajo la bóveda, y puesto que no quiso responderme y se negó a largarse, lo tomé por un bribón y lo arrojé escaleras abajo. Vaya allí y compruebe quién era. Si fuera él, lo sentiría.

La mujer fue corriendo y halló a su marido en un rincón, con una pierna rota y lamentándose. Después de bajarlo, corrió dando gritos en busca del padre del muchacho.

—Su hijo —exclamó— ha causado una gran desdicha: tiró a mi marido escaleras abajo, de tal modo que se le ha roto una pierna. ¡Saque a ese haragán de nuestra casa!

Asustado, el padre acudió y riñó al muchacho en estos términos:

—¿Qué impías travesuras son éstas? El maligno ha de habértelas sugerido.

—Padre —respondió el joven—, óigame. Soy del todo inocente: él estaba parado allí, en plena noche, como quien tiene malos designios. Yo no sabía quién era y tres veces le pedí que hablara o se fuera.

—¡Ay!—dijo el padre—. Contigo sólo conozco la desdicha. Lárgate de mi vista; no quiero verte nunca más.

—Sí, padre, lo haré con mucho gusto. Pero esperemos hasta que amanezca. Entonces, me iré para aprender a sentir miedo; he de llegar a dominar ese arte, que me servirá para ganarme la vida.

—Aprende lo que quieras —replicó el padre—, todo eso a mí me da lo mismo. Aquí tienes cincuenta táleros, ve con ellos por el mundo y a nadie digas de dónde eres ni tampoco quién es tu padre, pues me avergüenzo de ti.

—Sí, padre, como ordene. Si no me exige otra cosa podré recordarlo fácilmente.

Al amanecer, tras haber guardado sus cincuenta táleros en el bolsillo, el joven se echó al camino. A menudo se repetía:

—¡Ah, si pudiera sentir miedo! ¡Ah, si pudiera sentir miedo!

Un hombre que se le había aproximado oyó su monólogo y, al poco rato de caminar junto a él, cuando llegaron a un punto desde el cual se podía ver la horca, dijo:

Mira, ahí está el lugar donde siete individuos tuvieron problemas con la justicia; ahora están aprendiendo a volar. Siéntate debajo de ellos y espera la noche. Entonces aprenderás a sentir miedo.

—Si sólo es eso —respondió el joven—, nada más fácil. En caso de que aprenda rápidamente a sentir miedo, mis cincuenta táleros son tuyos. Vuelve a verme mañana.

De este modo, el muchacho se encaminó hasta la horca y, sentándose debajo de ella, esperó el anochecer. Cuando comenzó a sentir frío encendió fuego, pero hacia medianoche el viento que soplaba era tan helado que aquél no bastaba para darle calor. Cuando el viento empezó a mover los cuerpos de los ahorcados, haciéndolos entrechocar, pensó: : «Si tú, que estás aquí junto a las llamas, sientes frío, ¡cómo deben tiritar ellos allá arriba!»

Entonces, movido por la compasión, arrimó la escalera a la horca, subió y, desatándolos uno por uno, bajó a los siete. Luego sopló el fuego para reavivarlo y sentó a los siete alrededor de la hoguera, para que se calentaran. Pero como ellos se quedaron inmóviles, las llamas prendieron en sus ropas.

—¡Tened cuidado —gritó—, porque de lo contrario os colgaré de nuevo!

Sin embargo, los muertos no le oyeron; permanecieron mudos, dejando que sus harapos ardieran. Entonces, él se enfureció y les dijo:

—Si no queréis tener cuidado, yo nada puedo hacer. No quiero achicharrarme junto con vosotros.

Y subiéndolos uno por uno, los colgó de nuevo. Luego, volvió junto a su fuego y se durmió. A la mañana siguiente regresó el hombre, dispuesto a cobrar sus cincuenta táleros.

—Hola —dijo—. ¿Sabes ahora lo que significa tener miedo?

—No —respondió—. ¿Cómo podría saberlo? Esos de ahí arriba no han abierto la boca y, peor aún, son tan brutos que dejaron que los escasos y pobres harapos que llevan puestos ardieran.

El hombre se dio cuenta de que aquel día no iba a ganarse los cincuenta táleros y se fue.

—En mi vida he visto a un tipo semejante —iba diciendo.

El muchacho también siguió su camino y volvió a decirse:

—¡Ah, si pudiera sentir miedo! ¡Ah, si pudiera sentir miedo!

Oyendo lo cual, un cochero que caminaba detrás de él le preguntó:

—¿Quién eres?

—No lo sé —respondió el joven.

—¿De dónde eres? —siguió preguntando el cochero.

—No lo sé.

—¿Quién es tu padre?

—Eso no debo decirlo.

—¿Qué es eso que decías entre dientes?

—¡Ay! —respondió el joven—. Quisiera sentir miedo pero nadie me lo puede enseñar.

—¡Déjate de tonterías!—respondió el cochero—. Ven conmigo y ya veré qué puedo hacer por ti.

El joven lo acompañó, y cuando anochecía llegaron a un albergue para hospedarse. Al entrar en el comedor, el joven dijo en voz alta:

—¡Ah, si pudiera sentir miedo! ¡Ah, si pudiera sentir miedo!

Al oír esto, el posadero se rió y dijo:

—Si eso es lo que deseas, aquí no te faltará la ocasión.

—¡Calla! —exclamó su esposa—. Muchos audaces ya han perdido la vida, y sería una pena que estos lindos ojos no volvieran a ver la luz del día.

—Por muy difícil que sea—dijo el joven—yo quiero aprenderlo, pues con tal fin partí de mi casa.

Entonces, como no dejaba en paz al posadero, éste le contó que no lejos de allí había un castillo encantado, dentro del cual bien podría aprender a sentir miedo, con tal de pasar tres noches en vigilia. El rey había prometido que quien fuera capaz de cumplir eso recibiría a su hija por esposa, que era la más hermosa doncella que el sol había visto jamás. En el castillo, vigilados por espíritus del mal, se escondían grandes tesoros, que entonces quedarían libres y podrían sobradamente enriquecer a un pobre. Hasta la fecha, muchos se habían atrevido, pero ninguno había salido de allí.

A la mañana siguiente, el muchacho se presentó ante el rey.

—Con vuestra venia —le manifestó—, yo quisiera permanecer en vela durante tres noches en el castillo encantado.

El rey lo miró y, como le gustaba, dijo:

—Puedes pedir tres cosas para llevar contigo al castillo, pero han de ser objetos inanimados.

—Quiero fuego, un torno y un banco de carpintero con su correspondiente tornillo y escoplo.

Durante el día, el rey ordenó que todo eso fuera llevado al castillo, y al anochecer el joven subió, encendió una luminosa fogata en una de las habitaciones, instaló junto a ella el banco de carpintero con el escoplo y se sentó sobre el tornillo.

—¡Ah, si pudiera sentir miedo! —exclamó—, pero por lo visto tampoco aquí voy a aprenderlo.

Hacia medianoche quiso avivar su fogata, y mientras soplaba en las brasas, de pronto surgieron gritos desde un rincón.

—¡Miau, miau, qué frío tenemos!

—Pero ¿seréis tontos?—dijo él—. ¿Por qué gritáis? Si tenéis tanto frío, acercaos al fuego y calentaos.

Dicho lo cual llegaron, dando un enorme salto, dos inmensos gatos negros que se sentaron a ambos lados de él, mirándole ferozmente con ojos ardientes. Al cabo de un rato, cuando se hubieron calentado, dijeron:

—Compañero, ¿jugarías una partida de cartas con nosotros?

—¿Por qué no? —respondió él—. Pero antes, mostradme vuestras patas.

Entonces ellos sacaron las garras.

—¡Uy! —exclamó él—. ¡Qué largas uñas tenéis! Esperad, primero debo cortároslas.

Diciendo esto, los cogió por el pellejo de la nuca, los subió sobre el banco y con el tornillo les apresó las patas.

—He descubierto vuestras mañas —les dijo— y ya se me han pasado las ganas de jugar.

Así pues, los mató y los arrojó al exterior, al agua del foso. Una vez acallados los dos, y cuando quiso volver a su fuego, de todos los rincones surgieron gatos y perros negros, arrastrando cadenas candentes, y se multiplicaron hasta el punto de que él ya no tenía dónde refugiarse. Gritaban horriblemente, pisaron el fuego y, diseminándolo, trataron de apagarlo. Durante un rato, él contempló todo esto con calma, pero, al fin, perdiendo la paciencia, agarró el escoplo y gritó, al tiempo que lo ensartaba:

—¡Afuera, granujas!

Algunos huyeron dando saltos, pero muchos quedaron muertos y el joven arrojó sus cuerpos al agua. Volvió entonces a su fuego y, reavivando las brasas, se calentó. Así sentado, sus ojos se resistían a permanecer abiertos y sintió ganas de dormir. Volviendo la mirada, descubrió una gran cama en un rincón.

—Eso me viene de perilla —dijo, y se echó sobre ella.

Pero cuando quiso cerrar los ojos, la cama empezó a rodar, y rodó por el interior de todo el castillo.

—Pero qué bien —dijo él—. ¡Adelante!

Así, la cama siguió rodando, como tirada por seis caballos, saltó los escalones de las puertas y las escaleras, hacia arriba y hacia abajo, hasta que de pronto, hop, hop, se volcó y quedó patas arriba, de modo que lo sepultó como una montaña. Pero él, tirando de mantas y almohadas, logró liberarse.

—¡Que siga rodando el que tenga ganas! —exclamó.

Luego se durmió al lado de su fuego y descansó hasta el amanecer.

Por la mañana, vino el rey y, al verle echado en el suelo, creyó que los fantasmas habían acabado con él.

—¡Qué lástima, un joven tan apuesto! —exclamó.

Al oírle, el muchacho se incorporó.

—A esto no hemos llegado todavía —dijo.

Sorprendido, pero al mismo tiempo contento, el rey le preguntó cómo le había ido.

—Bastante bien —respondió el joven—. Y tal como ha pasado ya una noche, lo mismo pasarán las dos restantes.

Cuando fue a ver al posadero, éste se quedó boquiabierto.

—Nunca pensé—dijo—que volvería a verte con vida. ¿Has aprendido ahora a sentir miedo?

—Ah, no —respondió él—, todo es en vano. ¡Si tan sólo alguien me lo pudiera explicar!

La segunda noche regresó al viejo castillo, se sentó ante el fuego y repitió su cantinela de siempre:

—¡Ah, si pudiera sentir miedo!

Al aproximarse la medianoche, se oyó un ruido estrepitoso, primero distante y luego cada vez más cercano. Hubo una pequeña pausa y por fin, con un grito estridente, la mitad de una persona cayó por la chimenea, quedando delante de él.

—¡Hola! —exclamó el joven—. Pero te falta la otra mitad. Esto no es suficiente.

Entonces, se reanudó el ruido y con estruendos y bramidos cayó también la otra mitad.

—¡Espera! —dijo él—. Ante todo, voy a avivar el fuego para ti.

Una vez hecho esto, volvió la mirada: las dos partes estaban ya reunidas y un hombre horripilante ocupaba su lugar.

—De eso ni hablar—exclamó el joven—, el banco es mío.

El hombre quiso rechazarlo, pero el muchacho no se lo permitió y, empujándolo con fuerza hacia un lado, recuperó su sitio. Después, cayeron más hombres, uno por uno, junto con nueve tibias y dos calaveras, y disponiendo las primeras en posición, empezaron a jugar a los bolos. Al muchacho también le entraron las ganas de jugar.

—¿Puedo participar? —preguntó.

—Si tienes dinero, sí.

—Tengo suficiente —respondió—, pero vuestras bolas no me parecen bastante redondas.

Y cogiendo las calaveras, las colocó en el torno y las redondeó.

—Ahora sí que correrán suavemente. ¡Ea, vamos a divertirnos!

Jugó con ellos, perdiendo algo de su dinero, pero cuando sonó la medianoche todo desapareció delante de sus ojos. Se echó, pues, junto al fuego y durmió tranquilamente.

Al otro día, llegó el rey para informarse.

—¿Cómo te ha ido esta vez? —preguntó.

—Estuve jugando a los bolos —respondió— y perdí algunas monedas.

—¿Y no sentiste miedo?

—¡Qué va! Me divertí mucho. ¡Ah, si tan sólo supiera sentir miedo!

A la tercera noche volvió a sentarse en su banco y ya de mala gana dijo:

—Ah, si pudiera sentir miedo.

Cuando hubo oscurecido, aparecieron seis hombres enormes transportando un ataúd.

—Ajá —dijo él—, éste es seguramente mi primito, que murió hace tan sólo unos pocos días. —Y haciendo una señal con el dedo, exclamó—. ¡Ven, primito, ven!

Ellos dejaron el ataúd en el suelo y él, acercándose, levantó la tapa; dentro yacía un hombre muerto. Le tocó la cara, que estaba fría como el hielo.

—Espera —dijo—; voy a calentarte un poco.

Y yendo hasta el fuego, calentó su propia mano, que posó sobre la cara del muerto. Pero ésta seguía fría. Visto lo cual, sacándolo del ataúd, fue a sentarse ante el fuego y lo acostó sobre su regazo, al tiempo que frotaba sus brazos para que volviera a circular la sangre. Cuando también esto resultó inútil, se le ocurrió pensar: «Dos que se meten juntos en la cama se calientan mutuamente», y acostándolo, después de taparlo, se echó a su lado. Al poco rato el muerto cobró calor y empezó a moverse.

—¿Ves, primito? —le dijo el muchacho—. ¡Si no te hubiera calentado...!

Pero el muerto, incorporándose, gritó:

—¡Ahora voy a estrangularte!

—¡¿Cómo?! —exclamó el joven—. ¿Esta es tu manera de darme las gracias? ¡Volverás ahora mismo a tu ataúd!

Y agarrándolo, lo metió en el ataúd y colocó la tapa. Enseguida regresaron los seis hombres y se lo llevaron.

—Nunca llegaré a sentir miedo —se quejó—, ni en toda mi vida aprenderé a sentirlo en este lugar.

Entonces entró un hombre mucho más enorme que todos los anteriores, y de horrible aspecto. Era viejo y tenía una larga barba blanca.

—¡Ah, granuja! —exclamó—. Pronto aprenderás lo que significa tener miedo, porque morirás.

—No tan deprisa —le replicó el joven—, porque si debo morir yo tengo que estar presente.

—¡Ya te agarraré! —gritó el monstruo.

—Vamos, vamos, no fanfarronees. Yo soy tan fuerte como tú y, tal vez, incluso más fuerte.

—Eso ya lo veremos —dijo el viejo—, si eres más fuerte que yo, te dejaré en paz. Ven y lo probaremos.

Lo condujo entonces a través de oscuros pasillos hasta un lugar donde había una fragua; allí cogió un hacha y de un solo golpe hundió uno de los yunques en el suelo

—Puedo hacerlo aún mejor —dijo el joven, y se acercó al otro yunque.

El viejo se inclinó junto a él para observarlo, de modo que su barba quedó colgando en el aire. Así pues, el joven, al dar su hachazo, embutió la barba del viejo en el tajo que abrió en el yunque, dejándolo prisionero.

—Ya te tengo —dijo—; ahora te tocará a ti morir.

Cogió un mazo de hierro y golpeó al viejo hasta que éste, gimiendo, le rogó que se detuviera, pues quería darle grandes riquezas. El joven retiró el hacha del yunque y así lo dejó libre. El viejo lo condujo de nuevo al castillo y le mostró, en un sótano, tres baúles llenos de oro.

—De esto —dijo—, una parte pertenece a los pobres, la segunda al rey y la tercera es tuya.

A todo esto, se oyó la medianoche y el monstruo desapareció, de modo que el joven se encontró en la oscuridad.

«Tengo que hallar el modo de salir de aquí», se dijo.

Andando a tientas, consiguió encontrar el camino hacia su cuarto y una vez allí, se durmió junto al fuego.

A la mañana siguiente, vino el rey.

—Ya habrás aprendido a sentir miedo —dijo.

—Pues no —respondió el muchacho—. ¿Qué es eso? Estuvo aquí mi primito muerto y luego vino un hombre barbudo que me enseñó mucho dinero allí abajo, pero nadie me ha dicho cómo se siente miedo.

—Tú has roto el hechizo del castillo —le dijo el rey—, y te casarás con mi hija.

—Eso me parece muy bien —respondió el joven—, pero todavía no sé lo que es el miedo.

Entonces se hizo subir el oro y se celebró la boda, pero el joven, por mucho que quisiera a su esposa y por muy contento que estuviera, siempre decía:

—¡Ah, si pudiera sentir miedo! ¡Ah, si pudiera sentir miedo!

Por último, ella se enfadó.

—Yo voy a arreglar esto —dijo su doncella—; pronto aprenderá a sentir miedo.

Y saliendo hacia el riachuelo que pasaba por el jardín, hizo subir un balde lleno de renacuajos. Por la noche, cuando el joven rey estuviera durmiendo, su esposa debía retirarle las mantas y vaciar encima de él todo el balde de agua fría repleta de renacuajos, de manera que los animalejos pulularan sobre su cuerpo.

Y así lo hizo.

—¡Ay, qué miedo, querida esposa! —gritó él, despertándose.— ¡Qué miedo tengo! Sí, ahora sé lo que es el miedo.

El lobo y los siete cabritos

Érase una vez una cabra que tenía siete cabritos y que los quería como las madres quieren a sus hijos. Un día, al disponerse a ir al bosque a buscar comida, reunió a los siete y les dijo:

—Queridos hijos, voy a salir al bosque; tened cuidado con el lobo. Si llega a entrar aquí, os comerá a todos, sin dejar ni un pelo. El malvado a menudo se disfraza, pero en seguida lo descubriréis por su voz ronca y sus patas negras.

Los cabritos respondieron:

—Querida madre, tendremos cuidado; puedes marcharte tranquila.

La madre lanzó unos balidos y partió contenta.

No había pasado mucho tiempo cuando alguien llamó a la puerta.

—Abrid, queridos niños, vuestra madre está de vuelta y trae algo para cada uno de vosotros.

Sin embargo, por la voz ronca, los cabritos se dieron cuenta de que era el lobo.

—No abriremos—gritaron—; tú no eres nuestra madre, pues ella tiene una voz dulce y amable. La tuya, en cambio, es áspera. Tú eres el lobo.

Partió entonces el lobo y en una tienda compró un gran trozo de tiza; comióselo y su voz se hizo suave. Después, llamó nuevamente a la puerta:

—Abrid, queridos niños, soy vuestra madre y traigo algo para cada uno de vosotros.

Pero el lobo había apoyado su negra pata en la ventana y al verla los niños gritaron:

—No abriremos, nuestra madre no tiene ninguna pata negra. Tú eres el lobo.

El lobo corrió a ver al panadero y le dijo:

—Me he dado un golpe en la pata; cúbremela con masa.

Y cuando el panadero se la hubo cubierto, fue a ver al molinero.

—Échame harina blanca sobre la pata —le pidió.

«A alguien quiere engañar este lobo», pensó el molinero, y se negó. Pero el lobo lo amenazó:

—Si no lo haces, te comeré.

Entonces, asustado, el molinero le blanqueó la pata. Así son los hombres.

El malvado lobo acudió a la casa por tercera vez y, golpeando, dijo:

—Abrid, hijos, vuestra querida madrecita ha vuelto, trayendo para cada uno de vosotros algo del bosque.

—Enséñanos primero tu pata —exigieron los cabritos—, para convencernos de que eres nuestra querida madre.

Él puso su pata en la ventana y, al ver los cabritos que era blanca, creyeron lo que decía y abrieron la puerta. Pero quien entró era el lobo. Aterrados, ellos intentaron esconderse; uno se metió debajo de la mesa, el segundo, en la cama, el tercero, en el horno, el cuarto, en la cocina, el quinto, en el armario, el sexto, bajo la palangana y el séptimo, dentro de la caja del reloj. Pero el lobo los descubrió a todos y, sin vacilar, abrió sus fauces y se los tragó uno tras otro, excepto al más joven, oculto en el reloj, pues a éste no lo encontró.

Cuando el lobo hubo satisfecho su voracidad, se marchó y, echándose en el verde prado, bajo un árbol, se quedó dormido.

Poco después, la cabra regresó del bosque. ¡Ay, lo que tuvo que ver! La puerta principal estaba abierta de par en par, la mesa, las sillas y las banquetas estaban volcadas, la palangana hecha pedazos y las mantas y almohadas tiradas por el suelo. Buscó a sus hijos, pero no los halló en ninguna parte.

Gritó sus nombres, uno por uno, pero nadie respondía, hasta que al fin, cuando llamó al más joven, surgió una débil voz:

—Mamita querida, estoy en la caja del reloj.

Ella lo sacó de allí y él le contó que había venido el lobo y se había comido a todos los demás. ¡Imaginaos cómo lloró ella por sus pobres hijos!

Finalmente, la madre salió llorando de la casa y el joven cabrito la siguió, saltando. Cuando llegaron al prado, hallaron al lobo echado al pie del árbol y roncando tan fuertemente que hacía estremecer sus ramas. Observándole por todos los lados, ella se dio cuenta de que en su panza repleta algo se movía agitadamente. «¡Santo Dios! —pensó—. ¿Será posible que mis pobres hijos, que el lobo se tragó como cena, estén aún con vida?». Mandó pues al cabrito a casa, en busca de tijeras, aguja e hilo, y entonces abrió la panza del lobo. No bien había hecho el primer corte cuando uno de los cabritos asomó su cabeza y, al seguir cortando, los seis restantes, uno por uno, saltaron fuera; estaban todos vivos y no habían sufrido daño alguno, porque en su voracidad el monstruo se los había tragado enteros. ¡Qué alegría! Abrazaron a su querida madre y se pusieron a brincar de gozo.

—Ahora—dijo la cabra—, traed grandes piedras, pues con ellas llenaremos la barriga de esta bestia malvada, mientras no se despierte.

Los siete cabritos cargaron con las piedras, metiendo tantas como les fue posible en la barriga del lobo, y entonces la madre la cosió a toda prisa, de modo que él no se dio cuenta y ni siquiera se movió.

Por último, cuando harto de dormir el lobo se levantó, estirando las patas, sintió una enorme sed, producida por las piedras en su estómago, y tuvo ganas de encaminarse a la fuente para beber. Pero al dar los primeros pasos se tambaleó de un lado al otro y las piedras se entrechocaron ruidosamente dentro de su vientre:

—¿Qué suena y resuena
en mi barriga?
Estos cabritos fueron seis engaños:
resulta que comí puros guijarros.

Cuando llegó a la fuente y se inclinó para beber, las pesadas piedras tiraron de él hacia adentro, de modo que murió ahogado miserablemente. Al ver esto, los siete cabritos acudieron corriendo y gritaron:

—¡Murió el lobo! ¡Murió el lobo!

Y llenos de alegría bailaron con su madre alrededor de la fuente.

Los doce hermanos

Éranse una vez un rey y una reina que vivían en paz y armonía. Tenían doce hijos, todos varones. Un día, el rey dijo a su esposa:

—Si este decimotercer hijo que vas a traer al mundo resulta ser una niña, los doce varones deberán morir, pues así la herencia de ella será grande y el reino le pertenecerá por entero.

Entonces, mandó construir doce ataúdes e hizo que pusieran en cada uno de ellos una capa de serrín y una almohadilla. Fueron alineados en un cuarto cerrado y él entregó la llave a la reina, dándole orden de no hablar a nadie de ello.

La madre pasaba todo el día muy triste, hasta que su hijo menor, que siempre estaba a su lado y al que llamaba Benjamín, según la Biblia, le dijo:

—Querida madre, ¿por qué estás tan triste?

—Hijo mío—respondió ella—, no debo decírtelo.

Pero tanto insistió él que, al fin, abriendo la habitación, ella le mostró los doce ataúdes con serrín.

—Querido Benjamín—le explicó—, estos ataúdes han sido hechos construir por tu padre para ti y tus once hermanos; en caso de que yo dé a luz a una niña, os matarán y seréis enterrados en ellos.

Viéndola llorar mientras decía esto, el hijo la consoló:

—No llores, madre querida; nos ayudaremos entre nosotros y huiremos de aquí.

—Ve con tus once hermanos al bosque —le dijo ella—, y allí, turnándoos, cada uno de vosotros debe subirse al árbol más alto para vigilar la torre del castillo. Si doy a luz a un niño izaré una banderita blanca y entonces podréis volver; pero si nace una niña pondré una banderita roja y, en ese caso, deberéis huir lo más pronto posible, y que Dios os guarde. Todas las noches me levantaré a rezar por vosotros; en invierno para que tengáis fuego para calentaros y en verano para que no sufráis a causa del calor.

Una vez que ella les hubo dado su bendición, se marcharon al bosque. Turnándose para vigilar desde el roble más alto, miraban hacia la torre. Pasaron unos días, y cuando era el turno de Benjamín, éste vio que se estaba izando una bandera, pero no era la blanca, sino la de color rojo sangre, que anunciaba que todos ellos debían morir. Al oír esto, los hermanos se enfurecieron.

—¡No aceptaremos morir por una niña! —exclamaron—. Juramos venganza. Dondequiera que hallemos una niña haremos correr su sangre púrpura.

Se introdujeron en lo más profundo del bosque y allí donde estaba más oscuro, descubrieron una cabaña encantada que estaba vacía.

—Aquí viviremos —dijeron—, y tú, Benjamín, que eres el menor y el menos fuerte, te quedarás para cuidar la casa; los demás saldremos en busca de comida.

Fueron al bosque y cazaron liebres y ciervos, palomas y otras aves, y trajeron cuanto había de comestible para que Benjamín cocinara. En aquella cabaña vivieron juntos diez años y nunca llegaron a aburrirse.

Entretanto, la niña que había dado a luz la reina había crecido; era de buen corazón y de rostro hermoso, y tenía una estrella dorada en la frente. Una vez, en el día de la colada, vio doce camisas masculinas y preguntó a su madre:

—¿De quién son estas doce camisas, demasiado pequeñas para mi padre?

—Hija mía —respondió la madre con el corazón afligido—, pertenecen a tus doce hermanos.

—¿Dónde están mis doce hermanos? —preguntó la niña—. Nunca he oído nada de ellos.

—¡Dios sabe dónde están!—contestó la madre—. Deben andar errando por el mundo.

Entonces condujo a la niña hasta el cuarto secreto y le mostró los doce ataúdes con su serrín y su pequeña almohada.

—Estos ataúdes —le contó— estaban destinados a tus hermanos, pero ellos se fugaron secretamente antes de que tú nacieras.

Y acto seguido, le reveló cuanto había pasado.

—No llores, madre—dijo entonces la niña—; partiré en busca de mis hermanos.

Tomó consigo las doce camisas y salió hacia el gran bosque. Después de caminar un día entero, llegó de noche a la cabaña encantada. Entró y halló a un muchacho.

—¿De dónde eres y adónde vas? —le preguntó éste, sorprendido por su belleza, sus vestidos regios y la estrella en su frente.

—Soy hija de un rey —respondió ella— y ando en busca de mis doce hermanos. Iré tan lejos como el azul del cielo hasta encontrarlos.

Y al mostrarle las doce camisas que les pertenecían, Benjamín supo que ella era su hermana.

—Yo soy Benjamín, tu hermano menor —le dijo.

Ella entonces se echó a llorar de alegría y él también lloró. Y se abrazaron y besaron con inmenso amor.

—Querida hermana —dijo él—, sin embargo, hay un impedimento, y es que entre nosotros hemos jurado matar a cualquier niña que hallemos, pues fue a causa de una niña que tuvimos que abandonar nuestro reino.

—Moriré con gusto —respondió ella—, si así deshago la maldición que pesa sobre vosotros.

—No, tú no debes morir —replicó él—. Cuando vuelvan los once hermanos te esconderás debajo de esta tinaja. Ya me pondré de acuerdo con ellos.

Así lo hizo, y por la noche, cuando volvieron los otros de su cacería, la comida estaba lista. Y mientras estaban sentados a la mesa comiendo, preguntaron:

—¿Qué hay de nuevo?

—¿Vosotros no sabéis nada? —preguntó él a su vez.

—No —contestaron ellos.

—Habéis estado en el bosque y yo en casa; y sin embargo, sé más que vosotros.

—Cuenta, entonces —le pidieron.

—¿Me prometéis no matar a la primera niña que encontremos?

—¡Sí! —gritaron todos—. La perdonamos, con tal de que nos cuentes.

—Nuestra hermana está aquí —dijo él, y levantó la tinaja.

Entonces, apareció la princesa con sus regios vestidos y la estrella dorada en la frente; y como era bella, esbelta y dulce, todos se alegraron y, besándola, le mostraron su afecto.

En adelante, ella se quedó en casa ayudando a Benjamín en los quehaceres de la casa, mientras los once iban al bosque para cazar aves y animales que les sirvieran de sustento. Ella buscaba leña, recogía hierbas y verduras y ponía las ollas al fuego, de modo que la cena estaba siempre lista cuando los once regresaban. Tenía la cabaña en orden, cuidaba de que las camas tuvieran siempre ropa blanca y limpia, y los hermanos estaban contentos con ella y vivían en perfecta armonía.

Una vez, la niña y Benjamín habían preparado una buena cena y todos estaban comiendo y bebiendo alegremente; y como en el pequeño huerto junto a la cabaña crecían doce lirios, la niña, queriendo dar una sorpresa a sus hermanos, cortó las doce flores para regalar una a cada uno durante la comida. Pero en el instante mismo de cortarlas, los hermanos se convirtieron en doce cuervos que volaron y desaparecieron por encima del bosque, y la cabaña, con jardín y todo, se desvaneció. Entonces, la pobre niña se encontró sola en el bosque salvaje y, al volver la mirada, vio a una vieja.

—Hija mía, ¿qué has hecho? —le dijo ésta—. ¿Por qué no dejaste en paz las doce flores blancas? Eran tus doce hermanos y ahora se han convertido para siempre en cuervos.

—¿Y no hay ninguna manera de desencantarlos?—preguntó ella, llorando.

—No —respondió la vieja—, en todo el mundo no hay sino una, pero es tan difícil que con ella no conseguirás liberarlos: tendrías que quedarte muda y sin reír durante siete años, y si dijeras tan sólo una palabra, aunque fuera en la última hora de esos siete años, todo sería en vano y a causa de ello tus hermanos morirían.

En su fuero interno, la muchacha se dijo: «Estoy segura de que libraré a mis hermanos», y buscando un árbol alto se instaló en él, se puso a hilar y no rió ni dijo una palabra. Sucedió entonces que, yendo un rey de caza por el bosque, uno de sus galgos corrió hasta el árbol donde se hallaba la niña y empezó a ladrar y dar saltos a su alrededor. En esto llegó el rey, que al ver a la hermosa princesa con su estrella dorada en la frente quedó tan fascinado que le preguntó a gritos si quería ser su esposa. Ella no respondió; únicamente inclinó un poco la cabeza. Entonces el rey trepó por el árbol y, bajándola, la condujo en su caballo hasta el palacio. Las bodas se celebraron con gran fausto y regocijo, pero la novia no abrió la boca ni rió.

Habían pasado dichosamente juntos unos años, cuando la madre del rey, que era una mujer maligna, comenzó a difamar a la joven reina.

—Ésta que has traído —dijo al rey— es una mendiga miserable; quién sabe en qué impías y secretas correrías anda. Si en verdad fuera muda y no pudiera hablar, al menos podría reírse por una sola vez. El que no ríe tiene mala conciencia.

Al principio, el rey no quería dar crédito a tales cosas, pero como la vieja insistía, atribuyendo a la joven tantas maldades, finalmente se dejó convencer y condenó a su esposa a muerte.

En el patio del castillo se encendió una gran hoguera en la cual ella debía ser quemada, y en una ventana, desde arriba, el rey miraba con los ojos llorosos, porque aún la quería. Cuando ya estaba atada al palo y las llamas con sus lenguas rojas lamían sus vestidos, se cumplió el último momento de los siete años. Entonces, se oyó un aleteo en el aire y descendieron doce cuervos que al tocar tierra se convirtieron en los doce hermanos que ella acababa de desencantar. Esparcieron el fuego, apagaron las llamas y, desatando a su querida hermana, la besaron y abrazaron. En ese momento, cuando ella pudo abrir la boca y hablar, le contó al rey por qué había permanecido sin hablar ni reír. Al oír esto, el rey se alegró de su inocencia y desde entonces todos vivieron juntos y en armonía hasta el día de su muerte.

Sin embargo, la maligna madrastra fue juzgada y después introducida en un barril lleno de aceite hirviente y víboras venenosas, así que pereció de una muerte penosa.

Rapunzel

Éranse una vez un hombre y una mujer que en vano, desde hacía tiempo, querían tener un hijo, hasta que por fin ella creyó que el buen Dios estaba a punto de colmar sus deseos. Ahora bien, en la parte trasera de la casa había una pequeña ventana desde la cual podían ver un huerto feraz, lleno de las más hermosas flores y verduras; pero el huerto estaba cercado por un alto muro y nadie se atrevía a entrar en él, pues pertenecía a una maga poderosa que era temida por todo el mundo. Un día, la mujer estaba parada en la ventana mirando hacia el huerto cuando vio que en una parte de él crecían unos bellísimos rapónchigos, de aspecto tan fresco y verde que sintió enormes deseos de comerlos. Este deseo fue creciendo con los días y, como sabía ella que no podría conseguirlos, comenzó a decaer y se puso flaca y demacrada. Asustado, el marido le preguntó:

—¿Qué te pasa, querida?

—¡Ay! —respondió ella—. Si no consigo comer esos rapónchigos que hay en el huerto que está detrás de nuestra casa, me moriré.

El hombre, que la quería, pensó: «Antes de dejar morir a tu mujer, has de traerle los rapónchigos, cueste lo que cueste.» Y al anochecer, trepando por el muro, entró en el jardín de la maga y, cogiendo a toda prisa un manojo de rapónchigos, se los llevó a su mujer. De inmediato, ella se preparó una ensalada que comió ansiosamente. Pero tanto, tanto le gustaron que al día siguiente su deseo se triplicó. Para tranquilizarla, el hombre no tuvo otro remedio que saltar nuevamente al huerto. Así lo hizo de nuevo al anochecer, pero cuando descendía del muro tuvo un tremendo sobresalto, pues vio a la maga parada frente a él.

—¿Cómo puedes atreverte—le dijo ella, con una mirada iracunda— a penetrar en mi jardín, como un ladrón, para robarme mis rapónchigos? ¡Esto te costará caro!

—¡Ay! —respondió él—, no me juzguéis con el rigor de la ley y tened clemencia. Sólo la necesidad me ha empujado a esto, pues mi mujer, al ver vuestros rapónchigos desde la ventana, siente de ellos un deseo tan grande que si no lograra comerlos moriría.

Entonces la maga, atemperando su ira, dijo:

—Si es como tú dices te permitiré llevarte cuantos rapónchigos quieras, pero con una condición: deberás darme el hijo que tu mujer traerá al mundo. Conmigo estará bien, pues lo cuidaré como una madre.

Presa del miedo, el hombre accedió a todo, y cuando su mujer estaba por dar a luz, acudió de inmediato la maga y, tras imponer a la niña el nombre de Rapunzel, se la llevó.

Rapunzel se convirtió en la niña más bella que ha visto el sol. Cuando cumplió los doce años, la maga la encerró en una torre que estaba en medio del bosque y que no tenía puerta ni escalera; sólo muy en lo alto tenía una pequeña ventana. Cuando la maga quería entrar, se detenía abajo y gritaba:

—Rapunzel, Rapunzel,
deja tu pelo caer.

Rapunzel tenía largos y suntuosos cabellos, finos como hilos de oro. Cuando oía la voz de la maga, soltaba sus trenzas y entonces, tras asegurarlas en el gancho de la ventana, su pelo caía veinte varas hacia abajo, de modo que la maga trepaba por ellos.

Después de unos años aconteció que el hijo del rey, cabalgando a través del bosque, pasó cerca de la torre y oyó un cántico tan dulce que se detuvo para escuchar. Era Rapunzel, que para distraerse de su soledad y dejar correr el tiempo, jugaba con su voz, canturreando. El hijo del rey quiso subir hasta ella y buscó la puerta de la torre, pero no halló ninguna. Volvió a su casa, pero tan fascinado había quedado por el cántico que cada día regresaba al bosque para escucharlo. Una vez, estando así detrás de un árbol, vio acercarse a una mujer y oyó cómo ella llamaba hacia arriba:

—Rapunzel, Rapunzel,
deja tus trenzas caer.

Entonces, Rapunzel dejó caer sus trenzas y la maga trepó por ellas. «Si es ésta la escalera que conduce arriba, también yo probaré mi suerte una vez», se dijo él, y al día siguiente, cuando oscurecía, se acercó a la torre y llamó:

—Rapunzel, Rapunzel,
deja tus trenzas caer.

De inmediato, cayó el pelo, y el hijo del rey ascendió por él.

En los primeros momentos, Rapunzel se asustó terriblemente al verlo entrar, ya que no había visto jamás un hombre semejante, pero el príncipe le habló muy amistosamente y le contó que su corazón, profundamente conmovido por su canto, no le había dejado en paz hasta conseguir verla por sí mismo. De este modo, Rapunzel perdió su temor y cuando él le preguntó si le quería por esposo, ella, viéndole tan joven y hermoso, pensó: «Me querrá más que la vieja Gothel», y poniendo su mano en la de él dijo que sí.

—Me iré contigo con mucho gusto —le manifestó—, pero no sé cómo bajar de aquí. Cuando vengas, trae cada vez un carrete de seda, pues con eso yo trenzaré una escala y cuando esté lista bajaré por ella y tú me recogerás en tu caballo.

Acordaron que hasta entonces él vendría a visitarla todas las noches, pues durante el día venía la vieja. La maga no se enteró de nada hasta el día en que Rapunzel, repentinamente, le dijo:

—Decidme, señora Gothel, ¿cómo es que a vos subir os resulta mucho más difícil que al joven príncipe? Él trepa en un abrir y cerrar de ojos.

—¡Ah, niña desdichada! —exclamó la maga—. ¿Qué oigo? ¡Creí que te tenía apartada de todo el mundo y me has engañado!

Y furiosa, cogió los hermosos cabellos de Rapunzel y, enrollándolos varias veces sobre su brazo izquierdo, agarró unas tijeras con la otra mano y, ¡zip, zap!, las bellas trenzas cayeron al suelo. Sin la menor piedad condujo entonces a la pobre niña a un páramo desierto, donde debía vivir entre llantos y miserias.

En cuanto a la maga, tras desterrar a Rapunzel, ese mismo día ató las trenzas en el gancho de la ventana y, cuando por la noche llegó el príncipe y llamó:

—Rapunzel, Rapunzel,
deja tus trenzas caer.

Ella soltó la cabellera abajo. El hijo del rey trepó por ella, pero al llegar arriba no halló a su amada Rapunzel, sino a la maga, que lo miró con ojos malvados y ponzoñosos.

—¡Ajá! —exclamó sarcástica—. Vienes en busca de tu amada, pero el bello pájaro ya no está en su nido ni cantará nunca más, porque el gato lo cogió. Y a ti también va a rasguñarte los ojos. Rapunzel está perdida para ti; nunca más volverás a verla.

El hijo del rey, fuera de sí de dolor y de desesperación, se lanzó desde la torre; quedó con vida, pero las espinas sobre las que cayó se le clavaron en los ojos. Entonces, erró ciego por el bosque, comiendo raíces y frutos salvajes, sin hacer otra cosa que clamar y llorar por la pérdida de su amada. Así anduvo todo un año pasando miserias, hasta que al fin llegó al páramo donde vivía Rapunzel con gran penuria, junto a los mellizos que había dado a luz, un niño y una niña. Oyó una voz y, como le pareció tan conocida, la siguió; entonces, al acercarse, Rapunzel lo reconoció y llorando le echó los brazos al cuello. Dos de sus lágrimas cayeron en sus ojos que entonces se iluminaron otra vez, de modo que volvió a ver como antes. Él les condujo a su reino, donde fue recibido con alegría, y allí vivieron juntos mucho tiempo, complacidos y felices.

Hansel y Gretel

En el borde de un bosque inmenso, vivía un pobre leñador con su mujer y sus dos hijos; el muchacho se llamaba Hansel y la niña que se llamaba Gretel. Apenas tenían con qué matar el hambre y una vez, cuando hubo una gran carestía en el país, el padre ni siquiera pudo ganar el pan de cada día. Una noche, afligido por sus pensamientos y dando vueltas en la cama, suspiró y dijo a su mujer:

—¿Qué va a ser de nosotros? ¿Cómo podemos alimentar a mis pobres hijos, si no tenemos siquiera para nosotros mismos?

—¿Sabes qué? —respondió la madrastra de los niños—. Mañana, muy temprano, llevaremos a los niños a lo más espeso del bosque; les encenderemos allí un fuego y, dándoles un pedacito de pan a cada uno, marcharemos a nuestro trabajo y les dejaremos solos. Como no podrán encontrar el camino de vuelta, quedaremos libres de ellos.

—No, mujer —replicó el hombre—, yo no haré tal cosa. Mi corazón no podrá soportar el remordimiento de abandonar a mis propios hijos en el bosque; pronto vendrían las fieras y los harían pedazos.

—Está bien, idiota —dijo ella—, entonces tendremos que morir de hambre los cuatro y tú tendrás que aserrar las tablas para los ataúdes.

Y no lo dejó en paz hasta que él consintió.

—Pero me da pena por mis pobres niños —dijo él.

A causa del hambre, los dos niños tampoco habían podido dormir y así, escucharon lo que la madrastra había dicho al padre.

Gretel derramó amargas lágrimas y dijo a Hansel:

—Ahora moriremos.

—Calla, Gretel —respondió Hansel—, no te aflijas; ya veré cómo arreglamos esto.

Y así, mientras los mayores dormían, se levantó y, poniéndose su chaquetilla, abrió el portillo y salió sigilosamente. La luna lucía muy clara y los guijarros que había delante de la casa resplandecían como monedas. Agachándose, Hansel recogió tantos como cabían en sus bolsillos. Al regresar, dijo a Gretel:

—Ten confianza, querida hermanita, y duerme tranquila. Dios no nos abandonará.

Y de nuevo, se metió a la cama.

Al amanecer, antes de que subiera el sol, vino la mujer y despertó a ambos niños.

—Levantaos, perezosos —dijo—, iremos al bosque a buscar leña. —Y dando a cada uno un pedacito de pan, agregó—: Aquí tenéis algo para almorzar, pero no lo comáis antes, porque más no recibiréis.

Gretel guardó el pan bajo su delantal, porque Hansel tenía los bolsillos llenos de piedras. En seguida, todos se encaminaron hacia el bosque. Luego de andar un rato, Hansel se detuvo y se volvió para mirar hacia la casa; repitió esto una y otra vez.

—Hansel —le dijo el padre—, ¿qué es lo que miras y por qué te quedas atrás? Pon atención y no olvides tus piernas.

—Ay, padre —respondió Hansel—, estoy mirando a mi gatito blanco, que está sobre el techo y quiere decirme adiós.

—Tonto —le dijo la mujer—, ése no es tu gatito, sino el sol de la mañana que ilumina la chimenea.

Sin embargo, Hansel no se había vuelto cada vez para mirar a su gatito, sino para echar en el camino los brillantes guijarros que llevaba en los bolsillos.

Cuando hubieron llegado al corazón del bosque, dijo el padre:

—Ahora, niños, recoged unas ramas; voy a encenderos una hoguera para que no sintáis frío.

Hansel y Gretel juntaron leña y formaron un montoncito. Cuando lo encendieron y las llamas tuvieron cierta altura, habló la mujer:

—Ahora, echaos junto al fuego y descansad, mientras nosotros vamos por el bosque a cortar leña. Cuando terminemos, regresaremos a buscaros.

Hansel y Gretel se sentaron junto al fuego y cuando llegó el mediodía comieron cada uno su pedacito de pan. Y puesto que oían los golpes del hacha, pensaban que su padre estaría en las cercanías. Sin embargo, no era el hacha lo que así sonaba, sino un palo que aquél había atado a un árbol muerto y que el viento hacía golpear. Después de estar largo tiempo así sentados, como los ojos se les cerraban de cansancio, se durmieron profundamente. Cuando al fin se despertaron, ya era entrada la noche.

—¿Cómo vamos a salir ahora de este bosque?—dijo Gretel, echándose a llorar.

—Espera un momento —la consoló Hansel—, hasta que salga la luna; entonces encontraremos el camino.

Y cuando salió la luna llena, Hansel tomó a su hermanita de la mano y siguió los guijarros, que resplandecían como monedas recién acuñadas, mostrándoles el camino. Caminaron durante toda la noche y al amanecer llegaron a la casa de su padre. Llamaron a la puerta y cuando la mujer abrió y vio que eran Hansel y Gretel, dijo:

—Sois unos malcriados; tanto tiempo habéis dormido en el bosque que creímos que nunca más ibais a volver.

Pero el padre sintió alegría, pues su corazón le pesaba por haberlos abandonado.

Poco después, volvió a reinar la miseria en todas partes y por la noche los niños oyeron cómo la madre decía al padre, en la cama:

—De nuevo no tenemos qué comer; sólo nos queda media hogaza de pan y después se nos acaba el cuento. Los niños deben desaparecer; tenemos que llevarlos más adentro del bosque, para que no puedan encontrar de nuevo la salida; de otro modo, no habrá salvación para nosotros.

Al hombre se le contrajo el corazón y pensó: «Mejor sería repartir el último bocado con tus hijos.» Pero la mujer no quiso oír ninguna de sus objeciones; por el contrario, riñéndole y haciéndole reproches, le dijo que debía ser consecuente y que, puesto que había cedido la primera vez, tenía que ceder la segunda.

Los niños, que habían permanecido despiertos, escucharon esta conversación. Cuando los padres dormían, Hansel se levantó de nuevo y quiso salir a recoger guijarros como la vez anterior, pero la mujer había cerrado la puerta con llave y no pudo hacerlo. No obstante, consoló a su hermanita:

—No llores, Gretel —le dijo—, y duerme tranquila. El buen Dios ya nos ayudará.

Por la mañana temprano, vino la mujer, sacó a los niños de la cama y les dio sus pedacitos de pan, que esta vez eran aún más pequeños que la anterior. En el camino hacia el bosque, Hansel desmenuzó el suyo dentro de su bolsillo y a veces se detenía para echar migas al suelo.

—¿Por qué te detienes y vuelves la cabeza?—le preguntó el padre—. Sigue tu camino.

—Miro mi palomita que está en el techo y quiere decirme adiós —contestó Hansel.

—Tonto—le dijo la mujer—, ésa no es tu palomita, sino el sol matinal que ilumina la punta de la chimenea.

Sin embargo, Hansel logró echar una por una todas las migas en el camino.

La mujer condujo a los niños hasta lo más profundo del bosque, donde nunca en su vida habían estado. De nuevo, el padre encendió una gran fogata y la mujer dijo:

—Niños, quedaos aquí sentados y si os entra sueño, podéis dormir un poco. Nosotros iremos por ahí a cortar leña. Por la tarde, cuando terminemos, vendremos a buscaros.

Cuando llegó el mediodía, Gretel repartió su pan con Hansel, que había esparcido el suyo por el camino. Luego se durmieron y así pasó la tarde sin que nadie viniera a buscar a los pobres niños. Despertaron cuando era entrada la noche y Hansel consoló a su hermanita:

—Espera, Gretel —le dijo—, a que salga la luna; entonces veremos las migas de pan que esparcí y ellas nos mostrarán el camino hacia casa.

Al salir la luna se pusieron de pie, pero ya no encontraron ninguna miga, pues las bandadas de pájaros que vuelan por el bosque y los campos se las habían comido.

—Ya encontraremos el camino —dijo Hansel.

Pero no lo encontraron. Caminaron toda la noche y aun todo el día siguiente hasta la noche, pero no consiguieron salir del bosque; y como tenían hambre, pues para comer no disponían de otra cosa que de los pocos frutos que daban los arbustos, y como estaban tan cansados y las piernas se negaban a sostenerlos ya, se echaron bajo un árbol y se durmieron.

Era ya la tercera mañana después de haber dejado la casa de su padre. Se pusieron de nuevo a caminar, pero el bosque se fue haciendo cada vez más espeso; de no llegar una pronta ayuda, iban a perecer. Hacia mediodía, vieron un hermoso pajarito, blanco como la nieve, posado en una rama; cantaba tan melodiosamente que se detuvieron a escucharlo. Al terminar su trino, agitó sus alas y voló delante de ellos; siguiéndole, llegaron a una casita. El pajarito se posó en el techo y cuando ellos se aproximaron, vieron que la casita estaba construida con pan y que su techo era de tarta; las ventanas eran de resplandeciente azúcar.

—Vamos —dijo Hansel— y disfrutemos de una buena comida. Yo voy a comerme un pedazo de techo, y tú, Gretel, puedes comer de la ventana, que es dulce.

Hansel extendió la mano y quebró un trocito del techo, para probar qué tal era, y Gretel, acercándose a los cristales, dio un mordisco. Entonces, oyóse una débil voz desde el interior:

—¿Quién roe mi casita
como una ardillita?

Los niños respondieron:

—La brisa, la brisa,
que del cielo es la hija,

y siguieron comiendo sin inquietarse. Hansel, a quien el techo le había gustado mucho, desprendió un gran pedazo, y Gretel, que había sacado todo un panel redondo de la ventana, se sentó y dio buena cuenta de él. De pronto, se abrió la puerta, y una vieja decrépita, apoyándose en una muleta, salió lenta y penosamente.

Hansel y Gretel tuvieron tal susto que dejaron caer lo que tenían en las manos. La vieja meneó la cabeza y dijo:

—Uy, mis niños queridos, ¿quién os ha traído aquí? Entrad sin cuidado y quedaos conmigo, que no os pasará nada.

Cogió a los dos de las manos y los introdujo en la casita, donde les fue servida una rica comida: leche y pastelitos con azúcar, manzanas y nueces. Después, al encontrar preparadas dos camitas blancas, Hansel y Gretel se echaron en ellas, creyendo estar en el cielo.

Sin embargo, la bondad de la vieja era sólo fingida; en realidad, era una malvada bruja que tendía emboscadas a los niños y que había construido la casita de pan con el único objeto de atraerlos. Cuando llegaba a apoderarse de alguno, lo mataba y después lo cocinaba y se lo comía, celebrando esto como un día de fiesta. Las brujas tienen ojos rojos y no

pueden ver a lo lejos; sin embargo, tienen muy buen olfato, como los animales, y gracias a él, advierten cuándo se acercan las personas. Mientras Hansel y Gretel se aproximaban, se había reído socarronamente y con sarcasmo se había dicho:

—Estos ya están en mis manos; no podrán escapárseme.

Muy temprano por la mañana, antes de que los niños despertaran, se levantó y, al ver que los dos dormían plácidamente con sus rosadas mejillas redondas, murmuró para sí: «Qué rico bocado será éste.» Acto seguido, cogió a Hansel con su mano huesuda y llevándoselo a un pequeño corral, lo encerró tras una puerta de reja, pero por mucho que él gritó no le sirvió de nada. Después fue a despertar a Gretel y, moviéndola, gritó:

—¡Levántate, perezosa! Ve en busca de agua y cocina algo rico para tu hermano, que está en el corral y debe engordar. Cuando esté bien gordo me lo comeré.

Gretel se puso a llorar amargamente, pero todo fue en vano y tuvo que hacer lo que exigía la malvada bruja.

A partir de entonces, se preparaban los mejores platos para el pobre Hansel, pero Gretel no recibía otra cosa que desperdicios de cangrejos. Cada mañana, la vieja iba al pequeño corral y llamaba:

—Hansel, muéstrame tus deditos, quiero comprobar si estarás pronto gordito.

Pero Hansel le pasaba un huesecillo a través de la reja y la vieja, con sus ojos opacos, incapaz de distinguirlo, creía que era el dedo de él y se asombraba de que el niño no engordara. Después de cuatro semanas, como Hansel continuaba flaco, presa ya de impaciencia no quiso esperar más.

—¡Eh, Gretel! —llamó—. Rápido, trae agua; que, gordo o flaco, mañana mataré a Hansel y lo cocinaré.

¡Ah, cuánto se lamentó la pobre hermanita mientras debía acarrear el agua, y cómo corrían las lágrimas por sus mejillas!

—¡Santo Dios, ayúdanos! —exclamó—. Si las fieras del bosque nos hubieran comido, al menos habríamos muerto juntos.

—Ahorra tantos lloriqueos —la increpó la vieja—, que de nada te servirán.

Gretel tuvo que levantarse muy temprano para colgar el caldero con agua y encender el fuego.

—Primero vamos a hacer el pan —dijo la vieja—; ya he encendido el fuego del horno y tengo la masa lista.—Y empujando a la pobre Gretel hacia el horno, en el cual ya brotaban las llamas, agregó—: Métete dentro y mira si está lo bastante caliente como para que podamos poner el pan.

Cuando Gretel estuviera adentro, quería cerrar el horno para que se asara bien y entonces comérsela también. Pero Gretel se dio cuenta de sus intenciones.

—No sé cómo hacerlo —dijo—. ¿Cómo podría entrar ahí?

—¡Pareces tonta! —exclamó la vieja—. La abertura es bastante grande. Mira, hasta yo misma podría entrar.

Y, aproximándose, metió su cabeza dentro de la boca del horno. Entonces Gretel, dándole un empujón, la lanzó muy al fondo, cerró la portezuela de hierro y echó el pestillo. «¡Uuuu...!», bramó la vieja, aterrorizada, pero Gretel se alejó corriendo y la despiadada bruja se asó miserablemente.

Gretel corrió en busca de Hansel y, abriendo el corral, exclamó:

—¡Hansel, estamos salvados!... ¡La vieja bruja ha muerto!

Hansel salió de un salto, como un pájaro al que se le abre la jaula. ¡De qué manera se alegraron! ¡Cómo se abrazaron y, saltando uno alrededor del otro, se besaron! Y puesto que ya nada tenían que temer, entraron en la casa de la bruja y adentro hallaron en todos los rincones cofres llenos de perlas y piedras preciosas.

—Son aún mejores que los guijarros —dijo Hansel, y metió en sus bolsillos todo lo que cabía.

—Yo también quiero llevar algo a casa —dijo Gretel, y formando con su delantal una bolsa, la llenó.

—Pero ahora marchémonos de aquí —propuso Hansel—, para poder salir de este bosque embrujado.

Después de caminar unas horas, llegaron a un gran lago.

No podemos pasar al otro lado—dijo Hansel—; no hay pasarela ni puente.

—Tampoco navegan barquitos, pero allí nada un pato blanco. Si se lo pido, nos ayudará a cruzar—dijo Gretel, y llamó:

—Patito, patito, aquí estamos Hansel y Gretel, y no hay pasarela ni puente. ¡Llévanos en tu espalda reluciente!

Y el patito vino hacia ellos. Hansel se montó en él e invitó a su hermana a que hiciera lo mismo.

—No —le respondió Gretel—, sería demasiado para él; más vale que nos lleve uno por uno al otro lado.

El buen animalito así lo hizo; una vez llegados felizmente a la otra orilla, caminaron un rato más y el bosque fue pareciéndoles cada vez más conocido, hasta que al fin, desde lejos, vieron la casa paterna. Entonces, echaron a correr y, entrando de golpe en la habitación, saltaron a los brazos de su padre. El hombre no había vivido ni una hora de alegría desde el instante en que abandonara a sus hijos en el bosque; en cuanto a la mujer, había muerto. Gretel soltó su delantal, de modo que las perlas y las piedras preciosas saltaron por toda la habitación, y Hansel, sacando de su bolsillo un puñado tras otro, los añadía al tesoro. Así concluyeron todas sus preocupaciones y en adelante vivieron juntos con dicha inalterada. Mi cuento se acabó, ahí va un ratón y el que lo pille que haga con él un gran, gran gorro de piel.

La serpiente blanca

Hace mucho tiempo, vivía un rey cuya sabiduría era famosa en todo el país. Nada se sustraía a su conocimiento, y era como si las noticias e incluso las cosas más secretas le hubieran sido transmitidas por el viento. Tenía una curiosa costumbre: cada mediodía, cuando se levantaba la mesa y ya no quedaba nadie en el comedor, un sirviente de su confianza debía traerle una escudilla cubierta, pero éste no sabía qué había dentro de ella y ninguna otra persona lo sabía, porque el rey nunca destapaba la escudilla ni comía de ella hasta quedarse completamente solo. Así pasó largo tiempo, hasta que un día, cuando el sirviente se llevaba otra vez la escudilla, le entró tal curiosidad que, sin poder resistirla, se la llevó a su cuarto. Después de cerrar cuidadosamente la puerta con llave, levantó la tapa y observó que dentro había una serpiente blanca. Al verla, no pudo resistir el deseo de catarla y, cortando un pedacito, se lo llevó a la boca. Pero no bien lo había tocado con la lengua cuando oyó fuera de su ventana el raro cuchicheo de unas finas voces. Se acercó para escuchar y se dio cuenta de que eran los gorriones que, conversando, se contaban cuanto habían visto en el campo y en el bosque. Así, la degustación de la serpiente le había otorgado la capacidad de entender el lenguaje de los animales.

Ahora bien, sucedió que, justamente en ese día, la reina perdió el más hermoso de sus anillos y, puesto que el sirviente de confianza tenía acceso a todo, las sospechas recayeron sobre él. El rey lo citó ante él e, insultándole violentamente, le hizo la siguiente amenaza: si hasta la mañana siguiente no era capaz de decir quién era el ladrón, se le consideraría a él mismo como tal y sería juzgado. De nada le sirvió afirmar su inocencia y fue despedido sin mayores consideraciones. Presa de inquietud y angustia, bajó al patio, cavilando cómo podría salir del paso. Allí, a la orilla de un arroyo, reposaban pacíficamente unos patos, echados uno al lado del otro; aseaban y peinaban sus plumas con los picos y charlaban confiados. El sirviente se detuvo a escucharlos. Se contaban los paseos que habían hecho durante la mañana y la buena comida que habían encontrado. Uno de ellos, malhumorado, dijo:

—A mí, algo me ha sentado mal; tragué precipitadamente, entre otras cosas, un anillo que yacía debajo de la ventana de la reina.

Inmediatamente, el sirviente lo cogió por el cuello y, llevándoselo a la cocina, le dijo al cocinero:

—Mata a éste, que está bien cebado.

—En efecto —dijo el cocinero, tomándole el peso—, éste se ha ocupado únicamente de engordar y hace ya tiempo que espera ser asado.

Le cortó el cuello y, al destriparlo, apareció en el estómago del pato el anillo de la reina. De este modo, el sirviente pudo demostrar fácilmente su inocencia ante el rey. Éste, queriendo compensar la injusticia cometida, se mostró dispuesto a concederle una gracia y, si así lo deseara, a darle el puesto de mayor honor en su corte.

El sirviente rechazó aquello y pidió tan sólo un caballo y dinero para un viaje, pues tenía ganas de recorrer un poco el mundo. Su deseo fue cumplido y se puso en camino. Un día, pasando por un lago, vio tres peces que habían quedado atrapados en la nasa y que ansiaban volver al agua. Aunque se dice que los peces son mudos, él los oyó lamentarse de que en esa situación iban a perecer miserablemente. Como tenía un corazón compasivo, bajó del caballo y devolvió los tres prisioneros al agua. Éstos dieron coletazos de alegría y, sacando las cabezas, exclamaron:

—En cuenta lo tendremos y te pagaremos por habernos salvado.

Siguió cabalgando y al cabo de un rato le pareció oír una voz a sus pies, en la arena. Era el quejido del rey de un hormiguero:

—¡Si los hombres y sus torpes animales se mantuvieran lejos de nosotros! Este necio caballo está matando sin clemencia a mi gente con sus cascos.

Entonces, él se desvió hacia un camino lateral y el rey del hormiguero lo llamó y le dijo:

—En cuenta lo tendremos y te lo pagaremos.

El camino lo condujo al bosque, donde vio que una pareja de cuervos, padre y madre, parados junto a su nido, estaban expulsando a sus crías.

—¡Fuera de aquí, inútiles! —exclamaban—. Ya no podemos seguir llenando vuestros buches. Sois lo suficientemente mayores para alimentaros por vuestra cuenta.

Los pobres polluelos yacían en el suelo, agitando sus alitas, y chillaban:

—¡Somos unas pobres crías desamparadas; tenemos que buscar nuestra propia comida cuando ni siquiera sabemos volar! ¿Qué nos espera, sino morir de hambre aquí mismo?

Entonces, el buen mozo bajó de su caballo y, matándolo con su espada, se lo dejó a los polluelos como alimento. Estos se acercaron, dando saltos, se saciaron y dijeron:

—En cuenta lo tendremos y te lo pagaremos.

Ahora tenía que valerse de sus propias piernas, y después de recorrer muchos caminos llegó a una gran ciudad. Había mucho alboroto y aglomeración en las calles; llegó un jinete pregonando que la hija del rey buscaba un esposo y quien quisiera cortejarla debía someterse a una dura prueba, que de no cumplir fielmente le costaría la vida. Muchos ya lo habían intentado y habían muerto en vano. Cuando hubo visto a la princesa, el joven quedó tan deslumbrado por la magnitud de su belleza que, olvidando todo peligro, se presentó ante el rey como pretendiente.

En seguida fue conducido a la orilla del mar y ante su vista fue lanzado a las aguas un anillo de oro. Entonces el rey le ordenó que recuperase el anillo en el fondo del mar.

—Si regresas sin él a la superficie—añadió—, serás sumergido nuevamente hasta que perezcas bajo las olas.

Todos se apiadaron del apuesto joven, pero luego lo dejaron solo junto al mar. Él se quedó en la orilla, pensando qué debía hacer, cuando de pronto vio que tres peces nadaban hacia él: no eran otros sino aquéllos a los que él había salvado la vida. El que venía en medio traía una concha en su boca, que depositó en la playa, a los pies del joven. Este la recogió y, al abrirla, allí estaba el anillo de oro. Lleno de alegría, lo llevó ante el rey, confiando en que éste iba a otorgarle la recompensa prometida. Sin embargo, cuando la orgullosa princesa supo que él no era de su misma condición, le rechazó y exigió que previamente debía someterse a una segunda prueba. Fue hasta el jardín y con sus propias manos esparció en la hierba diez sacos de mijo.

—Mañana, antes de que salga el sol —dijo ella—, deberás haberlo recogido, sin que falte ni un solo granito.

El joven se sentó en el jardín, pensando cómo sería posible resolver la tarea, pero como no se le ocurriera nada, siguió sentado allí, esperando ser conducido al cadalso con el despuntar del día. Pero cuando los primeros rayos del sol llegaron al jardín, vio que los diez sacos estaban bien llenos y colocados en orden, sin que faltara un solo grano. El rey del hormiguero había venido por la noche con sus miles y miles de súbditos, y los animalitos, agradecidos, habían recogido el mijo, llenando los sacos con gran diligencia. La propia princesa descendió hasta el jardín y vio con asombro que el joven había cumplido su exigencia. Sin embargo, sin poder vencer el orgullo de su corazón, dijo:

—Aun cuando él ha cumplido las dos pruebas, no será mi esposo antes de traerme una manzana del árbol de la vida.

El joven no sabía dónde crecía el árbol de la vida; sin embargo se puso en camino, dispuesto a ir hasta donde le llevaran sus piernas, aun cuando no tenía esperanza de encontrarlo. Después de atravesar tres reinos, llegó por la noche a un bosque y, queriendo dormir, se sentó bajo un árbol; entonces oyó un ruido entre las ramas y una manzana dorada cayó en su mano. Al mismo tiempo, tres cuervos descendieron hasta él, y posándose en sus rodillas dijeron:

—Somos los tres cuervecillos que salvaste de la muerte; crecimos y oímos decir que buscabas la manzana dorada; entonces volamos sobre el mar hasta el fin del mundo, donde crece el árbol de la vida, y te hemos traído la manzana.

Lleno de alegría, el joven rehízo su camino y llevó la manzana dorada a la bella princesa, que ahora ya no tuvo más subterfugios. Repartieron entre ambos la manzana de la vida y la comieron juntos: así el corazón de ella se colmó de amor y juntos llegaron hasta muy viejos con inalterada dicha.

El pescador y su mujer

Éranse una vez un pescador y su mujer que vivían al lado del mar en una cabaña sucia como un orinal, y el pescador salía todos los días a pescar, y pescaba y pescaba.

En una ocasión, estaba sentado con su caña, mirando con la vista fija al agua clara, cuando de pronto su caña se sumergió profundamente y, cuando tiró de ella, sacó un enorme rodaballo. El rodaballo le dijo:

—Escúchame, pescador, te lo ruego: déjame vivir. Yo no soy un verdadero rodaballo, sino un príncipe encantado. ¿De qué te serviría matarme? Mi carne no te gustaría mucho; devuélveme al agua y déjame nadar.

—Vaya —dijo el hombre—, no necesitas gastar tantas palabras; a un rodaballo que sabe hablar bien puedo permitirle que vuelva al agua.

Dicho lo cual, lo dejó de nuevo en el agua clara y el rodaballo se sumergió hasta el fondo, dejando tras de sí un largo rastro de sangre. Entonces, el pescador se levantó y volvió a la cabaña sucia como un orinal, donde estaba su mujer.

—¿Qué? —dijo ella—, ¿no has pescado nada hoy?

—No —respondió el hombre—; pesqué un rodaballo, pero dijo que era un príncipe encantado, así que lo dejé volver al agua.

—¿Y no le pediste nada? —preguntó la mujer.

—No —respondió su marido—, ¿qué podía desear?

—¡Ay! —se lamentó ella—. Es una desgracia vivir siempre aquí en la cabaña; esto apesta y es tan asqueroso... Podrías haberle pedido una pequeña cabaña para nosotros. Ve allí de nuevo y llámalo; dile que queremos tener una pequeña cabaña. Seguro que nos la dará.

—¡Vaya!—dijo el hombre—. ¿Cómo voy a volver allí?

—Bueno—insistió ella—, tú lo pescaste y después lo dejaste marchar; seguro que volverá. Ve ahora mismo.

El hombre no estaba del todo convencido, pero tampoco quería pelearse con su mujer y caminó hacia la playa.

Cuando llegó al mar, éste estaba verde y amarillo, y ya no tan claro como antes. Se detuvo y dijo:

—Rodaballito del mar,
mi mujer, la Ilsebill,
a mis gustos es hostil
y los quiere contrariar.

Entonces, el rodaballo vino nadando y preguntó:

—Bueno, ¿y qué es lo que quiere?

—Mira —dijo el hombre—, es que yo te había pescado y ahora mi mujer dice que yo debería haber formulado un deseo. Ella no quiere vivir en una cabaña; quiere una casa.

—Vuelve allá —dijo el rodaballo—, pues ya la tiene.

Entonces, el hombre volvió y ya no estaba la cabaña; en lugar de ésta había una casita y su mujer estaba sentada en un banco delante de la puerta. Ella lo tomó de la mano y dijo:

—Entra y mira; ahora, esto está mucho mejor.

Entraron y en el interior había un pequeño vestíbulo, un magnífico cuartito, un dormitorio con dos camas, una cocina y una despensa equipadas con los mejores utensilios de estaño y latón, y todo lo necesario. Y detrás había incluso un patio pequeño con gallinas y patos, y un huertito con hortalizas y árboles frutales.

—Mira —dijo la mujer—, ¿no es bonito?

—Sí —asintió el hombre—, y debe quedarse así. Ahora viviremos contentos.

—Eso ya lo veremos —replicó la mujer.

Tras lo cual, comieron algo y se acostaron.

Así pasaron una o dos semanas, hasta que la mujer dijo:

—Oye, la casita es demasiado estrecha y el patio y el jardín son muy pequeños. El rodaballo bien podría habernos regalado una casa más grande. A mí me gustaría vivir en un gran castillo de piedra. Ve a ver al rodaballo; tiene que regalarnos un castillo.

—Pero, mujer—dijo el hombre—, la casita está bastante bien. ¿Para qué vivir en un castillo?

—¿Cómo que para qué? —repuso la mujer—. Ve a buscarlo, pues al rodaballo no le cuesta nada hacerlo.

—No, mujer, hace muy poco que el rodaballo nos dio la casita y no quiero volver a llamarlo tan pronto. Podría enfadarse.

—Ve de una vez —insistió la mujer—. Él sabe hacer estas cosas bastante bien y le gusta hacerlas. Ve a verlo.

El hombre sentía un peso en el corazón y no quería. «Esto no es justo», se dijo para sí, pero fue.

Cuando llegó a la playa, el agua era violeta y azul oscuro, gris y densa, y ya no tan verde y amarilla como antes, pero seguía quieta. El hombre se detuvo y llamó:

—Rodaballito del mar
mi mujer, la Ilsebill,
a mis gustos es hostil
y los quiere contrariar.

—Bueno, ¿y qué es lo que quiere?—preguntó el rodaballo.

—Uf —respondió el hombre, afligido—, quiere vivir en un gran castillo de piedra.

—Vuelve allí, que está delante de la puerta —dijo el rodaballo.

Entonces, el hombre volvió, creyendo que iba a volver a su casa, pero al llegar halló en su lugar un gran palacio de piedra y a su mujer en la escalera, disponiéndose a entrar. Lo tomó de la mano y dijo:

—Pasa.

Entraron y el castillo tenía un gran vestíbulo con suelo de mármol y muchísimos sirvientes que abrieron las puertas de golpe, y las paredes, tersas, tenían lindos empapelados; los cuartos estaban llenos de sillas y mesas doradas, y de los techos colgaban arañas de cristal, y además todas las habitaciones tenían alfombras, y en las mesas había comida y los mejores vinos en gran cantidad. Detrás de la casa había un gran patio con caballeriza y establo y con las mejores carrozas, y también un magnífico jardín con las más bellas flores y los árboles frutales más selectos, e incluso un bosquecillo de recreo de casi un kilómetro de longitud, donde vivían ciervos y liebres. Todo cuanto uno pueda desear.

—¿Ves? —dijo la mujer—. ¿No es hermoso esto?

—Bueno, sí —respondió el hombre—, y así debe quedarse. Ahora viviremos en el lindo castillo y nos quedaremos contentos.

—Eso ya lo veremos —respondió la mujer—. Lo consultaremos con la almohada.

Y se acostaron.

Al día siguiente, cuando amanecía, la mujer se despertó primero y desde la cama vio el bello paisaje que se abría ante ella. El hombre sólo había empezado a desperezarse cuando ella le dio un codazo en las costillas.

—Levántate, hombre, y echa una mirada por la ventana—le dijo—. Escucha, ¿es que no podríamos llegar a reinar sobre toda esta comarca? Ve a ver al rodaballo y dile que queremos ser reyes.

—Vamos, mujer —exclamó el hombre—, ¿para qué vamos a ser reyes? A mí no me gusta ser rey.

—Bien —dijo ella—, si tú no quieres ser rey, yo sí quiero serlo. Ve a ver al rodaballo, pues quiero ser rey.

—¡Ah, mujer! —exclamó él—. ¿Para qué quieres ser rey? No me agrada ir a pedírselo.

—¿Por qué no? Ve ahora mismo, pues quiero ser rey.

Entonces el hombre se alejó, muy afligido porque su mujer aspiraba a ser rey. «Esto no es justo, no es justo», pensó, y aunque no quería ir, al fin fue.

Cuando llegó al mar, el agua era de color gris oscuro, había fuerte marejada y olía a podrido. El hombre se detuvo y llamó:

—Rodaballito del mar,
mi mujer, la Ilsebill,
a mis gustos es hostil
y los quiere contrariar.

—Bueno, ¿y qué es lo que quiere?—preguntó el rodaballo.

—Uf —respondió el hombre—, ahora quiere ser rey.

—Vuelve allá —dijo el rodaballo—, que ya lo es.

Volvió, pues, el hombre y, cuando llegó al palacio, éste se había transformado en un castillo mucho más grande, con una alta torre soberbiamente engalanada y una guardia formada delante de la puerta y muchos soldados con tambores y trompetas. Y cuando él entró, todo era puro mármol y oro, coberturas de terciopelo y bordones dorados. Entonces se abrieron las puertas de la sala, donde estaba reunida toda la corte, y su mujer estaba sentada en un altísimo trono de oro y diamantes y llevaba puesta una gran corona dorada y el cetro que tenía en la mano era de oro puro y piedras preciosas, y a cada lado de ella había seis doncellas, cuyas cabezas subían escalonadamente. Él se acercó y dijo:

—¿Qué hay, mujer? ¿Eres rey ahora?

—Sí —respondió ella—, ahora soy rey.

Él se quedó parado, mirándola, y cuando la hubo mirado un rato, dijo:

—¡Vaya, mujer, estás muy bien como rey! Ahora ya no desearemos nada más.

—No, hombre —respondió la mujer, muy intranquila—, pero a mí se me hace muy largo el tiempo y no lo aguanto más. Ve a ver al rodaballo; rey soy, mas ahora debo ser emperador.

—¡Pero, mujer! ¿Para qué quieres ser emperador?

—Anda, ve a ver al rodaballo, pues quiero ser emperador.

—Pero mujer, él no puede hacer emperadores y yo no quiero pedirle tal cosa. En el Imperio sólo hay un emperador: el rodaballo no puede hacer emperadores, no puede y no puede.

—¿Qué dices? —exclamó la mujer—. Yo soy tu rey y tú eres mi hombre. Vas a ir inmediatamente; si puede hacer reyes, también puede hacer emperadores. Yo quiero ser emperador. Ve al instante.

Entonces él tuvo que ir. Pero en el camino le entró miedo y pensó: «Esto no terminará bien, pues querer ser emperador es demasiado atrevido; al fin, el rodaballo se cansará.»

Así, llegó a la playa y el mar estaba todo negro y espeso, revolviéndose desde el fondo y echando burbujas, y el viento soplaba a sus anchas, de modo que el hombre sintió escalofríos. Pero se detuvo y llamó:

—Rodaballito del mar,
mi mujer, la Ilsebill,
a mis gustos es hostil
y los quiere contrariar.

—Bueno, ¿y qué es lo que quiere?—preguntó el rodaballo.

—¡Ay, rodaballo! —se lamentó él—. Mi mujer quiere ser emperador.

—Regresa, que ya lo es—dijo el rodaballo.

Volvió, pues, el hombre, y al llegar el castillo era todo él de mármol lustroso, con figuras de alabastro y adornos dorados. Delante de la puerta formaban los soldados y sonaban trompetas, tambores y timbales, y en el interior, los barones, condes y duques iban y venían como lacayos; ellos les abrieron las puertas, que eran de oro puro. Al entrar, vio a su mujer sentada sobre un trono hecho de una sola pieza de oro y que tenía muchos metros de altura; llevaba una corona de oro incrustada de brillantes, que medía tres varas; con una mano sostenía el cetro, y con la otra el globo imperial, y estaba flanqueada por dos filas de vasallos, formados por orden de estatura, desde el gigante más enorme, que medía dos millas, hasta el gnomo más insignificante, no más alto que mi dedo meñique. Delante de ella había muchos príncipes y duques. El hombre se acercó y preguntó:

—¿Qué hay, mujer? ¿Eres emperador ahora?

—Sí —respondió ella—, soy emperador.

Él se quedó parado delante de ella y la miró detenidamente; después de haberla mirado un buen rato, dijo:

—¡Vaya, mujer, qué bien estás como emperador!

—Hombre —respondió ella—, ¿qué haces ahí parado? Ahora que soy emperador, quiero ser papa. Ve a ver al rodaballo.

—¡Ah, mujer! ¿Qué es lo que no quieres? No puedes convertirte en papa; sólo hay un papa en la cristiandad. El rodaballo no puede hacer tal cosa.

—Pues yo quiero ser papa. Ve en seguida; hoy mismo tengo que ser papa.

—No, mujer —dijo el hombre—, no quiero pedirle esto; no saldrá de ello nada bueno, es demasiado. El rodaballo no puede hacerte papa.

—¡No digas más tonterías! —exclamó la mujer—. Si puede hacer un emperador, lo mismo puede hacer un papa. Ve en seguida; yo soy el emperador y tú mi esposo. Irás ahora mismo.

Entonces, lleno de aflicción fue, pero sentía un nudo en el estómago y escalofríos, y las rodillas le temblaban. El viento barría la tierra, las nubes volaban mientras anochecía, las hojas se desprendían de los árboles, el agua se agitaba como si hirviera y bramando estallaba en la orilla. Desde lejos vio que los barcos pedían socorro mediante cañonazos, mientras brincaban y bailaban en las crestas de las olas. Pero el cielo estaba todavía un poco azul en el centro, aunque desde los bordes subían nubes que presagiaban una fuerte tempestad. Desalentado y asustado, se detuvo y llamó:

—Rodaballito del mar
mi mujer, la Ilsebill,
a mis gustos es hostil
y los quiere contrariar.

—Bueno, ¿y qué es lo que quiere? —preguntó el rodaballo.

—¡Ay! —dijo el hombre—. Ahora quiere ser papa.

—Regresa, que ya lo es —respondió el rodaballo.

Volvió, pues, y al llegar había algo parecido a una gran iglesia, rodeada de palacios. Se abrió paso entre la muchedumbre; en el interior todo estaba iluminado con miles y miles de cirios, y su mujer, vestida de oro puro, estaba sentada en un trono mucho más alto, ostentando tres grandes coronas de oro, y a su alrededor había numerosos dignatarios eclesiásticos y a cada lado una fila de cirios, el mayor tan grueso y alto como una torre y el menor tan diminuto como una velita de cocina. Todos los emperadores y reyes estaban arrodillados ante ella, besándole la pantufla.

—¡Vaya, mujer! —exclamó el hombre—. ¿Eres papa ahora?

—Sí —respondió ella—, soy papa.

Entonces, él se quedó parado, mirándola con atención, y era como si mirara al sol resplandeciente. Después de mirarla un rato, dijo:

—¡Vaya, mujer, qué bien estás como papa!

Sin embargo, ella permaneció sentada, firme como un tronco y sin moverse ni un ápice.

—Mira, mujer —agregó entonces—, ahora que eres papa, date por satisfecha; más no puedes llegar a ser.

—Eso ya lo veremos —respondió la mujer.

Después, los dos se acostaron, pero ella no estaba contenta y la ansiedad no la dejaba dormir. Pensaba sin cesar en qué otra cosa quería llegar a ser.

El hombre durmió muy bien y profundamente, ya que aquel día había caminado mucho, pero la mujer no podía dormirse y daba vueltas en la cama de un lado a otro, siempre pensando qué otra cosa podía llegar a ser; sin embargo, no se le ocurrió nada. A todo eso, el sol estaba por salir, y cuando ella vio la aurora se incorporó en la cama, miró en su dirección y, al ver al sol que salía detrás de la ventana, pensó: «Vaya, ¿no podría yo también hacer subir al sol y a la luna?»

—¡Hombre! —llamó, dándole un codazo en las costillas—. Ve a ver al rodaballo, pues quiero ser como el mismo Dios.

El hombre estaba todavía dormido, pero tuvo tal susto que se cayó de la cama. Creyó que había oído mal y, restregándose los ojos, preguntó:

—¿Qué dices, mujer?

— Si no puedo hacer subir el sol y la luna, y sólo debo contemplar cómo suben, no lo soportaré, y ya no tendré una hora de paz al pensar que no puedo mandarlos subir por mi cuenta.

Y la mujer le dirigió una mirada tan espantosa que a él le subió un escalofrío por la espalda.

—Ve al instante, pues quiero ser como el propio Dios.

—¡Por piedad, mujer! —exclamó el hombre, cayendo de rodillas ante ella—. El rodaballo no puede hacer tal cosa; emperadores y papas sí puede. Te lo suplico, recapacita y quédate como papa.

Entonces, la maldad se apoderó de ella: el pelo se le alborotó alrededor de la cabeza, se desgarró el corpiño y, dando a su esposo un puntapié, gritó:

—¡No lo aguanto más y no lo aguanto! ¡Irás ahora!

Así que él se puso los pantalones y, corriendo como un loco, fue.

Afuera seguía el vendaval, de modo que apenas podía mantenerse en pie; caían las casas y los árboles, temblaba la montaña y las rocas rodaban hasta el mar. El cielo estaba totalmente negro; tronaba y los relámpagos estallaban. Del mar se levantaban olas negras, tan altas como torres de iglesias o montañas, coronadas de espuma blanca. El hombre gritó, pero no pudo oír sus propias palabras:

—Rodaballito del mar,
mi mujer, la Ilsebill,
a mis gustos es hostil
y los quiere contrariar.

—Bueno, ¿y qué es lo que quiere? —preguntó el rodaballo.

—¡Ay! —exclamó él—. Quiere ser como el mismo Dios.

—Regresa —dijo el rodaballo—, pues ella está sentada otra vez en la cabaña sucia como un orinal.

Y allí siguen sentados hasta el día de hoy.

Cenicienta

La esposa de un hombre rico cayó enferma y, como viera que su fin estaba próximo, llamó a su única hijita a la cabecera de su lecho y le dijo:

—Hija querida, sigue siendo buena y piadosa, pues así el buen Dios siempre te ayudará. Yo seguiré tus pasos desde el cielo y estaré junto a ti.

Dicho esto, cerró los ojos y murió. La niña iba cada día a la tumba de su madre y lloraba, y continuó siendo buena y piadosa. Cuando llegó el invierno, éste cubrió la tumba de un blanco manto, y cuando el sol primaveral lo retiró, el hombre rico se casó con otra mujer.

La mujer tenía dos hijas que trajo consigo a la casa, y eran de rostros tan bellos y blancos como de infames y negros corazones. Entonces, se inició un tiempo muy difícil para la pobre hijastra.

—Pero ¿qué hace esta palurda sentada en la misma habitación que nosotras?—dijeron—. El que quiere comer ha de ganarse el pan: ¡a la cocina, con las criadas!

Le quitaron sus hermosos vestidos y le dieron un viejo delantal y unos zuecos.

—¡Mirad cómo se ha engalanado la orgullosa princesa! —exclamaron riéndose, y la condujeron a la cocina.

Tuvo que hacer allí los más duros trabajos de la mañana a la noche; debía levantarse antes del amanecer, traer el agua, encender el fuego, cocinar y lavar. Además, las hermanas la atormentaban con todas las maldades imaginables y hacían de ella escarnio, esparciendo lentejas y guisantes en las cenizas para que tuviera que recogerlos. Por la noche, cansada de trabajar, como no tenía lecho alguno, debía echarse cerca del horno, sobre las cenizas. Y como a causa de ello siempre estaba polvorienta y sucia, la llamaron Cenicienta.

Una vez, al disponerse el padre a ir a la feria, preguntó a las dos hijastras qué debía traerles al regresar:

—Hermosos vestidos —dijo la primera.

—Perlas y piedras preciosas —dijo la segunda—. ¿Y tú, Cenicienta? ¿Qué quieres tú?

—Padre, la primera ramita que roce vuestro sombrero cuando regreséis, quebradla para mí.

Compró, pues, bellos vestidos, perlas y piedras preciosas para las dos hermanas y, a su regreso, cabalgando por un bosquecillo, una ramita de avellano rozó su sombrero y lo hizo caer. Entonces cortó la ramita y la guardó. Cuando volvió a casa, dio a las hijastras lo que le habían pedido y a Cenicienta la ramita de avellano. Cenicienta le dio las gracias, fue a la tumba de su madre y plantó en ella la ramita, y tanto lloró que sus lágrimas al caer sobre ella le sirvieron de riego. La ramita creció y llegó a ser un lindo árbol. Cenicienta iba tres veces cada día, y bajo el árbol lloraba y rezaba, y cada vez venía un pajarito blanco que se posaba en el árbol. Y cuando ella formulaba un deseo, el pajarito le dejaba caer lo que ella había pedido.

Sucedió que el rey organizó una fiesta, que debía celebrarse durante tres días y a la cual fueron invitadas todas las bellas jóvenes del país, a fin de que su hijo escogiera una novia. Cuando las dos hermanas supieron que también ellas iban a estar presentes se pusieron de muy buen humor y, llamando a Cenicienta, le dijeron:

—Péinanos, cepilla nuestros zapatos y abróchanos las hebillas, que vamos al baile del palacio real.

Cenicienta obedeció, aunque llorando, pues también le habría gustado ir al baile, y rogó a la madrastra que se lo permitiera.

—¿Tú, Cenicienta? —exclamó—. ¿Tú que estás llena de polvo y mugre quieres ir a la fiesta? ¡Ni siquiera tienes vestidos y zapatos, y quieres bailar!

Pero como insistía, finalmente declaró:

—He volcado un plato de lentejas en las cenizas; si dentro de dos horas las recoges, nos acompañarás.

La niña salió al jardín por la puerta de atrás y llamó:

—Pichoncitos y tortolitos, y todos vosotros, pajaritos del cielo, venid y ayudadme a recoger las lentejas;

al plato las buenas,
al buche las malas.

Por la ventana de la cocina entraron dos pichoncitos blancos, después las tórtolas y, finalmente, se precipitaron aleteando todos los pajaritos y se posaron alrededor de la ceniza. Cabeceando, los pichoncitos, pic, pic, pic, pic, empezaron a picotear, y luego los demás también hicieron pic, pic, pic, pic, y echaron todos los granos buenos en el plato. Apenas había pasado una hora cuando, habiendo terminado ya, reemprendieron el vuelo. Entonces la niña, llena de alegría, llevó el plato a su madrastra, creyendo que ahora le permitiría acompañarlas a la fiesta.

—No, Cenicienta —dijo ésta, sin embargo—. Tú no tienes vestidos y no sabes bailar; se mofarían de ti.

Pero como ella se puso a llorar, añadió:

—Si dentro de una hora me traes dos platos llenos con lentejas recogidas de las cenizas, entonces nos acompañarás.

Y pensó: «Nunca será capaz.» Cuando hubo echado los dos platos de lentejas en las cenizas, la niña salió al jardín por la puerta de atrás y llamó:

—Pichoncitos y tortolitas, y todos vosotros, pajaritos del cielo, venid y ayudadme a recoger las lentejas;

al plato las buenas,
al buche las malas.

Por la ventana de la cocina entraron dos pichoncitos blancos, después las tortolitas y, finalmente, se precipitaron aleteando todos los pajaritos y se posaron alrededor de la ceniza. Cabeceando, los pichoncitos, pic, pic, pic, pic, empezaron a picotear y luego los demás también hicieron pic, pic, pic, pic, y echaron todos los granos buenos en el plato. Y antes de que pasara media hora, habiendo ya terminado, reemprendieron el vuelo. Llena entonces de alegría, la niña llevó los dos platos a su madrastra, creyendo que ahora le permitiría acompañarlas a la fiesta. Pero ésta dijo:

—No te servirá de nada; no vendrás con nosotras, porque no tienes vestidos y no sabes bailar. Nos avergonzaríamos de ti.

Y volviéndole la espalda, partió deprisa con sus dos hijas.

Ahora que ya no había nadie en casa, Cenicienta fue a la tumba de su madre y, a la sombra del avellano, llamó:

—Arbolito, tu copa moverás
y oro y plata sobre mí verterás.

Entonces el pajarito le tiró un vestido dorado y plateado y unas zapatillas bordadas de seda y plata. Se vistió a toda prisa y fue a la fiesta. Sus hermanas y su madrastra no la reconocieron, pues como estaba tan bella con su vestido dorado creyeron que debía ser una princesa extranjera. Ni una sola vez se les ocurrió que pudiera ser Cenicienta, tan seguras estaban de que debía estar en casa, sucia y recogiendo las lentejas de las cenizas. El príncipe fue a su encuentro, la cogió de la mano y bailó con ella. No quería bailar con nadie más, así que no se desprendió de su mano, y cuando venía otro para invitarla a bailar, decía:

—Ésta es mi pareja.

Bailó hasta que se hizo de noche y entonces quiso volver a casa.

—Iré contigo para acompañarte —le dijo el príncipe, pues quería saber de dónde provenía la hermosa muchacha.

Sin embargo, ella escapó y corrió hasta el palomar. Mientras la esperaba, el príncipe se encontró con el padre de ella y, sin saber quién era, le contó que la muchacha desconocida había huido al palomar. «¿No será

Cenicienta?», pensó el viejo, e hizo que le trajeran un hacha y un pico para romper el palomar, pero dentro no había nadie. Cuando regresaron a casa, Cenicienta estaba echada sobre las cenizas, con sus vestidos sucios, y un mechero ardía sobre la chimenea. Había saltado por el lado opuesto del palomar y había corrido hasta el avellano; allí se había quitado el hermoso vestido, que dejó sobre la tumba y que el pájaro recogió, y entonces, poniéndose su delantalito gris, se había echado de nuevo sobre las cenizas.

Al día siguiente, cuando se reanudó la fiesta y los padres y las hermanastras partieron, Cenicienta fue hasta el avellano y llamó:

—Arbolito, tu copa moverás
y oro y plata sobre mí verterás.

Entonces, el pájaro dejó caer un vestido aún más espléndido que el del día anterior, y cuando ella apareció con él, todo el mundo se maravilló de su belleza. El príncipe, que había esperado su llegada, la cogió de la mano y sólo bailó con ella. Cuando otros venían a invitarla, les decía:

—Ésta es mi pareja.

Al anochecer, ella quiso irse y el hijo del rey la siguió, pues quería ver a qué casa regresaba; sin embargo, ella logró escaparse hacia el jardín que había detrás de la casa. Había allí un árbol grande y hermoso, lleno de las peras más deliciosas; ella trepó por las ramas tan ágilmente como una ardilla y el príncipe no supo dónde se había metido. Mientras la esperaba, se encontró con el padre y le dijo:

—La doncella desconocida se me ha escapado; creo que se ha subido al árbol.

«¿No será Cenicienta?», pensó el padre, y mandó buscar un hacha y cortó el árbol, pero no había nadie en él. Cuando llegaron a la cocina, Cenicienta yacía como siempre sobre las cenizas; y era que ella había bajado del árbol por el otro lado y, devolviendo al pájaro del avellano su hermoso vestido, se había puesto el delantalito gris.

Al tercer día, cuando los padres y hermanastras habían partido, Cenicienta fue nuevamente a la tumba de su madre y dijo al árbol:

—Arbolito, tu copa moverás
y oro y plata sobre mí verterás.

Esta vez el pájaro le echó un vestido tan precioso y reluciente como nunca había tenido antes, y las zapatillas eran de puro oro. Cuando apareció así vestida, en la fiesta nadie supo qué decir, de tanto asombro. El príncipe bailó sólo con ella y cuando la invitaba algún otro, decía:

—Ésta es mi pareja.

Al anochecer, Cenicienta quiso irse y el príncipe quiso acompañarla, pero tan rápidamente huyó ella que él no pudo seguirla. Sin embargo, el príncipe había recurrido a una estratagema: había hecho untar con brea la escalera, de modo que cuando la doncella bajó corriendo, su zapatilla izquierda quedó allí atrapada. El príncipe la recogió: era pequeña y graciosa, de oro puro. A la mañana siguiente, la llevó al hombre rico y le dijo:

—Ninguna otra será mi esposa, sino aquella cuyo pie calce esta zapatilla de oro.

Al oír esto, las dos hermanas se alegraron, pues tenían lindos pies. La mayor se la llevó a su habitación para probársela, en presencia de su madre, pero su pie no pudo entrar a causa del tamaño de su dedo gordo. Entonces su madre le tendió un cuchillo y le dijo:

—Córtate el dedo; cuando seas reina no necesitarás ir a pie.

La muchacha se cortó el dedo, metió a la fuerza el pie en la zapatilla y, ocultando su dolor, se presentó ante el hijo del rey. Tomándola por novia, éste la montó en su caballo y se la llevó. Pero el camino pasaba junto a la tumba y allí, en el avellano, estaban posados los dos pichoncitos, que exclamaron:

—Zurú, zurú, zurú,
del pie mana carmín,
chico es el escarpín,
en casa aún está
la novia de verdad.

Miró entonces el pie de ella y, al ver que la sangre corría, el príncipe hizo volverse a su caballo y, devolviendo la falsa novia a su casa, dijo que, puesto que ésa no era la verdadera, la otra hermana debía probarse la zapatilla. Fue ésta a su habitación y consiguió que sus dedos entraran sin obstáculo; sin embargo, su talón era demasiado grueso. Su madre le tendió un cuchillo y le dijo:

—Rebana un trozo de tu talón; cuando seas reina no necesitarás ir a pie.

La muchacha rebanó un pedazo de su talón, metió a la fuerza el pie y, apretando los dientes para disimular el dolor, se presentó ante el príncipe. Tomándola por novia, éste la montó en su caballo y se la llevó. Al pasar junto al avellano los dos pichoncitos que estaban posados en sus ramas dijeron:

—Zurú, zurú, zurú,
del pie mana carmín,
chico es el escarpín,
en casa aún está
la novia de verdad.

Él bajó la vista y vio que la sangre manaba del pie y subía, tiñendo la blanca media. Entonces, hizo dar la vuelta a su caballo y devolvió la falsa novia a su casa.

—Tampoco ésta es la verdadera—dijo—. ¿No tenéis otra hija?

—No —respondió el hombre—; sólo tengo, de mi difunta esposa, una pequeña Cenicienta, pero es imposible que ésa pueda ser la novia.

El príncipe pidió que la hiciera llamar, pero la madrastra objetó:

—¡Ah, no, va demasiado sucia y no debe dejarse ver!

Pero el príncipe insistió y fue preciso llamar a Cenicienta. Primero se lavó las manos y la cara y entonces se acercó e, inclinándose ante el príncipe, recibió de él la zapatilla de oro. En seguida tomó asiento y, sacando el pie del pesado zueco, lo introdujo en la zapatilla: le quedaba como anillo al dedo. Cuando se hubo puesto de pie, al mirarla a la cara el príncipe reconoció a la hermosa doncella con la que había bailado, y exclamó:

—¡Ésta es la verdadera novia!

La madrastra y las dos hermanas se estremecieron y palidecieron de ira; sin embargo, el príncipe montó a Cenicienta en su caballo y se la llevó. Cuando pasaron junto al avellano, los dos pichoncitos blancos cantaron:

—Zurú, zurú, zurú,
del pie no mana más carmín,
justo es el escarpín;
con el príncipe va
la novia de verdad.

Después de decir esto, los dos volaron y fueron a posarse en los hombros de Cenicienta, uno en el derecho y otro en el izquierdo, y allí se quedaron.

Cuando iba a celebrarse la boda, llegaron las dos hermanastras con la intención de congraciarse con Cenicienta y participar de su dicha, y mientras los novios se encaminaban a la iglesia, la mayor se puso al lado derecho de ella y la menor a la izquierda, pero entonces los pichones las picotearon a cada una en un ojo. Después, cuando los novios salieron, la mayor se puso al lado izquierdo y la menor al derecho, y entonces los pichones las picotearon a cada una en el otro ojo. Y así, por su falacia y maldad, fueron castigadas con la ceguera por el resto de sus días.

Caperucita Roja

Érase una vez una graciosa muchachita a la que, con sólo mirarla, todos la querían, pero a la que su abuela quería más que nadie, hasta el punto de no saber ya qué más podía darle. Una vez le regaló una caperuza de terciopelo rojo y, como le quedaba tan bien y ella no quería quitársela a cambio de ninguna otra cosa, en adelante sólo la llamaron Caperucita Roja. Un día, su madre le dijo:

—Ven, Caperucita. Aquí tienes un bizcocho y una botella de vino; llévaselos a tu abuela, que está enferma y débil, para que se reanime. Ve antes de que haga calor y, al caminar, pórtate muy bien y no te apartes del sendero, porque podrías caerte y se rompería la botella y la abuela se quedaría sin nada. Y cuando entres en su habitación, no te olvides de decir «buenos días» y no te pongas antes a husmear por todos los rincones.

—Lo haré todo bien —dijo Caperucita a su madre, y le apretó la mano.

La abuela vivía en el bosque, fuera de la aldea, a una media hora de camino. Apenas entró en el bosque, Caperucita se encontró con el lobo, pero como no sabía cuán malvada fiera era, no le tuvo miedo.

—Buenos días, Caperucita —dijo él.

—Muchas gracias, lobo.

—¿Adónde vas tan temprano?

—A ver a la abuela.

—¿Y qué llevas bajo el delantal?

—Vino y bizcocho que hicimos ayer para que la abuela, que está enferma y débil, recobre las fuerzas.

—¿Dónde vive tu abuela, Caperucita?

—A un buen cuarto de hora de camino por el bosque. Allí, bajo los tres grandes robles está su casa, rodeada de unos setos de avellanos. Pero tú ya debes saberlo.

El lobo se dijo para sus adentros: «Esta niña, tierna y joven, vaya rico bocado; será todavía más sabrosa que la vieja. Tienes que proceder con astucia, para zampártelas a las dos.» Caminó, pues, un rato junto a Caperucita y entonces dijo:

—Caperucita, mira las lindas flores que crecen en los bordes. ¿Por qué no miras a tu alrededor? Me parece que ni siquiera oyes cuán amorosamente cantan los pajaritos, y caminas tiesa, como si fueras al colegio. Todo es tan placentero aquí, en el bosque...

Caperucita levantó los ojos y, viendo que los rayos del sol bailaban aquí y allá a través de los árboles y que todo estaba lleno de hermosas flores, pensó: «Si le llevo a la abuela un ramo de flores frescas, también eso la pondrá contenta; es tan temprano todavía que llegaré a buena hora.» Y brincando fuera del camino, se adentró en el bosque para buscar flores. Pero cuando había cogido una, le parecía que más allá había otra más hermosa, y así, corriendo en su busca, penetró cada vez más en el bosque. El lobo, por su parte, fue directamente a casa de la abuela y llamó a la puerta.

—¿Quién está ahí?

—Caperucita, que te trae bizcocho y vino; ábreme.

—Sólo tienes que hacer girar el pomo —dijo la abuela—; yo estoy demasiado débil y no puedo levantarme.

El lobo hizo girar el pomo, abrió la puerta y, sin decir palabra, fue derecho a la cama donde estaba la abuela y se la zampó. Entonces, se puso sus vestidos, se encasquetó su cofia y, echándose en la cama, corrió las cortinas.

Entretanto, Caperucita había estado corriendo de flor en flor, y cuando tuvo tantas que ya no pudo cargar más, se acordó de la abuela y se encaminó a su casa. Le sorprendió ver que la puerta estaba abierta y, al entrar, todo le pareció tan raro que pensó: «¡Ay, Dios mío! ¿Por qué hoy me inquieto tanto, si siempre me ha gustado tanto venir a visitar a la abuela?»

—¡Buenos días! —llamó, pero no obtuvo ninguna respuesta.

Entonces, se acercó a la cama y abrió las cortinas: ahí estaba la abuela, con la cofia echada sobre la cara y con un aspecto muy extraño.

—¡Ay, abuela, qué grandes orejas tienes!

—Para oírte mejor.

—¡Ay, abuela, qué grandes ojos tienes!

—Para verte mejor.

—¡Ay, abuela, qué grandes manos tienes!

—Para agarrarte mejor.

—Pero, abuela, ¡qué enormes y terribles fauces tienes!

—Para devorarte mejor.

Y apenas hubo dicho esto, el lobo dio un brinco desde la cama y se tragó a la pobre Caperucita.

Cuando el lobo hubo saciado su voracidad, se acostó de nuevo, se quedó dormido y se puso a roncar estruendosamente. El cazador, que pasaba cerca de la casa, pensó:

«¡Cómo ronca la vieja! Mejor será echarle una mirada, por si le pasa algo.» Entró en la habitación y al llegar a la cama vio que el lobo yacía en ella.

—¡Así que aquí te encuentro, viejo pecador! —exclamó—. Hace mucho tiempo que te andaba buscando.

Cuando estaba ya apuntándole con su fusil, se le ocurrió que el lobo bien podría haber devorado a la abuela y que aún podría ser salvada, así que en vez de disparar fue en busca de unas tijeras y empezó a abrir la panza de la fiera dormida. Apenas había hecho un par de cortes, cuando vio relucir la caperuza roja; un par de cortes más y la niña saltó fuera.

—¡Ay, qué miedo he pasado! —exclamó—. ¡Y qué oscuro está en la barriga del lobo!

Al final también salió la abuela, que apenas podía respirar. Caperucita partió de inmediato en busca de unas grandes piedras, con las cuales rellenaron la barriga del lobo. Al despertar, éste quiso huir, pero las piedras eran tan pesadas que se desplomó al instante, muerto.

Entonces los tres se regocijaron; el cazador arrancó la piel al lobo y se la llevó a casa; la abuela, tras comer el bizcocho y beber el vino que Caperucita le había traído, cobró nuevas fuerzas y, por su parte, Caperucita se dijo: «Cuando vayas sola, en tu vida volverás a apartarte del camino, y a meterte en el bosque si tu madre te lo ha prohibido.»

Los músicos de Bremen

Tenía un hombre un burro que, por muchos años, había llevado pacientemente los sacos al molino, pero cuyas fuerzas estaban ahora llegando a su fin, de modo que se hacía cada vez más inútil para el trabajo. Entonces, su amo pensó privarlo de la comida, pero el burro, dándose cuenta de que soplaban vientos desfavorables, se largó y tomó el camino que conduce a Bremen. Estaba convencido de que allí podría llegar a ser músico municipal. Después de haber andado un rato, encontró a un lebrel que estaba echado en el camino y que jadeaba como el que está exhausto de tanto correr.

—¡Vaya, Atrapador! —exclamó el burro—. ¡Qué manera de jadear!

—Ah —dijo el perro—, como me he hecho viejo y cada día estoy más débil, y como durante las cacerías no puedo correr, mi amo ha querido matarme; me he escapado, pero, ¿cómo me ganaré ahora el pan de cada día?

—¿Sabes qué? —dijo el burro—. Yo voy a Bremen y allí me haré músico municipal. Ven conmigo y métete también a músico. Yo toco el laúd y tú tocarás el bombo.

El perro aceptó complacido y se marcharon juntos. Al poco rato, vieron a un gato que estaba sentado al borde del camino y que ponía cara de disgusto y fatiga.

—Vaya, ¿qué se te ha atravesado en el camino, viejo Lamebigotes?—preguntó el burro.

—¿Quién puede estar contento cuando te saltan al cuello? —dijo el gato—. Como se me han caído los años encima y mis dientes están romos y lo que más me gusta es echarme junto al fogón y ronronear, en vez de salir a cazar ratones, mi dueña ha querido ahogarme; conseguí huir, pero, ¿ahora qué? ¿Adónde iré?

—Ven con nosotros a Bremen, tú que eres experto en música nocturna; allí puedes hacerte músico municipal.

Esto le pareció bien al gato y se unió a ellos. Después, los tres fugitivos pasaron junto a una granja, y encima del portón estaba el gallo de la casa, cantando a voz en cuello.

—Gritas como para romperle a uno los tímpanos —dijo el burro—. ¿Qué te ocurre?

—Por más que profeticé el buen tiempo —respondió el gallo— y ahora todos pueden poner su ropita a secar, el ama no ha tenido clemencia; como mañana vendrán visitas para el fin de semana, ha ordenado a la cocinera que me eche al puchero; así que debo dejar que esta tarde me corten la cabeza. Por eso grito a todo pulmón, por el tiempo que me queda.

—¡Ah, qué tontería, Cabezarroja! —exclamó el burro—. Más vale que vengas con nosotros, que vamos a Bremen. En todas partes encontrarás algo mejor que la muerte. Tú tienes una buena voz y eso de hacer música juntos tendrá su gracia.

Al gallo le gustó la propuesta y los cuatro siguieron su camino.

Sin embargo, como no podían llegar a la ciudad de Bremen en un solo día, al anochecer se internaron en un bosque para pernoctar. El burro y el perro se echaron a los pies de un gran árbol; el gato y el gallo saltaron a las ramas, pero el gallo voló hasta la cima, donde le parecía estar más seguro. Antes de dormirse, miró a los cuatro vientos y le pareció ver que, a lo lejos, brillaba una lucecita; entonces llamó a los compañeros, diciéndoles que debía haber por allí una casa, puesto que ardía una lumbre.

—Entonces debemos levantarnos e ir allá —dijo el burro—, puesto que este albergue no es muy confortable.

El perro opinó que unos huesos con algo de carne le vendrían bien. Así que se encaminaron hacia la luz. Pronto la vieron brillar más claramente y crecer, hasta que llegaron a una bien iluminada guarida de ladrones. Como él era el más grande, el burro se aproximó a la ventana y miró hacia el interior.

—¿Qué ves, jamelgo gris? —preguntó el gallo.

—Lo que veo —respondió el burro— es una mesa llena de manjares y bebidas y, a su alrededor, unos ladrones que se divierten mucho.

—Eso nos vendría de perilla —dijo el gallo.

—¡Ya lo creo, si estuviéramos ahí! —exclamó el burro.

Entonces, los animales discurrieron acerca de cómo podrían echar a los ladrones y por fin encontraron un medio: el burro debía apoyar sus cascos delanteros en el alféizar de la ventana, el perro debía montarse en su espalda, el gato saltar encima del perro y, finalmente, el gallo debía volar y posarse en la cabeza del gato. Así lo hicieron y entonces, a una señal, todos juntos comenzaron a producir su música: el burro rebuznó, el perro ladró, el gato maulló y el gallo cantó y, rompiendo los cristales, todos se dejaron caer al interior de la habitación. Ante este terrible griterío, los ladrones se levantaron espantados y, creyendo que había entrado nada menos que un fantasma, huyeron despavoridos hacia el bosque. Entonces, los cuatro compañeros se instalaron ante la mesa y, contentándose con los restos, comieron como si debieran pasar en ayunas las próximas cuatro semanas. Una vez que los cuatro músicos hubieron saciado su apetito, apagaron las luces y buscaron un sitio donde dormir, cada cual según su naturaleza y conveniencia. El burro se echó en la paja, el perro detrás de la puerta, el gato sobre el fogón, junto a la ceniza caliente, y el gallo se instaló sobre la viga apropiada; y como estaban fatigados de su larga caminata, pronto se durmieron. Pasada la medianoche los ladrones vieron desde lejos que ya ninguna luz iluminaba la casa y que todo parecía tranquilo. El que era el jefe dijo:

—No debimos permitir que nos tomen el pelo.

Y mandó a uno de los suyos a la casa para investigar. El encargado de esta misión encontró que todo estaba tranquilo y fue a la cocina para encender una vela, y como tomó los ojos fosforescentes del gato por carbones, acercó a ellos una cerilla para prenderla. Pero el gato no estaba para bromas y, bufando, le saltó a la cara y lo arañó. Terriblemente asustado, el hombre quiso escapar por la puerta trasera, pero el perro, que estaba ahí, dio un salto y le mordió la pierna; y cuando en su huida cruzaba el patio y pasaba ante el pajar, el burro le asestó una fuerte coz, y el gallo, despierto por el alboroto, gritó desde su viga:

—¡Quiquiriquí!

El ladrón, corriendo como pudo, llegó adonde estaba su jefe y le dijo:

—¡Ay! En la casa se ha instalado una terrible bruja que me bufó y me arañó la cara con sus largas uñas; delante de la puerta hay un hombre con un cuchillo que me apuñaló la pierna, y en el

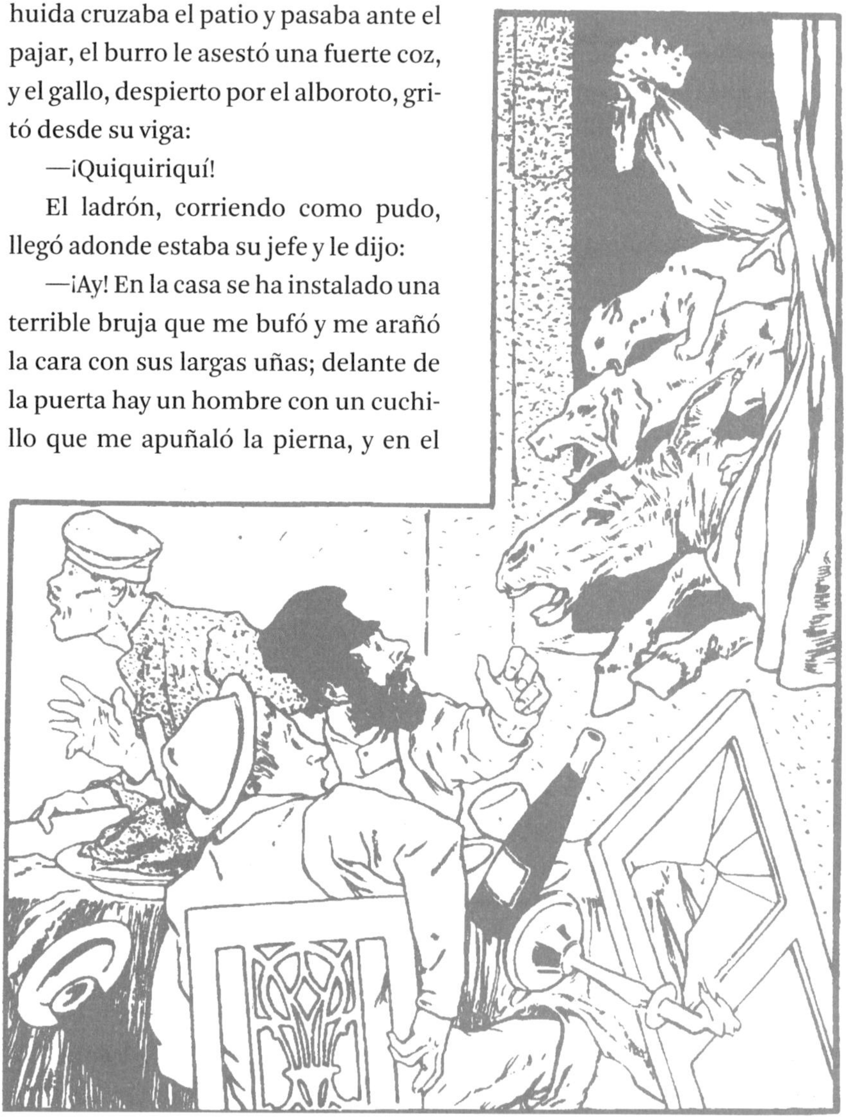

patio hay un monstruo negro que me golpeó con un garrote; y encima del techo está el juez, que grita: «¡Traigan al malandrín!» Entonces, salí corriendo a la desesperada.

De ahí en adelante, los ladrones no volvieron a atreverse a entrar en la casa, pero ésta les gustó tanto a los cuatro músicos de Bremen que ya no quisieron moverse de ella. Y todavía se mueve la lengua del que ha contado esto la última vez.

Los tres pelos dorados del diablo

Había una pobre mujer que dio a luz un niñito, y como éste viniera al mundo envuelto en la piel de la fortuna, le fue pronosticado que al cumplir los catorce años se casaría con la hija del rey. Sucedió que muy poco después el rey vino a la aldea, pero como nadie sabía que era el rey, cuando preguntó a la gente qué novedades había, le respondieron:

—Por estos días ha nacido un niño con la piel de la fortuna; todo lo que emprenda alguien con esa piel le significará dicha. Se le ha vaticinado que al cumplir los catorce años conseguirá por esposa a la hija del rey.

El rey, que tenía un corazón malvado, se inquietó al oír este presagio. Fue a ver a los padres y, fingiendo afabilidad, les dijo:

—Humildes gentes, dejadme vuestro hijo, que yo velaré por él.

Al principio se negaron, pero cuando el desconocido les ofreció oro en abundancia, pensaron: «Es un niño afortunado y esto le significará dicha», y finalmente consintieron y le entregaron el niño.

El rey lo puso dentro de una caja y así cabalgó con él hasta llegar a un profundo lago, donde echó la caja al agua, pensando: «De este pretendiente insospechado he salvado a mi hija.» Sin embargo, la caja no se hundió; por el contrario, flotó como un barquichuelo, sin que le entrara una sola

gotita de agua. Siguió así flotando hasta aproximarse a unas dos millas de la capital del reino, donde había un molino en cuya presa quedó enganchada. Afortunadamente, estaba allí un aprendiz del molinero que, al verla, la atrajo hacia sí con un gancho, creyendo que en su interior iba a encontrar grandes tesoros, pero al abrirla halló en ella, vivo y sano, a un lindo niño. Lo llevó a los molineros y, como ellos no tenían hijos, se alegraron mucho, diciendo:

—¡Dios nos lo ha enviado!

Criaron al expósito con mucho cuidado y éste creció adornado de todas las virtudes.

Sucedió que una vez, durante una tempestad, el rey buscó refugio en el molino y preguntó al matrimonio si el muchacho era hijo suyo.

—No —respondieron ellos—, es un expósito que vino flotando en una caja que se enganchó en la presa hace catorce años y que el aprendiz sacó del agua.

De este modo, el rey se dio cuenta de que el muchacho no era otro que el niño afortunado que él había arrojado al agua, y dijo:

—Buenas gentes, ¿no podría el muchacho llevar una carta a la reina? Le daré por ello dos monedas de oro.

—Será como el rey mande —respondieron, y ordenaron al joven que se preparara.

Entonces, el rey escribió una carta a la reina, en la que decía: «Tan pronto llegue el muchacho con esta carta, ha de ser muerto y sepultado, y todo esto antes de mi regreso.»

El muchacho se puso en camino con la carta, pero se extravió y ya de noche se encontró dentro de un gran bosque. Viendo una pequeña luz en la oscuridad, se encaminó hacia ella y llegó a una casita. Cuando entró, había solamente una vieja sentada al lado del fuego. Asustada al ver al muchacho, dijo:

—¿De dónde vienes y adónde vas?

—Vengo del molino —respondió él—, y voy a ver a la reina, a la cual debo entregar una carta; pero puesto que me he extraviado en el bosque, quisiera pasar la noche aquí.

—Pobre muchacho —respondió la mujer—, has llegado a una guarida de ladrones y cuando vuelvan te matarán.

—Venga quien venga —dijo el muchacho—, yo no tengo miedo, sino tanto sueño que ya no me aguanto de pie.

Y, echándose sobre un banco, se durmió. Poco después, volvieron los ladrones y, airados, preguntaron quién era el muchacho que yacía allí.

—¡Ay! —respondió la vieja—. Es un niño inocente, que se ha extraviado en el bosque; yo le acogí por compasión. Tiene que entregar una carta a la reina.

Los ladrones abrieron la carta y supieron que el muchacho debía ser muerto inmediatamente después de su llegada; entonces, sus duros corazones se compadecieron y el que era su jefe, haciendo pedazos la carta, escribió otra en su lugar, diciendo que, inmediatamente después de su llegada, el muchacho debía ser casado con la hija del rey. Lo dejaron tranquilo en su banco hasta la mañana siguiente y cuando despertó le entregaron la carta y le indicaron el camino apropiado. Después de recibir la carta y de leerla, la reina hizo como se le decía; mandó organizar una boda fastuosa y la princesa fue desposada con el muchacho afortunado y, como éste era hermoso y gentil, vivió con él muy dichosa.

Algún tiempo después, el rey volvió a su castillo y se enteró de que el vaticinio se había cumplido al casarse el muchacho afortunado con su hija.

—¿Cómo pudo pasar esto? —preguntó—. En mi carta ordené algo muy diferente.

Entonces, la reina le pasó la carta y le pidió que la leyera por sí mismo. Al verla, éste se dio cuenta de inmediato de que había sido sustituida por otra. Preguntó, pues, al muchacho qué había pasado con la carta que le encomendara y por qué había traído una diferente.

—Yo no sé nada de eso —respondió el muchacho—; el cambio debió suceder aquella noche cuando dormí en el bosque.

Lleno de ira, el rey exclamó:

—¡No te será tan fácil! El que quiera tener a mi hija deberá traerme del infierno tres pelos dorados de la cabeza del diablo; si me traes lo que te ordeno, te quedarás con ella.

Con eso, el rey esperaba quitárselo de encima para siempre.

Sin embargo, el muchacho afortunado respondió:

—Por supuesto que traeré los pelos dorados; yo no le tengo miedo al diablo.

Así se despidió y se puso en camino.

Su marcha le condujo a una gran ciudad; al llegar, el centinela lo interrogó acerca de su profesión y saber.

—Yo lo sé todo—respondió el muchacho afortunado.

—Entonces, puedes hacernos un favor —dijo el centinela—, y decirnos por qué la fuente de nuestra plaza del mercado, que antes manaba vino, se ha secado y ahora ni siquiera da agua.

—Pronto lo sabréis —respondió él—; esperad mi regreso.

Siguió caminando y llegó a otra ciudad, donde el centinela le preguntó de nuevo acerca de su profesión y saber.

—Yo lo sé todo —respondió.

—Entonces puedes hacernos un favor y decirnos por qué un árbol de nuestra ciudad que antes daba manzanas de oro, ahora no echa ni siquiera hojas.

—Pronto lo sabréis —respondió él—; esperad mi regreso.

Siguiendo su camino, llegó hasta un gran lago, que debía atravesar. El barquero le preguntó acerca de su profesión y su saber.

—Yo lo sé todo —dijo él.

—Entonces puedes hacerme un favor —dijo el barquero— y explicarme por qué siempre tengo yo que ir y venir sin que nadie venga a relevarme.

—Pronto lo sabrás —respondió él—; espera mi regreso.

Una vez que hubo cruzado el lago encontró la puerta del infierno. El interior era negro como el hollín, pero el diablo no estaba en casa; sin embargo, estaba allí su abuela, sentada en un diván.

—¿Qué quieres? —le preguntó, con un aspecto no demasiado malévolo.

—Yo quisiera tres pelos dorados de la cabeza del diablo —dijo él—, pues de lo contrario no podré quedarme con mi esposa.

—Eso es mucho pedir —objetó ella—; si vuelve el diablo y te encuentra aquí, te retorcerá el pescuezo, pero te tengo compasión. Veré si puedo ayudarte.

Entonces lo convirtió en una hormiga.

—Trepa a los pliegues de mi falda —dijo—; ahí estarás seguro.

—Esto está muy bien —comentó él—, pero aparte de ello quiero saber tres cosas. ¿Por qué una fuente que antes daba vino se ha secado y ya no surte ni siquiera agua? ¿Por qué un árbol que antes daba manzanas de oro ya ni siquiera brota? ¿Y por qué un barquero siempre tiene que ir y venir sin que nadie lo releve?

—Son preguntas difíciles —dijo ella—, pero quédate quieto y en silencio, y presta atención a lo que diga el diablo cuando le tire de los tres pelos dorados.

Al caer la noche, el diablo regresó a casa y apenas hubo entrado se dio cuenta de que el aire no era puro.

—Huelo, huelo carne humana —dijo—; algo no marcha bien por aquí.

Buscó por todos los rincones, pero no pudo encontrar nada. La abuela le riñó:

—Hace muy poco que esto ha sido barrido y ordenado —rezongó— y ahora lo pones todo patas arriba. ¡Siempre andas olfateando carne humana! Siéntate a cenar.

Después de comer y beber, sintió sueño y puso su cabeza en el regazo de la abuela, pidiéndole que lo despiojara un poco. Al poco tiempo, se quedó dormido, resoplando y roncando; entonces, la vieja le cogió un pelo dorado, tiró de él y lo dejó a su lado.

—¡Uy! —gritó el diablo—. ¿Qué haces?

—He tenido una pesadilla —respondió la abuela— y entonces te agarré por el pelo.

—¿Con qué soñabas? —preguntó el diablo.

—Soñaba con una fuente en la plaza del mercado. Antes manaba vino, pero ahora estaba seca y ni siquiera el agua quería brotar de ella. ¿Qué habrá pasado?

—¡Ja, si lo supieran! —exclamó el diablo—. En la fuente, debajo de una piedra, hay un sapo; si lo matan, el vino volverá a correr.

La abuela se puso a despiojarlo de nuevo hasta que él se durmió, haciendo temblar las ventanas con sus ronquidos. Entonces, ella le tiró del segundo pelo.

—¡Uy! ¿Qué haces? —gritó el diablo, iracundo.

—No te enojes —respondió ella—; lo hice mientras soñaba.

—¿Y con qué soñabas esta vez? —preguntó.

—Soñaba que en un reino había un árbol que antes daba manzanas de oro y que ahora ni siquiera quería echar hojas. ¿Cuál será la razón?

—¡Ja, si lo supieran! —exclamó el diablo—. Hay un ratón que roe la raíz; si lo matan, el árbol volverá a dar manzanas de oro, pero si continúa royendo, el árbol se secará del todo. Pero déjame en paz con tus sueños; si me despiertas otra vez, te daré una bofetada.

La abuela lo apaciguó y siguió despiojándolo hasta que se durmió de nuevo y empezó a roncar. Entonces, cogió el tercer pelo dorado y lo arrancó. Gritando, el diablo se levantó de un salto y quiso maltratarla, pero ella lo tranquilizó de nuevo, diciendo:

—¿Qué culpa tiene una de mis pesadillas?

—¿Y con qué soñabas? —preguntó él, pues era muy curioso.

—Soñaba con un barquero que se quejaba de tener que ir y venir todo el tiempo, sin que nadie viniera a relevarlo. ¿Cuál será la razón?

—¡Ah, el tonto! —exclamó el diablo—. Cuando venga alguien y quiera atravesar, él deberá pasarle la pértiga; así será el otro quien impulse el bote, y él quedará libre.

Puesto que ya le había arrancado los tres pelos dorados y las tres preguntas tenían su respuesta, la abuela dejó en paz al viejo diablo, que siguió durmiendo hasta el amanecer.

Cuando el diablo volvió a marcharse, la vieja sacó la hormiga de los pliegues de su falda y devolvió al muchacho su figura humana.

—Aquí tienes los tres pelos dorados —dijo—; lo que el diablo respondió a tus tres preguntas, ya lo habrás oído.

—Sí —dijo él—, lo he oído y lo guardaré en la memoria.

—Así pues, no te ha faltado nada. Ahora puedes marcharte.

Agradeció a la vieja su oportuna ayuda y, contento de que todo hubiera salido bien, abandonó el infierno. Al llegar a la orilla, el barquero le exigió la respuesta prometida.

—Pásame primero al otro lado —dijo el muchacho afortunado—, y luego te explicaré cómo arreglar tu asunto.

Cuando llegó a la orilla opuesta, le dio el consejo del diablo:

—Cuando alguien venga y quiera pasar, dale la pértiga.

Siguió caminando y llegó a la ciudad donde crecía el árbol infecundo y donde el centinela esperaba también la respuesta. Le contó, pues, lo que había oído decir al diablo:

—Debéis matar al ratón que roe su raíz; entonces el árbol volverá a dar manzanas de oro.

El centinela le dio las gracias y, como recompensa, le regaló dos burros que, cargados de oro, debían seguirle. Al final, llegó a la ciudad cuya fuente se había secado y allí repitió al centinela lo mismo que había dicho el diablo:

—Hay un sapo bajo una piedra dentro de la fuente; debéis buscarlo y matarlo, y entonces volverá a manar vino en abundancia.

El centinela le dio las gracias y también dos burros cargados de oro.

Por último, el muchacho afortunado llegó a casa, y su mujer se regocijó mucho al verle y oír lo bien que todo había resultado. Entonces, llevó al rey los tres cabellos dorados que le había exigido. Cuando éste vio los cuatro burros cargados de oro, poniéndose muy contento, dijo:

—De este modo, se han cumplido todas las condiciones y puedes quedarte con mi hija. Pero, dime, querido yerno, ¿de dónde has sacado tanto oro? ¡Es un tesoro inmenso!

—Crucé un río —respondió— y allí lo cogí. Se encuentra en la orilla, en vez de en la arena.

—¿Puedo ir a buscar yo también? —preguntó el rey codiciosamente.

—Sí, tanto como queráis —respondió él—. Hay un barquero junto al río; pedidle que os pase y, entonces, podréis llenar vuestros sacos en la otra orilla.

Ávido, el rey partió a toda prisa y al llegar al río hizo señales al barquero para que lo pasara al otro lado. Vino el barquero, lo hizo subir y, cuando llegaron a la orilla opuesta, dejó la pértiga en sus manos y salió corriendo. Desde entonces, el rey ha tenido que bogar incesantemente de un lado a otro del río, como castigo a su maldad.

—¿Estará bogando todavía?

—Sin duda. Nadie le habrá quitado la pértiga.

Mesita Ponte, Burro de Oro y Palo Sal del Saco

Tiempo atrás, había un sastre que tenía tres hijos y nada más que una cabra. Pero para que la cabra los nutriera a todos con su leche necesitaba a su vez un buen alimento; debía ser llevada a pastar. Los hijos se turnaban para cumplir esta tarea, y una vez el mayor la llevó al cementerio, donde crecían las mejores hierbas, y allí la dejó para que comiera y saltara a su gusto. Al atardecer, cuando era la hora de volver a casa, le preguntó:

—Cabra, ¿estás satisfecha?

Y la cabra respondió:

—Estoy de comer tan ahíta
que ya no quiero ni una hojita. ¡Me, me!

—Entonces, ven a casa —dijo el joven, y cogiéndola de la cuerda, la llevó al establo y la ató.

—Bien —dijo el viejo sastre—, ¿ha comido la cabra lo suficiente?

—Oh, está tan ahíta que ya no quiere ni una hojita.

Sin embargo, el padre quiso convencerse por sí mismo y, bajando al establo, acarició a su querido animal y le preguntó:

—Cabra, ¿estás satisfecha?

Y la cabra respondió:

—¿Y con qué iba a estar llenita?
Saltando crucé las zanjas
y no encontré una sola hojita. ¡Me, me!

—¿Qué oigo? —exclamó el sastre, que subió y gritó al joven—: ¡Ah, mentiroso! ¡Dices que la cabra está satisfecha, pero la has dejado pasar hambre!

Y, lleno de ira, cogió la vara de la pared y a golpes lo echó de la casa.

Al día siguiente le tocó el turno al segundo hijo, que eligió un sitio al lado del seto del jardín, donde crecían en abundancia muy buenas hierbas que la cabra comió hasta saciarse. Al atardecer, cuando él quiso regresar, le preguntó:

—Cabra, ¿estás satisfecha?

Y la cabra respondió:

—Estoy de comer tan ahíta
que ya no quiero ni una hojita. ¡Me, me!

—Entonces, ven a casa—dijo el joven, y tirando de la cuerda fue a atarla en el establo.

—Bien —dijo el sastre—, ¿ha comido la cabra lo suficiente?

—Oh, está tan ahíta que ya no quiere ni una hojita.

El sastre, que no quería fiarse, bajó al establo y le preguntó:

—Cabra, ¿estás satisfecha?

Y la cabra respondió:

—¿Y con qué iba a estar llenita?
Saltando crucé las zanjas
y no encontré una sola hojita. ¡Me, me!

—¡Ah, el despiadado bribón! —exclamó el sastre—. ¡Hacer pasar hambre a un animal tan bueno!

Subió corriendo y, apaleándolo con la vara, echó al muchacho de la casa.

Tocóle ahora el turno al tercer hijo y, como éste quería cumplir muy bien su tarea, buscó los arbustos de más hermoso follaje y allí dejó a la cabra para que se hartara de ellos. Al atardecer, cuando quiso volver a casa, le preguntó:

—Cabra, ¿estás satisfecha?

La cabra respondió:

—Estoy de comer tan ahíta
que ya no quiero ni una hojita. ¡Me, me!

—Entonces, ven a casa —dijo el joven, y la condujo al establo, donde la ató.

—Bien —dijo el viejo sastre—, ¿ha comido la cabra lo suficiente?

—Oh —respondió el hijo—, está tan ahíta que ya no quiere ni una hojita.

Desconfiado, el sastre bajó y preguntó:

—Cabra, ¿estás satisfecha?

Y el malvado animal respondió:

—¿Y con qué iba a estar llenita?
Saltando crucé las zanjas
y no encontré una sola hojita. ¡Me, me!

—¡Ah, prole de mentirosos! —exclamó el sastre—. ¡Cada uno tan despiadado y negligente como el otro! ¡Pues no seguiréis tomándome el pelo por más tiempo!

Fuera de sí de ira, subió corriendo, y con la vara curtió tan brutalmente la espalda del pobre muchacho que éste salió de casa despavorido.

El viejo sastre se quedó solo con su cabra. A la mañana siguiente, bajó al establo y, acariciándola, le dijo:

—Ven, mi querido animalito, yo mismo te llevaré a pastar.

Tirando de la cuerda, la llevó junto a unos setos verdísimos, donde crecía lo que más apetece a las cabras.

—Al fin podrás comer a tu gusto —le dijo, dejándola pastar hasta el anochecer.

Entonces le preguntó:

—Cabra, ¿estás satisfecha?

Y la cabra respondió:

—Estoy de comer tan ahíta
que ya no quiero ni una hojita. ¡Me, me!

—Entonces, ven a casa —dijo el sastre, llevándosela al establo, donde la ató.

Pero cuando iba a salir, dio media vuelta y agregó:

—¡Al fin te veo satisfecha!

Pero la cabra no lo trató mejor y dijo:

—¿Y con qué iba a estar llenita?
Saltando crucé las zanjas
y no encontré una sola hojita.
¡Me, me!

Al oír esto, el sastre se quedó perplejo y diose cuenta de que había echado a sus tres hijos sin razón.

—¡Espera, criatura ingrata! —exclamó—. Echarte de casa sería demasiado poco. Voy a marcarte de tal modo que ya no podrás volver a presentarte ante sastres honorables.

Se precipitó arriba, tomó su navaja y, enjabonando la cabeza de la cabra, la afeitó hasta dejarla tan lisa como sus propias palmas. Y como consideró que la vara hubiera sido demasiado honor para ella, buscó el látigo y le dio tales azotes que ella huyó dando unos saltos tremendos.

Al encontrarse solitario en su casa, el sastre sintió una gran tristeza; hubiera querido, de buen grado, volver a tener a sus hijos consigo, pero nadie sabía adónde habían ido a parar. El mayor había entrado como aprendiz de un carpintero. Se instruyó con afán y constancia, y cuando su aprendizaje hubo concluido y pudo partir por los caminos a ganarse la vida, el carpintero le regaló una mesita que no tenía nada especial en su aspecto y era de

madera ordinaria; sin embargo, poseía una buena cualidad: cuando uno la colocaba y decía: «Mesita, ponte», en seguida la buena mesita se cubría de un mantel limpio y hacía aparecer plato y cubiertos, fuentes llenas de estofados y asados, tantos como cabían, y un gran vaso de vino resplandeciente, de modo que el corazón saltaba de alegría. El joven carpintero pensó: «Con esto tienes suficiente para toda la vida», y se fue contento por el mundo, sin preocuparse por la calidad de las fondas o por el hecho de que le dieran comida o no. A veces, según su humor, ni siquiera acudía a las fondas; se instalaba en cualquier sitio de su agrado, en el campo, en el bosque o sobre la hierba, y descargando la mesita de su espalda la ponía frente a sí y decía: «Mesita, ponte» y en seguida aparecía todo conforme a sus deseos.

Finalmente, se le ocurrió volver a la casa paterna, pues suponía que el enojo de su padre se habría desvanecido y que con la mesita le acogería bien. Pero sucedió que al atardecer, en su camino de regreso, entró en una fonda que estaba llena de huéspedes. Dándole la bienvenida, éstos le invitaron a sentarse y a cenar en su compañía, puesto que de otro modo no quedaría nada para él.

—No —respondió el carpintero—, no quiero quitaros estos pocos bocados; dejad más bien que yo os invite.

Riéndose, creyeron que les estaba tomando el pelo, pero él colocó su mesita de madera en medio de la habitación y dijo:

—Mesita, ponte.

Al instante, la mesita se llenó con viandas tan buenas que el posadero nunca hubiera podido servirla, y el apetitoso aroma llegó a las narices de los huéspedes.

—Servíos, amigos —dijo el carpintero.

Y los viajeros, al darse cuenta de que lo decía de buena fe, no se hicieron invitar por segunda vez y, acercándose, sacaron sus cuchillos y se sirvieron a gusto. Pero lo que más les sorprendió fue que, habiéndose vaciado una fuente, ésta era reemplazada de inmediato por otra llena.

El posadero se había quedado en un rincón observando la escena sin saber qué decir de todo aquello, pero pensaba: «Te vendría bien un cocinero semejante para tu fonda.» El carpintero y su tertulia pasaron el tiempo

alegremente hasta altas horas de la noche y, finalmente, fueron a acostarse. Antes de meterse en la cama, el joven carpintero puso su mesita mágica junto a la pared. Pero el posadero no podía quedarse tranquilo con sus pensamientos y, entonces, recordó que en su desván guardaba una vieja mesita de aspecto muy semejante; fue sigilosamente en su busca y con ella suplantó la mesita mágica.

A la mañana siguiente, tras pagar su cama, el carpintero se echó la mesita a la espalda y, sin que se le pasara por la cabeza la ocurrencia de que pudiera ser falsa, se marchó. Al mediodía, llegó a la casa de su padre, que lo acogió con suma alegría.

—Bien, querido hijo mío, ¿qué has aprendido? —le preguntó.

—Padre, soy carpintero.

—Buen oficio —opinó el viejo—. ¿Y qué has traído a casa de esos caminos?

—Padre, lo mejor que he traído es la mesita.

Mirándola por todos los lados, el sastre dijo:

—No te ha salido una obra maestra; es una mesita vieja y mala.

—Pero es una mesita mágica —respondió el hijo—; si la coloco y le digo que se ponga, se llena con los mejores platos y con vino, como para contentar a cualquiera. Invitad a todos los familiares y amigos a que vengan a comer y festejar, pues la mesita es capaz de satisfacer a todos.

Cuando la tertulia estuvo reunida, colocó su mesita en medio de la habitación y dijo:

—Mesita, ponte.

Sin embargo, la mesita no respondió y siguió tan vacía como cualquiera otra mesa que no entiende el habla. Entonces, el pobre muchacho, dándose cuenta de que su mesita había sido sustituida, sintió vergüenza al quedar como un mentiroso. Burlándose de él, los familiares tuvieron que volver a sus casas sin haber comido ni bebido. El padre volvió de nuevo a sus telas y siguió cosiendo, y el hijo encontró trabajo como carpintero.

El segundo hijo había conocido a un molinero y se había hecho su aprendiz. Al término del aprendizaje, el maestro le dijo:

—Puesto que te has comportado tan bien, voy a regalarte un burro extraordinario: no tira de carros ni carga sacos.

—¿Para qué sirve, entonces?—preguntó el joven.

—Escupe oro —respondió el molinero—. Si lo pones sobre un trapo y le dices: «Briquelebrit», el buen animal escupe oro por delante y por detrás.

—Eso me parece muy bien—dijo el joven y, dando las gracias al maestro, se fue a correr mundo.

Cada vez que necesitaba dinero bastaba con que dijera al burro: «Briquelebrit», para que llovieran las monedas, sin otra molestia que tener que recogerlas del suelo. Fuera donde fuera, se contentaba sólo con lo mejor, ya que cuanto más caro más le gustaba, pues su bolsa siempre estaba llena.

Al cabo de un tiempo de recorrer el mundo, pensó: «Deberías volver con tu padre; si llegas con el burro de oro olvidará su enojo, te acogerá bien.»

Sucedió que fue a parar a la misma fonda donde la mesita de su hermano había sido sustituida. Iba tirando de su burro por las riendas y cuando el posadero quiso quitarle el animal para atarlo, le dijo:

—No os molestéis, pues yo mismo llevaré a mi jamelgo al establo para atarlo; necesito saber dónde encontrarlo.

Tal cosa le pareció rara al posadero, que pensó que alguien que debía cuidar de su burro por sí mismo no tendría mucho para gastar; pero cuando el desconocido metió la mano en el bolsillo y, sacando dos monedas de oro, le pidió que comprara algo bueno para la comida, le bailaron los ojos y salió corriendo en busca de lo mejor que había disponible. Después de la cena, el huésped preguntó cuánto debía y el posadero, queriendo aprovecharse, dijo que debía darle unas monedas más. El joven metió la mano en su bolsillo, pero descubrió que el oro se había terminado.

—¡Esperad un momento, posadero! —dijo—; iré en busca de más oro.

Y partió llevándose el mantel.

El posadero, sin saber lo que eso significaba, pero muy curioso, fue tras él y, como el huésped había corrido el cerrojo de la puerta del establo, se dedicó a observarlo a través de un agujero de las tablas. El desconocido colocó el mantel debajo del burro y cuando exclamó «Briquelebrit», al instante el animal empezó a escupir oro por delante y por detrás, que cayó al suelo como granizo.

—¡Caramba! —exclamó el posadero—. ¡Así se acuñan de prisa los ducados! ¡Semejante bolsa no está mal!

El huésped pagó su cuenta y se acostó; por su parte, el posadero, ya avanzada la noche, bajó sigilosamente al establo y, llevándose consigo al asno monedero, ató otro burro en su lugar. Temprano, a la mañana siguiente, el joven se marchó con su burro, creyendo que era el burro de oro. Al mediodía, llegó a la casa de su padre que, regocijándose al verlo de nuevo, lo acogió con agrado.

—¿Qué has hecho de tu vida, hijo mío? —preguntó el viejo.

—Me he hecho molinero, querido padre—respondió él.

—¿Y qué has traído de tus viajes por el mundo?

—Nada más que un burro.

—Ya hay suficientes burros por aquí —dijo el padre—; más me hubiera gustado una buena cabra.

—Sí —respondió el hijo—, pero no es un burro ordinario, sino un burro de oro. Si le digo: «Briquelebrit», el buen animal escupe monedas de oro como para llenar un mantel. Invitad a todos los familiares, que a todos los enriqueceré.

—Eso me gusta —dijo el sastre—; así no necesitaré esforzarme más con la aguja.

Y salió para invitar él mismo a los familiares.

Una vez reunidos, el molinero les pidió apartarse, desplegó el mantel y trajo el burro a la habitación.

—Ahora, prestad atención —les dijo, y exclamó—:

—¡Briquelebrit!

Pero lo que cayó no fueron monedas de oro y quedó en evidencia que el animal no entendía nada de tal arte, pues no cualquier burro llega a dominarlo. Entonces, el pobre molinero, muy entristecido, se dio cuenta de que había sido engañado y pidió disculpas a los familiares, que se volvieron a sus casas tan pobres como habían venido. No quedaba otra solución: el viejo tuvo que volver a tomar la aguja y el joven empezó a trabajar con un molinero.

El tercer hermano había entrado de aprendiz de un tornero y, por ser éste un oficio más artístico, debió instruirse durante más tiempo. En una carta, sus hermanos le contaron lo mal que a ellos les había ido y cómo el posadero había sustraído sus bienes mágicos durante la noche, antes de volver a casa. Al terminar su aprendizaje, cuando el joven tornero iba a emprender su camino, en recompensa por su buen comportamiento el maestro le regaló un saco, diciendo:

—Hay un palo dentro de él.

—El saco me lo puedo colgar a la espalda —dijo el joven—, y bien puede serme útil, pero ¿qué hace el palo dentro de él? Sólo sirve para darle peso.

—Te lo diré —respondió el maestro—. Si alguien te hace daño, di solamente: «Palo, sal del saco»; entonces el palo saltará y bailará alegremente sobre la espalda del malhechor, que no podrá moverse durante ocho días, y no dejará de hacer tal cosa hasta que tú digas: «Palo, vuelve al saco.»

El muchacho le dio las gracias y se echó el saco a la espalda. Cuando alguien se le acercaba demasiado y con malas intenciones, él decía: «Palo, sal del saco», y el palo saltaba y sacudía al sospechoso el polvo de su chaqueta sobre sus propias costillas, y esto sucedía tan rápido que a uno le ocurrió antes de que se diera cuenta.

El joven tornero llegó por la noche a la misma fonda donde sus hermanos habían sido engañados. Dejó su mochila sobre la mesa, delante de él, y se dedicó a contar las rarezas que había visto por el mundo.

—Sí —dijo—, bien se puede encontrar una mesita mágica o un burro de oro, o cosas semejantes; son cosas útiles que no desprecio, pero todo eso no es nada en comparación con el tesoro que yo he conseguido y que traigo conmigo en mi saco.

El posadero puso atención: «¿Qué será esto, santo cielo? —pensó—. ¿Acaso el saco estará lleno de piedras preciosas? Debería apoderarme de él también, porque las cosas buenas siempre son tres.» Cuando llegó la hora de dormir, el huésped se tendió en un banco, colocándose el saco por almohada.

Creyendo que el joven se hallaba sumido en un sueño profundo, el posadero se acercó y tiró cuidadosamente del saco, con la intención de reemplazarlo por otro. Pero el tornero esperaba esto hacía rato y, cuando el posadero dio el último tirón, exclamó:

—¡Palo, sal del saco!

El palo saltó en seguida sobre el cuerpo del posadero y le hizo sonar las costillas de un modo ejemplar. El posadero gritó que daba lástima, pero cuanto más alzaba la voz, tanto más fuerte marcaba el palo el compás sobre su espalda. Finalmente, cayó al suelo, exhausto. Entonces el tornero dijo:

—Si no devuelves la mesita y el burro, el palo comenzará su baile otra vez.

—¡No, por favor! —gritó, abatido, el posadero—. Con mucho gusto lo devolveré todo, pero ordenad que el duende encantado regrese a su saco.

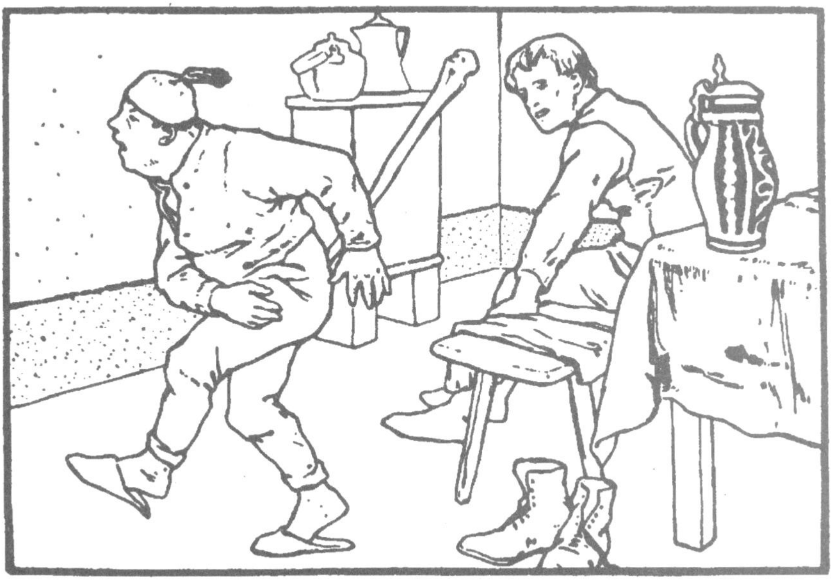

—No te juzgaré con el rigor de las leyes —dijo el joven—, sino con clemencia, pero ¡ay de ti si cometes más fechorías! —Y luego llamó:

—¡Palo, vuelve al saco!

Y dejó en paz al posadero.

A la mañana siguiente, llevándose la mesita mágica y el burro de oro, volvió a la casa de su padre. Regocijándose al verlo de nuevo, el padre también le preguntó lo que había aprendido fuera de casa.

—Querido padre —respondió él—, me he hecho tornero.

—Un oficio artístico —dijo el padre—. ¿Y qué has traído de tus andanzas?

—Una pieza preciosa, querido padre: un palo en el saco.

—¡Qué! —exclamó el padre—. ¿Un palo? ¡Eso sí que está bien! Puedes cortar un palo de cualquier árbol.

—Pero no uno como éste, querido padre. Si digo: «Palo, sal del saco», entonces el palo salta y baila terriblemente sobre cualquiera que venga a buscarme camorra y no cesa hasta que el agresor rueda por el suelo pidiendo clemencia. Ved, con este palo he recuperado la mesita y el burro de oro, que el posadero bribón había robado a mis hermanos. Llamad e invitad a todos los familiares, pues les daré de comer y beber y les llenaré los bolsillos de oro.

El viejo sastre no se fiaba demasiado, pero no obstante reunió a los familiares. Entonces el tornero tendió una manta en el piso de la habitación, trajo al burro de oro y dijo a su hermano:

—Ahora, querido hermano, háblale.

El molinero dijo: «Briquelebrit», y en seguida, como un chaparrón, las monedas de oro cayeron estrepitosamente sobre la manta, y el burro no paró hasta que todos tuvieron tanto que ya no podían llevar más (por tu cara, veo que también a ti te habría gustado estar allí). Luego el tornero fue en busca de la mesita y dijo a su otro hermano:

—Querido hermano, háblale.

—Mesita, ponte —dijo éste, y apenas hubo pronunciado estas palabras, la mesita ya estaba puesta y llena de los mejores platos.

Entonces, comieron como el buen sastre nunca lo había hecho en su casa y los familiares siguieron reunidos hasta la noche, felices y contentos. El sastre guardó aguja e hilos, vara y plancha en un armario, y siguió viviendo dichosamente con sus tres hijos.

Pero, ¿qué fue de la cabra, culpable de que el sastre hubiera echado a sus tres hijos? Te lo diré: como sentía vergüenza de su cabeza rapada, se había escondido en la cueva de un zorro. Cuando el zorro volvió a su casa, vio que en la oscuridad brillaban un par de grandes ojos y, asustado, se dio la vuelta. Se encontró con el oso y éste, al advertir el espanto del zorro, le preguntó:

—¿Qué ocurre, hermano zorro? ¿Qué es esa cara?

—¡Ay! —respondió el pelirrojo—. En mi cueva hay un animal terrible que me ha hipnotizado con sus ojos de fuego.

—Lo echaremos —dijo el oso, y acompañándolo a la cueva miró hacia el interior.

Pero al ver los ojos ardientes también se asustó, no quiso tener nada que ver con el espantoso animal y huyó. Se encontró con la abeja y ésta, al darse cuenta de que el oso estaba muy nervioso, le dijo

—Oso, pareces malhumorado. ¿Dónde ha quedado tu alegría?

—Eso es fácil de decir —replicó el oso—; lo que pasa es que hay un animal terrible y con ojos saltones en la casa del zorro y no podemos echarlo de allí.

—Me das pena, oso —dijo la abeja—. Soy una criatura pobre y débil, a la que vosotros no consideráis, pero creo que puedo ayudaros.

Entonces, voló a la cueva del zorro y, posándose en la cabeza afeitada de la cabra, la picó tan fuertemente que ésta, dando un salto, gritó: «¡Me, me!», y salió huyendo como una loca.

Y hasta ahora, nadie sabe adónde fue.

El novio bandolero

Érase una vez un molinero que tenía una hermosa hija y, cuando ésta alcanzó la edad apropiada, su padre quiso casarla bien, de modo que su porvenir quedara asegurado. «Si se presenta un pretendiente digno —pensó— y me la pide en matrimonio, se la daré.» No había pasado mucho tiempo cuando llegó un pretendiente que parecía ser muy rico y, como el molinero no tenía nada en contra de él, le prometió la mano de su hija. Sin embargo, la muchacha no llegaba a quererle tal como una novia debe querer a su novio y no sentía hacia él la menor confianza; tan pronto como le miraba o pensaba en él, sentía horror en su corazón. Una vez, él le dijo:

—Eres mi novia, pero nunca vienes a visitarme.

—No sé dónde está tu casa —respondió ella.

—Mi casa está en las afueras, en lo más oscuro del bosque —dijo el novio.

Ella buscó pretextos y le hizo ver que no sería capaz de encontrar el camino hasta ese lugar.

—El próximo domingo —dijo el novio— tienes que venir a mi casa; los invitados ya están advertidos y, para que encuentres el camino a través del bosque, esparciré ceniza en él.

Al llegar el domingo y sin que ella misma supiera la causa, la muchacha fue presa del miedo y así, a fin de señalar su camino, se llenó los bolsillos de guisantes y lentejas. En la entrada del bosque estaba la ceniza esparcida que ella siguió, pero cuidando a cada paso de echar al suelo, a izquierda y derecha, unos granos. Caminó casi todo el día hasta llegar al centro del bosque, que era la parte más oscura; allí había una casa solitaria que no fue de su agrado, pues tenía un aspecto sombrío y escalofriante. Entró, pero en el interior no había nadie; reinaba el mayor silencio. De pronto se oyó una voz:

—Vuelve atrás, joven novia, vuelve atrás,
que en una casa de asesinos estás.

La muchacha alzó la mirada y vio que la voz venía de un pájaro en una jaula colgada de la pared. El pájaro repitió:

—Vuelve atrás, joven novia, vuelve atrás,
que en una casa de asesinos estás.

Entonces, la bella novia siguió andando de habitación en habitación y así recorrió la casa entera, pero todo estaba vacío y no se veía un alma. Por último, llegó hasta el sótano y allí estaba sentada una mujer muy anciana que meneaba la cabeza.

—¿Me podéis decir —preguntó la muchacha —si vive aquí mi novio?

—¡Ay, pobre niña! —exclamó la vieja—. ¡Dónde has venido a meterte! Estás en un nido de asesinos. Tienes la ilusión de ser una novia que pronto va a casarse, pero tus bodas las celebrarás con la muerte. Mira, ahí está el enorme caldero con agua que he debido poner al fuego; cuando ellos te tengan en su poder, te descuartizarán sin clemencia, te cocinarán y te comerán, porque son caníbales. Si no fuera porque me inspiras compasión, estarías perdida. Ven, que te pondré a salvo.

Acto seguido, la condujo detrás de un gran barril, donde no podía ser vista.

Tú quédate quieta como un ratoncito —le dijo la vieja— y no te muevas, porque si no otro modo acabarán contigo. Y por la noche, cuando los ladrones duerman, huiremos de aquí; hace ya mucho tiempo que espero una oportunidad.

Apenas había dicho eso cuando la despiadada banda volvió a la casa. Venían arrastrando a otra doncella, cuyos gritos y lamentos no escuchaban, porque estaban borrachos. La obligaron a beber tres vasos llenos de vino blanco, tinto y dorado, y con esto el corazón de ella estalló. Enseguida, la despojaron de sus delicados vestidos, la colocaron sobre una mesa y, descuartizando su hermoso cuerpo, le echaron sal. Detrás del barril, la pobre novia se estremecía de terror, pues bien veía qué destino los ladrones tenían reservado para ella. De pronto, uno de ellos advirtió un anillo de oro en el dedo meñique de la doncella sacrificada y, como no pudo sacarlo, cogió un hacha y partió el dedo. Pero el dedo saltó muy alto por encima del barril y cayó justamente en el regazo de la novia. El ladrón cogió una linterna y empezó a buscarlo, pero no lo pudo hallar. Uno de sus compañeros le preguntó:

—¿Has buscado también detrás del barril?

Pero en seguida la vieja dijo:

—Venid a comer y dejad la búsqueda para mañana, pues el dedo no huirá.

—La vieja tiene razón —dijeron los bandoleros y, abandonando la búsqueda, se sentaron a comer.

Y como la vieja había mezclado un somnífero con el vino, al poco rato se echaron a dormir en el suelo y se pusieron a roncar. Cuando la novia se dio cuenta, salió de su escondite tras el barril y tuvo que dar grandes zancadas para pasar sobre los cuerpos de los durmientes, que estaban tendidos uno al lado del otro, pues tenía mucho miedo de despertar a cualquiera. Pero Dios la ayudó a pasar felizmente a través de ellos. La vieja subió en su compañía, abrió la puerta y ambas huyeron tan rápido como les fue posible de aquella cueva de bandoleros. El viento se había llevado las cenizas, pero los guisantes y las lentejas habían germinado y, a la luz de la luna, les mostraron el camino. Anduvieron toda la noche y por la mañana llegaron al molino. Entonces, la muchacha lo contó todo a su padre, tal como había ocurrido.

Cuando llegó el día en que debía celebrarse la boda, se presentó el novio. El molinero había hecho invitar a todos sus conocidos y familiares, y cuando estuvieron sentados a la mesa, cada uno tuvo que contar una historia. La novia permanecía quieta y no contaba nada. Entonces el novio le dijo:

—Corazón, ¿no sabes ninguna historia? Cuéntanos algo.

—Pues bien, os contaré un sueño —respondió ella—. Yo iba caminando sola por un bosque y al fin llegué a una casa. No había un alma en ella, pero en el muro había un pájaro en una jaula que decía:

«Vuelve atrás, joven novia, vuelve atrás,
que en una casa de asesinos estás»,

y el pájaro lo repitió otra vez. Sólo fue un sueño, querido. Anduve por todas las habitaciones y todas estaban vacías y allí todo era escalofriante. Finalmente, bajé al sótano; allí estaba sentada una mujer muy anciana que meneaba la cabeza. Le pregunté: «¿Vive en esta casa mi novio?», y ella respondió: «¡Ay, pobre niña, has entrado en una cueva de asesinos! Tu novio vive aquí, pero te matará y te descuartizará, para luego cocinarte y comerte.» Sólo fue un sueño, corazón. Pero la vieja me escondió detrás de un gran barril y, apenas estuve oculta, volvieron los bandoleros arrastrando a una doncella; le dieron de beber tres clases de vino, blanco, tinto y dorado, y a causa de ello su corazón estalló. Sólo fue un sueño, querido mío. Luego le arrancaron sus delicados vestidos, la colocaron sobre una mesa y, descuartizando su hermoso cuerpo, le echaron sal. Sólo fue un sueño, corazón. Uno de los bandoleros advirtió que en su dedo meñique todavía quedaba un anillo y, como era difícil quitarlo, cogió un hacha y lo partió. Pero el dedo saltó muy alto y fue a parar detrás del gran barril y me cayó en el regazo. Y aquí tenéis el dedo con su anillo.

Diciendo esto, lo mostró a todos los presentes.

El bandolero, cuyo rostro había palidecido cada vez más durante el relato, finalmente dio un salto y quiso huir. Pero los huéspedes lo detuvieron de inmediato, lo entregaron a la justicia y él y toda su banda fueron juzgados por sus fechorías.

El viaje de Pulgarcito

Un sastre tenía un hijo que salió muy pequeño, no mayor que un dedo pulgar, por lo cual fue llamado Pulgarcito. Sin embargo, no le faltaba coraje y, así dijo a su padre:

—Padre, debo marcharme por estos mundos.

—Bien, hijo mío —le respondió el viejo, y cogiendo una gran aguja de zurcir, calentó un lacre en la llama de una vela y con éste formó alrededor del ojo un lazo—. Aquí tienes una espada para el camino.

Pulgarcito quiso comer con su familia una última vez y corrió a la cocina para ver qué había preparado su madre como despedida. La comida estaba en un puchero encima del horno, a punto de ser servida.

—Madre, ¿qué tenemos hoy para comer? —preguntó.

—Mira por ti mismo —dijo la madre.

Entonces, Pulgarcito saltó encima del horno y miró dentro del puchero, pero al meter el cuello demasiado fue atrapado por el vapor de la comida, que lo impulsó por la chimenea hacia fuera. Siguió flotando un rato por los aires y por último bajó lentamente otra vez a tierra. Así pues, el sastrecillo se halló en medio del ancho mundo. Anduvo por muchos caminos y consiguió un empleo con un maestro sastre, pero allí la comida no le pareció suficientemente buena.

—Patrona, si no nos dais una comida mejor —dijo Pulgarcito—, me iré y mañana escribiré con tiza en la puerta principal: «Patatas, demasiadas; carne, demasiado poca. Adiós, señor rey de las patatas.»

—¿Qué es lo que quieres, saltamontes? —exclamó la patrona, enfurecida, y cogiendo un trapo intentó pegarle.

Pero el sastrecillo se introdujo rápidamente debajo de un dedal y asomándose por los bordes le mostró la lengua a la patrona. Queriendo atraparlo, ella levantó el dedal, pero Pulgarcito saltó entre las telas y cuando ella las revolvió, buscándolo, él se escondió en una grieta de la mesa.

—¡Je, je, patrona! —gritó, asomando la cabeza.

Y cuando ella quiso golpearlo, se deslizó al cajón. Al fin, ella consiguió atraparlo y lo echó de la casa.

El sastrecillo siguió caminando y llegó a un gran bosque; allí se encontró con una banda de ladrones que tramaban robar el tesoro real. Viendo al sastrecillo, pensaron: «Un chico semejante podría pasar por el ojo de la cerradura y servirnos de ganzúa.»

—¡Hola, gigante Goliat! —exclamó uno de ellos—. ¿Quieres venir con nosotros a la cámara del tesoro? Podrías entrar furtivamente y tirarnos el dinero.

Pulgarcito lo pensó y finalmente asintió, acompañándoles a la cámara del tesoro.

Allí inspeccionó la puerta de arriba abajo, para ver si tenía grietas. Al poco rato, encontró una lo suficientemente amplia como para pasar. Quiso meterse inmediatamente, pero uno de los dos centinelas que custodiaban la puerta se dio cuenta de su presencia y dijo al otro:

—¿Ves esa fea araña que se desliza por allí? Voy a aplastarla con el pie.

—Deja al pobre bicho —dijo el otro—, que nada te ha hecho.

Así, Pulgarcito alcanzó felizmente el tesoro y, abriendo la ventana bajo la cual se hallaban los ladrones, arrojó desde ella un táler tras otro. Mientras el sastrecillo se hallaba en plena faena, oyó venir al rey, que quería inspeccionar su tesoro, y desapareció rápidamente. El rey se dio cuenta de que faltaban muchos táleros, pero no consiguió explicarse quién los habría robado, puesto que los cerrojos y pasadores estaban en buenas condiciones y todo parecía bien vigilado. Entonces, al marcharse, dijo a los centinelas:

—Tened cuidado, pues hay alguien que anda detrás del dinero.

Entonces, cuando Pulgarcito reanudó su trabajo, ellos oyeron moverse y tintinear las monedas: clip, clap, clip, clap. Inmediatamente, entraron para atrapar al ladrón, pero el sastrecillo, que los había oído entrar y que era más rápido que ellos, saltó a un rincón y se cubrió con un táler, de modo que ellos no pudieron verlo. No contento con eso, burlándose de los centinelas, llamó:

—¡Aquí estoy!

Los centinelas corrieron a buscarlo, pero cuando llegaron él ya estaba en otro rincón; escondido bajo otro táler, volvió a llamar:

—¡Eh, aquí estoy!

Así se burló de ellos, haciéndoles correr de un lado a otro por la cámara del tesoro hasta que, cansados, se marcharon. De este modo pudo echar desde la ventana, uno por uno, todos los táleros, y en cuanto al último, le dio impulso con todas sus fuerzas y una vez que se puso a rodar se montó rápidamente encima y voló con él a través de la ventana. Los ladrones lo celebraron mucho.

—Eres un héroe—le dijeron—. ¿Quieres ser nuestro jefe?

Pulgarcito se lo agradeció, pero les dijo que primero quería ver el mundo. Entonces ellos repartieron el botín; sin embargo, Pulgarcito pidió sólo una pequeña moneda, pues no podía cargar más.

Se puso la espada al cinto, saludó a los ladrones y siguió su camino. Estuvo trabajando con algunos sastres, pero ninguno llegó a gustarle; por último, se empleó como sirviente en una posada. Sin embargo, allí les cayó antipático a las criadas, pues sin que pudieran verle él veía todo lo que hacían ellas a escondidas y las delataba a los patrones cuando sustraían algo de la despensa o de los platos.

—Espérate, que ya te ajustaremos las cuentas —le dijeron, y tramaron el modo de hacerle una jugada.

Poco después, cuando una de las criadas cortaba el césped en el jardín, al ver que Pulgarcito andaba por allí saltando y subiendo y bajando por las hierbas, lo agarró junto con el césped y, envolviéndolo todo en un gran fardo, lo echó delante de las vacas. Había una gran vaca negra, que se lo tragó mezclado con la hierba, sin causarle daño, pero a él no le gustó mucho eso de hallarse allí dentro, pues no había vela alguna para alumbrar y estaba muy oscuro. Cuando ordeñaron a la vaca, gritó:

—¡Eh, tú, la del heno!
¿Está el balde lleno?

Pero con el ruido del ordeño no lo oyeron. Al poco rato entró el amo en el establo y dijo:

—Mañana debéis matar a esta vaca.

Alarmado entonces, Pulgarcito gritó con voz estridente:

—¡Antes dejadme salir, que estoy dentro!

El amo lo oyó, pero no sabía de dónde venía la voz.

DERICUS BORUSSORUM

—¿Dónde estás?—preguntó.

—¡En la negra! —respondió Pulgarcito.

Pero como no llegó a entender lo que esto quería decir, el amo se fue.

A la mañana siguiente, mataron a la vaca. Al abrir y descuartizar al animal, por suerte ninguno de los golpes alcanzó a Pulgarcito, que fue a parar a la carne destinada a las salchichas. Cuando vino el carnicero y dio comienzo a su trabajo, gritó él con todas sus fuerzas:

—¡No cortéis tan a fondo, que estoy aquí debajo!

Pero por culpa del ruido que hacían los cuchillos nadie lo oía. El pobre Pulgarcito estaba, pues, en apuros, pero como el apuro presta alas, saltó tan hábilmente entre las cuchilladas que ninguna le dio, de modo que consiguió escapar sin un rasguño. Pero no llegó a escapar del todo y, como no había otra salida, tuvo que dejarse embutir, junto con los trocitos de tocino, en una morcilla. Este albergue no sólo se le hizo un poco estrecho, sino que además fue colgado para ser ahumado en la chimenea, donde el tiempo se le hizo sumamente largo. Al fin en invierno lo descolgaron, pues la morcilla debía ser servida a un huésped. Cuando la posadera la cortó en rodajas, él tuvo buen cuidado de no asomar demasiado la cabeza, para que no cortaran también su cuello y, por último, encontró la oportunidad de respirar a plenos pulmones y salir.

Sin embargo, el sastrecillo no quería quedarse por más tiempo en aquella casa donde lo había pasado tan mal y, de inmediato, reemprendió su camino. Pero su libertad no duró mucho, pues en pleno campo se cruzó con un zorro, que absorto como estaba en sus pensamientos, lo engulló.

—¡Ay, señor zorro!—exclamó el sastrecillo—. ¡Yo soy quien está en vuestra garganta! ¡Dejadme libre!

—Tienes razón —replicó el zorro—, eres menos que una migaja. Si me prometes las gallinas del patio de tu padre, te dejaré en libertad.

—Lo prometo de todo corazón —respondió Pulgarcito—. Tendréis todas las gallinas.

Entonces, el zorro lo dejó libre y él mismo lo llevó a su casa. Y al volver a ver a su querido hijito, el padre dio al zorro con mucho gusto todas las gallinas que tenía.

—En recompensa, te he traído una buena pieza de oro —le dijo Pulgarcito, dándole la monedita que había obtenido en su viaje.

Y os preguntaréis, ¿por qué obtuvo el zorro aquellas pobres gallinitas?

¡Pues porque el padre quería más a su hijo que a las gallinas que tenía en el patio!

El viejo Sultán

Un campesino tenía un fiel perro llamado Sultán, que por haberse vuelto viejo y haber perdido todos los dientes, ya nada podía atrapar con fuerza. Un día que el campesino estaba con su mujer delante de la puerta de su casa, dijo:

—Al viejo Sultán lo mataré de un tiro mañana; ya no sirve para nada.

La mujer, que sentía compasión por el pobre animal, respondió:

—Puesto que nos ha servido honradamente durante tantos años, bien podríamos mantenerlo por caridad.

—¡Qué va! —exclamó el hombre—. ¿Estás loca? Ya no tiene un solo diente en la boca y no hay ladrón que le tema; es hora de que desaparezca. Y si bien es cierto que nos ha servido, no menos cierto es que por ello le hemos dado una buena comida.

El pobre perro, que, tendido al sol no lejos de allí, había oído todo esto, se entristeció al saber que el próximo día debía ser para él el último. Pero tenía un buen amigo, el lobo, y por la noche fue a verlo al bosque y se quejó del destino que le aguardaba.

—¡Ánimo, compañero! —dijo el lobo—, yo te sacaré del apuro. Ya he pensado en algo. Mañana, muy temprano, tu amo y su mujer van a cortar el heno y llevan consigo a su hijo pequeño, porque nadie queda en casa para cuidarlo. Mientras trabajan, suelen dejar el niño a la sombra del seto: échate tú a su lado, como para cuidarlo. Entonces yo vendré desde el bosque y robaré al niño; y tú, por tu parte, deberás saltar prestamente detrás de mí, como para obligarme a soltar la presa. Yo la dejaré caer y tú devolverás el niño a sus padres, que creerán que lo has rescatado y te estarán demasiado agradecidos como para hacerte daño; por el contrario, te beneficiarás de su total clemencia y, en adelante, ya no dejarán que te falte nada.

Al perro le gustó el ardid, que se llevó a cabo tal como había sido concebido. Al ver que el lobo corría con el niño a través del campo, el padre empezó a gritar, pero cuando el viejo Sultán lo trajo de nuevo se puso muy contento y, acariciándolo, le dijo:

—No te tocaremos ni un pelo y te mantendremos por tanto tiempo como vivas. —Y dirigiéndose a su mujer, agregó—: Vuelve ahora mismo a casa y, como él no puede masticar, prepárale al viejo Sultán una papilla. Y saca la almohada de mi lecho, pues se la regalo para su cama.

En adelante, Sultán vivió tan gratamente como podía desear. Poco después, vino a visitarlo el lobo y, alegrándose de que todo hubiera resultado tan bien, le dijo:

—Pues bien, compañero, cuando se presente la ocasión y yo venga a sustraerle a tu amo uno de sus corderos bien cebados, tendrás que hacer la vista gorda. En estos tiempos, se hace cada vez más difícil salir adelante.

—No cuentes conmigo —respondió el perro—; yo me mantendré fiel a mi amo. No puedo consentir tal cosa.

Pensando que no lo había dicho en serio, por la noche el lobo se acercó sigilosamente para coger el cordero. Pero el campesino, a quien el fiel Sultán había revelado las intenciones del lobo, estaba acechándolo y lo peinó fuertemente con el rastrillo. El lobo tuvo que huir.

—¡Espérate, bribón! —le gritó al perro—. ¡Esta me la pagarás!

A la mañana siguiente, el lobo envió al jabalí, con la exigencia de que el perro se presentara en el bosque, donde debían resolver el asunto. El pobre Sultán no pudo hallar más padrino que un gato que sólo tenía tres patas y, cuando salieron juntos, el pobre gato iba cojeando, al tiempo que levantaba la cola de puro dolor. El lobo y su padrino se hallaban ya en el sitio indicado y, cuando vieron acercarse a su adversario, creyeron que venía armado de una espada, pues tomaron la cola enhiesta del gato por tal. Y como el pobre animal venía saltando sobre sus tres patas, se les ocurrió, ni más ni menos, que a cada paso se agachaba para coger una piedra que arrojaría contra ellos. Entonces los dos se asustaron; el jabalí se escondió en el ramaje y el lobo saltó a un árbol. Al llegar, el perro y el gato se sorprendieron de que no apareciera nadie. Sin embargo, el jabalí, por su parte, no había logrado esconderse bien entre el follaje, de modo que sus orejas asomaban, y, mientras el gato miraba tranquilamente a su alrededor, de pronto las sacudió. El gato, creyendo que se trataba de un ratón, dio un salto y las mordió con ganas. Entonces el jabalí dio un brinco feroz y, en medio de alaridos, huyó corriendo, mientras gritaba:

—¡El culpable está ahí, en el árbol!

Mirando hacia arriba, el perro y el gato descubrieron al lobo que, avergonzado de haberse mostrado tan cobarde, aceptó la paz que el perro le ofreció.

Escaramujo (La bella durmiente del bosque)

Mucho tiempo atrás, había un rey y una reina que cada día decían: «¡Ah, si tuviéramos un hijo!»

Pero nunca lo tenían. Una vez, hallándose la reina en los baños, saltó un sapo del agua y le dijo:

—Tus deseos serán cumplidos; antes de que transcurra un año darás a luz una hija.

Así pasó, como el sapo había dicho, y la reina trajo al mundo una niña tan hermosa que el rey, fuera de sí de alegría, organizó una gran fiesta. No sólo invitó a sus familiares, amigos y conocidos, sino también a las magas, para disponerlas a ser propicias y favorables con su hija. Había trece de ellas en su reino, pero como él sólo poseía doce platos de oro, en los cuales ellas debían necesariamente comer, una de las magas tuvo que ser dejada de lado. La fiesta se celebró con toda suntuosidad y, al final, las magas anunciaron sus ofrendas a la niña: una la obsequió con la virtud, otra con la belleza, una tercera con la riqueza, y así sucesivamente con todo lo que se puede desear en el mundo. Cuando once de ellas habían formulado ya sus votos, de pronto entró la decimotercera. Quería vengarse por no haber sido invitada y, sin saludar ni mirar a nadie, exclamó en voz alta:

—Cuando cumpla quince años, la princesa se pinchará con un huso y caerá muerta.

Sin decir una palabra más, dio media vuelta y abandonó la sala. Todos quedaron aterrorizados, pero entonces la duodécima, que todavía tenía su voto pendiente, dio un paso adelante y, ya que no podía revocar la maldición sino tan sólo mitigarla, dijo:

—No caerá muerta, sino que se sumirá en un profundo sueño de cien años.

El rey, queriendo proteger a su querida hija de la desdicha, ordenó que todos los husos del reino fueran quemados. Entonces, cada uno de los votos de las magas se cumplió y la niña llegó a ser tan bella, virtuosa, gentil e inteligente que todos los que la veían se inclinaban a quererla. Pero sucedió que el día en que cumplió los quince años el rey y la reina habían salido y la niña se quedó sola en el castillo. Paseó, pues, por todas partes, contemplando los salones y habitaciones a su antojo, hasta que finalmente llegó a una vieja torre. Subió la estrecha escalera de caracol y se encontró ante una puertecilla. En la cerradura había una llave oxidada y, al darle vuelta, la puerta se abrió; en el pequeño cuarto estaba sentada una vieja que tenía un huso y que hilaba diligentemente su lino.

—Buenos días, abuelita —dijo la princesa—. ¿Qué estás haciendo?

—Estoy hilando —respondió la vieja, al tiempo que movía la cabeza.

—¿Y qué cosa es ésta, que salta a tu alrededor tan alegremente? —preguntó la niña cogiendo el huso, pues también quería hilar.

Pero no bien lo hubo tocado, se cumplió la maldición y se pinchó el dedo.

Apenas notó el pinchazo, cayó sobre la cama que allí había y se sumió en un profundo sueño. Y este sueño se difundió por todo el castillo; el rey y la reina, que acababan de regresar y habían entrado en la sala, se durmieron y todo el séquito lo hizo con ellos. También los caballos se quedaron dormidos en el establo, los perros en el patio, los palomos en el techo y las moscas en las paredes; incluso el fuego que ardía en el horno se inmovilizó y se puso a dormir, y la vianda dejó de asarse; y el cocinero, que quería dar una reprimenda a su ayudante porque había cometido una falta, lo dejó tranquilo y se durmió. Y el viento se detuvo y ya no se movió ni una hojita en los árboles que había delante del castillo.

Entonces, alrededor del castillo comenzó a crecer una zarza de escaramujos que aumentaba de año en año hasta que llegó a cubrirlo por completo, incluso por encima, hasta el punto de que ya no se veía nada de él, ni siquiera la bandera más alta. Pronto se extendió por el reino la leyenda de la bella Escaramujo durmiente, pues así fue llamada la princesa, y, de vez en cuando, llegaban príncipes que intentaban penetrar en el castillo a través del zarzal. Pero no lo conseguían, pues las espinosas ramas, como dotadas de manos, se entrelazaban fuertemente y dejaban a los jóvenes atrapados, y éstos, al no poder zafarse, perecían de una muerte atroz.

Tras largos y largos años, de nuevo llegó una vez un príncipe al reino y oyó contar a un viejo la historia del zarzal, dentro del cual debía haber un castillo donde una princesa maravillosamente bella dormía hacía casi cien años, y donde con ella dormían el rey y la reina y toda la corte. También sabía el viejo por su abuelo que ya habían ido muchos príncipes, intentando penetrar en el zarzal, pero que al quedar atrapados en él habían muerto tristemente. Entonces, el joven dijo:

—Yo no tengo miedo; quiero ir y ver a la bella Escaramujo.

Y por mucho que el buen viejo intentó disuadirlo, él no escuchó sus palabras.

Ahora bien, precisamente acababan de transcurrir los cien años y había llegado el día en que Escaramujo debía despertarse. Cuando el príncipe se acercó al zarzal, se encontró con que todo eran flores, grandes y hermosas, que se apartaban por sí mismas para dejarlo pasar, sin causarle daño, y que detrás de él se juntaban nuevamente para formar un seto. En el patio vio los caballos y los perros de caza de pelaje manchado que dormían tumbados en el suelo; y en el tejado estaban los palomos con sus cabecitas debajo de las alas. Al entrar en la casa, las moscas estaban durmiendo en las paredes; en la cocina, el cocinero todavía alargaba la mano, como para atrapar a su ayudante, y la criada estaba sentada con la gallina negra que debía desplumar. Él prosiguió su camino y vio en la sala a toda la corte tendida, durmiendo, y al rey y la reina, que yacían al lado del trono. Siguió caminando y todo estaba tan quieto que podía oír su propio aliento. Finalmente, llegó a la torre y abrió la puerta de la pequeña habitación donde dormía Escaramujo. Ahí

estaba ella tendida y era tan hermosa que él no pudo apartar los ojos; se inclinó y le dio un beso. Apenas la hubo tocado con los labios, Escaramujo abrió los ojos y, despertándose, lo miró con mucho afecto. Entonces bajaron juntos y el rey y la reina y toda la corte despertaron, mirándose unos a otros con asombro. En el patio, los caballos se levantaron y se sacudieron, los perros de caza saltaron y movieron las colas; los palomos del techo sacaron las cabecitas de las alas, miraron a su alrededor y volaron al campo; las moscas continuaron su paseo por los muros, el fuego en la cocina se reavivó y, crepitando, siguió haciendo hervir la comida; la vianda comenzó a asarse de nuevo, el cocinero le dio la zurra al mozo, haciéndolo gritar, y la criada acabó de desplumar la gallina. Y entonces, con gran pompa, se celebró la boda del príncipe con Escaramujo, y juntos vivieron felices hasta el fin de sus días.

El pájaro dorado

Hace tiempo vivía un rey que tenía un bello jardín de recreo detrás de su palacio, y allí crecía un árbol que daba manzanas de oro. Pero un día, cuando ya estaban maduras y empezaban a recogerlas, faltó una. Informado de esto, el rey dio órdenes de que durante todas las noches se montara guardia bajo el árbol. El rey tenía tres hijos, al mayor de los cuales mandó al anochecer al jardín; sin embargo, cuando fue medianoche éste no pudo resistir el sueño y a la mañana siguiente faltó otra manzana. A la noche siguiente, tuvo que hacer guardia el segundo hijo, pero éste no tuvo mejor suerte, pues cuando dieron las doce se durmió y, a la mañana siguiente, faltó otra manzana. Luego le correspondió el turno al tercer hijo, que estaba dispuesto a cumplirlo, pero el rey, desconfiando de su capacidad, le hizo ver que conseguiría aún menos que sus hermanos, aunque finalmente lo permitió.

Por tanto, el joven se tendió bajo el árbol para vigilar y no se dejó dominar por el sueño. Cuando sonaron las doce, algo vibró en el aire y entonces, a la luz de la luna, vio que un pájaro de resplandeciente plumaje dorado se acercaba volando. El pájaro se posó en el árbol y, tan pronto como hubo cortado una manzana, el joven le disparó una flecha. El pájaro logró huir, pero la flecha había alcanzado su plumaje y una de sus plumas de oro cayó al suelo. El joven la recogió y, dándosela al rey a la mañana siguiente, le contó lo que había visto durante la noche. El rey convocó a su consejo y cada cual declaró que una pluma como aquélla tenía más valor que todo el reino.

—Si es así, si la pluma es tan valiosa —manifestó el rey—, entonces una sola no me basta; quiero el pájaro entero y debo conseguirlo.

El hijo mayor se puso en camino, confiado en su perspicacia y persuadido de que encontraría al pájaro dorado. Después de caminar un rato, vio a un zorro sentado en el borde de un bosque; armó su fusil y lo apuntó. Pero el zorro exclamó:

—¡No me mates! A cambio de mi vida te daré un buen consejo. Tú andas a la búsqueda del pájaro dorado y esta noche llegarás a una aldea donde hay dos posadas que están una enfrente de la otra. Una de ellas se halla bien iluminada y dentro hay fiesta y alegría; no te hospedes allí, sino en la otra, aunque te parezca de mal aspecto.

«¿Cómo un animal tan necio puede darme un consejo razonable?», pensó el príncipe, y apretó el gatillo, pero erró el tiro y el zorro, extendiendo su cola, huyó hacia el bosque. El príncipe siguió su camino y por la noche llegó a la aldea con las dos posadas; en una se cantaba y se bailaba, y la otra tenía un aspecto pobre y triste. «Tendría que ser tonto —pensó— para ir a la posada miserable, desdeñando la otra.» Entró, pues, en la posada alegre, y allí se entregó al derroche y a la fiesta, olvidándose del pájaro, de su padre y de todos los buenos consejos.

Como había pasado mucho tiempo sin que el hijo mayor volviera a casa, el segundo hijo emprendió el viaje para buscar al pájaro de oro. Lo mismo que el mayor, también se encontró con el zorro, que le dio su buen consejo, y tal como aquél, no le prestó atención. Llegó frente a las dos posadas y, viendo a su hermano en la ventana de una de ellas, no pudo resistir la tentación y entró; allí sucumbió a sus pasiones.

Pasó otra vez el tiempo y el menor de los príncipes también quiso marchar y probar fortuna, pero el padre no quiso permitírselo.

—Sería en vano —dijo—; tendrás aún menos posibilidades que tus hermanos de encontrar al pájaro dorado, y si te pasa alguna desdicha no sabrás cómo salir del paso. No estás bien dotado.

Sin embargo, como aquél no lo dejaba en paz, al fin lo dejó partir.

A la entrada del bosque, nuevamente estaba sentado el zorro que, a cambio de su vida, le ofreció el buen consejo. El joven se mostró bondadoso y le dijo:

—Tranquilo, zorrito; no te haré daño.

—No te arrepentirás —replicó el zorro— y para que llegues más rápido, móntate en mi cola.

Apenas se hubo instalado, el zorro echó a correr campo a través, de modo que el viento zumbaba entre los cabellos del joven. Cuando llegó a la aldea, se apeó y, siguiendo el buen consejo, sin mirar a su alrededor se dirigió a la modesta posada, donde pasó una noche tranquila. A la mañana siguiente, al salir al campo, vio de nuevo al zorro, que le dijo:

—Te diré lo que tienes que hacer en adelante: camina siempre recto hasta llegar a un castillo; hallarás muchos soldados delante de él, pero no te

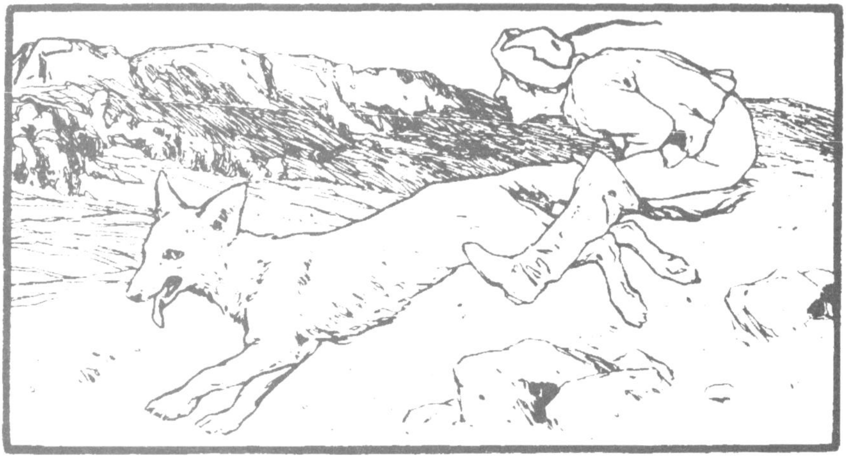

preocupes, pues todos estarán durmiendo a pierna suelta. Pasa entre ellos, entra derechamente en el castillo y sigue a través de todas las habitaciones; finalmente, llegarás a un cuarto donde hallarás colgada una jaula de madera con el pájaro de oro. A su lado hay una jaula dorada que está vacía y sirve de adorno; no te atrevas a sacar al pájaro de su pobre jaula para ponerlo en la lujosa, porque te podría pasar algo muy grave.

Después de estas palabras, el zorro extendió nuevamente su cola, el príncipe se montó sobre ella y entonces echó a correr campo a través, de modo que el viento zumbaba entre los cabellos del joven. Al llegar al castillo, encontró cada cosa tal como había dicho el zorro. El príncipe llegó al cuarto donde estaba el pájaro de oro en una jaula de madera, al lado de la cual había otra dorada; alrededor estaban las tres manzanas de oro. Entonces, él pensó que sería ridículo dejar a un pájaro tan hermoso en aquella jaula tan ordinaria y fea y, abriendo la puertecilla, lo cogió y lo metió en la dorada. Pero en aquel mismo momento el pájaro lanzó un grito estridente y, al oírlo, los soldados despertaron, entraron precipitadamente y condujeron al joven a la prisión. A la mañana siguiente, compareció ante la justicia y, habiéndolo confesado todo, fue condenado a muerte. Sin embargo, el rey le dijo que lo perdonaría bajo la condición de que le trajera el caballo de oro, que corre más rápido que el viento; en ese caso le daría también el pájaro de oro como recompensa.

El príncipe se puso en camino; sin embargo, suspiraba y estaba triste. ¿Dónde iba a encontrar al caballo de oro? De pronto, vio a su viejo amigo, el zorro, que estaba sentado al borde del camino.

—¿Lo ves? —le dijo el zorro—. Eso te pasa por no haber seguido mis palabras. Pero ¡ánimo! Me ocuparé de ti y te diré cómo conseguir el caballo de oro. Debes ir derecho hasta llegar a un castillo, en cuya cuadra está el caballo. Delante de la cuadra habrá unos palafreneros, pero estarán durmiendo a pierna suelta y podrás sacar el caballo tranquilamente. Sin embargo, cuidado con una cosa: ponle la silla ordinaria, la de madera y cuero, y no la de oro, que también cuelga allí, porque de lo contrario puede pasarte algo muy grave.

Entonces, el zorro extendió su cola y el príncipe montó; partieron campo a través, de modo que el viento zumbaba por entre los cabellos del joven. Todo se cumplió tal como había indicado el zorro: llegó a la cuadra donde estaba el caballo de oro y, cuando iba a colocarle la silla ordinaria, pensó: «Sería menoscabo para un animal tan bello el no ponerle la buena silla que le corresponde.» Pero apenas tocó el caballo con la silla de oro, éste comenzó a relinchar, con lo que despertaron los palafreneros y, apresando al joven, lo condujeron a la prisión. A la mañana siguiente, fue condenado a muerte por el tribunal, pero el rey prometió perdonarlo y regalarle el caballo de oro, siempre que trajera a la bella princesa que vivía en el castillo de oro.

El joven se puso en camino con el corazón afligido, pero por suerte pronto se encontró con el fiel zorro.

—Debería abandonarte en tu desgracia —le dijo éste—, pero me das lástima y voy a sacarte del apuro una vez más. El camino que sigues te lleva derecho al castillo de oro, donde llegarás al atardecer. Por la noche, cuando todo esté tranquilo, la bella princesa saldrá a tomar su baño; cuando llegue, salta hacia ella y dale un beso; entonces te seguirá y podrás llevártela contigo. Sin embargo, no permitas que ella se despida antes de sus padres, porque puede pasarte algo muy grave.

Entonces el zorro extendió su cola y el príncipe montó; partieron campo a través, de modo que el viento zumbaba por entre los cabellos del joven. Al llegar al castillo de oro, halló todo tal como había dicho el zorro.

Esperó hasta la medianoche y, mientras todos dormían profundamente, cuando la hermosa doncella se dirigía hacia los baños, saltó hacia ella y le dio un beso. Ella se mostró dispuesta a seguirle gustosamente, pero, llorando, le suplicó que antes le permitiera despedirse de sus padres. Al principio, él se resistió a sus ruegos, pero como ella lloraba cada vez más e incluso se arrojó a sus pies, finalmente accedió. Sin embargo, tan pronto como la doncella se acercó a la cama de su padre, éste y todos los demás habitantes del castillo se despertaron y el joven fue apresado y conducido a la prisión.

A la mañana siguiente, el rey le dijo:

—Mereces la muerte; sólo tendré clemencia contigo si eres capaz de aplanar el monte que hay delante de mis ventanas y que me impide mirar más allá. Tienes ocho días para llevar esto a cabo; si lo consigues, tendrás como recompensa a mi hija.

El príncipe se puso a excavar y trabajó con la pala sin descanso, pero al cabo de siete días, dándose cuenta de lo poco que había logrado y considerando que su trabajo era inútil, se sumió en una gran tristeza y perdió toda esperanza. Pero en la tarde del séptimo día apareció el zorro y le dijo:

—No mereces que me ocupe de ti, pero lárgate y échate a dormir, pues yo haré el trabajo en tu lugar.

A la mañana siguiente, cuando miró por la ventana, vio que el monte había desaparecido. Lleno de alegría, el joven corrió hacia el rey para darle cuenta de que su condición estaba cumplida y éste, quisiéralo o no, debió mantener su palabra y le dio a su hija.

Entonces, los dos partieron juntos y al poco tiempo el fiel zorro se les unió.

—Ya has obtenido lo mejor —le dijo—, pero te queda el caballo de oro, pues ya te pertenece la doncella del castillo dorado.

—¿Y cómo he de conseguirlo? —preguntó el joven.

—Te lo diré —respondió el zorro—. Primero, lleva la doncella al rey que te mandó ir al castillo dorado. Sentirá una alegría extraordinaria y, con mucho gusto, te dará el caballo de oro. Cuando lo traigan ante ti, monta en seguida en él y da a todos la mano para despedirte y, al final, dásela a la hermosa doncella. Una vez que la hayas cogido, tira de ella y, haciéndola montar, huye a toda carrera; nadie será capaz de alcanzaros, pues el caballo corre más rápido que el viento.

Todo se llevó a cabo felizmente y el joven príncipe se llevó a la hermosa doncella con el caballo de oro. El zorro no tardó en alcanzarlos y dijo:

—Ahora también te ayudaré a conseguir el pájaro de oro. Cuando te acerques al castillo donde está, deja bajar a la doncella: yo me encargaré de cuidarla. Entonces entra en el patio del castillo con el caballo al trote; al verlo sentirán una gran alegría y te entregarán el pájaro de oro. Una vez que tengas la jaula en la mano, emprende el regreso, para recoger a la doncella.

Después de llevar este ardid a buen término y, cuando el príncipe quiso volver a casa con sus tesoros, el zorro le dijo:

—Ahora has de recompensarme por mi ayuda.

—¿Qué quieres como recompensa? —preguntó el joven.

—Cuando lleguemos a aquel bosque, mátame de un tiro y córtame la cabeza y las patas.

—¿Pero qué agradecimiento sería ése? —exclamó el príncipe—. No puedo acceder.

—Si no quieres hacerlo, debo abandonarte —replicó el zorro—, pero antes de irme, te daré otro buen consejo. Guárdate de dos cosas: no compres carne de horca ni te sientes en el borde de un pozo.

Después de esto, corrió hacia el bosque. El joven pensó: «¡Qué raro animal! ¡Qué caprichos tiene! ¿Quién va a comprar carne de horca? Y por lo demás, nunca he sentido ganas de sentarme en el borde de un pozo.» Siguieron cabalgando con la hermosa doncella y el camino los condujo de nuevo a la aldea donde se habían quedado los dos hermanos. Había allí un gran tumulto y alboroto y, al preguntar qué pasaba, le respondieron que iban a ahorcar a dos hombres. Al acercarse, el joven vio que eran sus hermanos, que habían cometido toda clase de fechorías, despilfarrando su fortuna. Entonces preguntó si podían ser rescatados.

—Si estáis dispuesto a pagar por ellos, sí —respondió la gente—. Pero ¿quién va a derrochar su dinero por la redención de estos malvados?

Pero él, sin pensarlo más, pagó por ellos y, después de ser liberados los hermanos, todos siguieron viaje juntos.

Pronto entraron en el bosque donde había encontrado al zorro por primera vez. Mientras afuera ardía el sol, bajo los árboles el aire era fresco y agradable. Los dos hermanos dijeron:

—Descansemos un rato aquí, junto al pozo; podemos comer y beber.

Él estuvo de acuerdo, pero, mientras charlaban, inadvertidamente se sentó en el borde del pozo y, entonces, los dos hermanos lo empujaron y él cayó de espaldas al agua. Después, apoderándose de la doncella, del caballo y del pájaro, los dos volvieron a casa de su padre.

—No sólo traemos el pájaro dorado —dijeron—, sino que también hemos conseguido el caballo de oro y la doncella del castillo de oro.

La alegría fue grande pero el caballo no comía, el pájaro no cantaba y, en cuanto a la doncella, se pasaba el tiempo sentada, llorando.

El hermano menor, sin embargo, no había perecido, pues, por estar el pozo seco, cayó en un blando musgo, sin hacerse daño, pero no pudo salir de allí. En este infortunio tampoco fue abandonado por el zorro, que bajó hasta reunirse con él. Después de reñirle por haber olvidado su buen consejo, el fiel zorro le dijo:

—No obstante, no puedo dejar de hacerlo; te ayudaré a salir a la luz del día.

Le indicó que se agarrara a su cola y que se mantuviera firmemente cogido a ella; entonces tiró de él.

—Todavía no te has librado de todos los peligros —prosiguió el zorro—; tus hermanos no confían en que hayas muerto y han puesto guardas alrededor del bosque, con órdenes de matarte apenas te dejes ver.

Al borde del camino había un pobre hombre y con éste intercambió sus ropas. Vestido de este modo llegó a la corte del rey. Allí nadie lo reconoció, pero el pájaro se puso a cantar, el caballo comenzó a comer y la doncella dejó de llorar. Sorprendido, el rey le preguntó a ésta:

—¿Qué significa esto?

Entonces la doncella dijo:

—No lo sé; estaba muy triste y ahora estoy muy contenta. Tengo la impresión de que mi verdadero novio ha llegado.

Y le contó todo lo que había pasado, aunque los dos hermanos la habían amenazado de muerte en caso de revelar algo. El rey mandó llamar a cuantos había en el castillo y entonces se presentó también el joven, disfrazado con los harapos de un pobre vagabundo. Reconociéndolo inmediatamente, la doncella lo abrazó. Los despiadados hermanos fueron apresados y ejecutados; él, por su parte, se casó con la hermosa doncella y fue designado príncipe heredero.

Pero, ¿qué fue del pobre zorro? Mucho tiempo después, el príncipe fue nuevamente al bosque y se encontró con él, que le dijo:

—Ahora tienes cuanto puedes desear; en cambio, mi desdicha parece no tener fin. En tu mano está el deshacer la maldición que pesa sobre mí.

Y entonces le suplicó nuevamente que lo matara de un tiro y que le cortara la cabeza y las patas. El príncipe así lo hizo y, apenas ocurrió esto, el zorro se convirtió en un hombre, que resultó ser nada menos que el hermano de la bella princesa, al fin rescatado del hechizo del que había sido víctima. De este modo, ya no faltaba nada para que todos fueran dichosos por el resto de sus vidas.

Frido y Catalisa

Éranse un hombre llamado Frido y una mujer llamada Catalisa que, habiéndose casado, formaban un joven matrimonio. Un día, Frido dijo:

—Ahora voy al campo, Catalisa; cuando vuelva, quiero ver en la mesa algo de carne asada para el hambre y alguna bebida para la sed.

—Vete tranquilo, Fridito —respondió ella—, pues lo haré a tu gusto.

Cuando se acercaba la hora de comer, ella sacó una salchicha de las que colgaban en la chimenea, la puso en una sartén, añadió mantequilla y la dejó en el fuego. La salchicha comenzó a freírse y Catalisa se quedó allí, manteniendo el mango de la sartén, sumida en sus pensamientos. De pronto se le ocurrió: «Mientras se fríe la salchicha, podrías ir al sótano para sacar la bebida del tonel.» Así que, dejando la sartén bien afirmada, cogió una jarra y bajó al sótano para sacar cerveza. El chorro de cerveza cayó en la jarra y Catalisa se quedó observándolo; entonces se le ocurrió: «¡Uy! El perro anda suelto por arriba y podría coger la salchicha de la sartén. ¡No faltaría más!» Y de un salto subió las escaleras, pero el perro ya tenía la salchicha en la boca y escapaba con ella. Catalisa se lanzó en su busca, pero no consiguió otra cosa que hacerlo huir un buen trecho campo adentro. El perro

era más rápido que ella y no soltó la salchicha; se la llevó, arrastrándola a través de los surcos.

—Lo que está perdido, perdido está—dijo Catalisa, y se volvió.

Pero como había corrido hasta quedar exhausta, caminó muy lentamente, para recuperar el aliento. Durante este tiempo, la cerveza había seguido corriendo, pues Catalisa se había olvidado de cerrar el grifo y, cuando la jarra estuvo llena hasta los bordes, se derramó por todo el sótano, hasta que el barril quedó vacío. Ya desde la escalera Catalisa vio el desastre.

—¡Diablos! —exclamó—. ¿Qué harás ahora para que Frido no se dé cuenta?

Reflexionó un ratito y, finalmente, recordó que de la última feria quedaba un saco de buena harina de trigo en el granero; lo bajaría y esparciría la harina sobre la cerveza.

—Sí —dijo—, el que ahorra en las maduras tiene para las duras.

Subió al granero y al regresar, cargada con el saco, lo dejó caer justamente encima de la jarra de cerveza, así que ésta se volcó y la bebida de Frido también corrió por el sótano.

—Es justo —dijo Catalisa—; donde va uno, también debe ir el otro...

Y esparció la harina por todo el sótano.

Cuando hubo terminado, quedó muy satisfecha de su trabajo y exclamó:

—¡Qué lindo y limpio parece todo ahora!

Al mediodía volvió Frido a casa.

—Bueno, mujer, ¿qué me has preparado?

—¡Ay, Fridito! —dijo ella—. Yo quería freírte una salchicha, pero mientras sacaba la cerveza del barril para acompañarla, el perro la cogió de la sartén y, mientras yo lo perseguía, la cerveza se derramó y, cuando quise secarla con la harina de trigo, volqué también la jarra, pero tranquilízate, pues el sótano está de nuevo seco.

—¡Catalisa, Catalisa! —exclamó Frido—. ¿Cómo has podido hacer tal cosa? Dejas que te roben la salchicha y que la cerveza se escape del barril, y encima derramas nuestra rica harina.

—Si, Fridito, pero no lo sabía; deberías habérmelo dicho.

El hombre pensó: «Si así son las cosas con tu mujer, debes andarte con cuidado.» Y como tenía reunida una bonita suma de táleros, fue a cambiarlos por oro y dijo a Catalisa:

—Mira, he aquí estos tintilines amarillos. Los pondré dentro de una olla, que enterraré en el establo, bajo el comedero de la vaca, pero cuidado con acercarte a ellos, porque si lo haces lo pasarás muy mal.

—No, Fridito —dijo ella—, te aseguro que no lo haré.

Ahora bien, una vez que Frido no estaba en casa llegaron a la aldea unos comerciantes que ofrecían cacharros de barro y preguntaron a la joven esposa si tenía algo para hacer trueque.

¡Oh, buenas gentes —les dijo Catalisa—, no tengo dinero y nada puedo compraros, pero si os hicieran falta unos tintilines amarillos, os compraría gustosa con ellos!

—¿Tintilines amarillos? ¿Por qué no? Dejadnos verlos.

—Id al establo, excavad bajo el comedero de la vaca y allí encontraréis los tintilines amarillos; yo no debo acercarme a ellos.

Los bribones fueron, excavaron y hallaron oro puro. Así que se lo embolsaron y huyeron, dejando todos sus cacharros en la casa. Catalisa pensó que debía emplear esta vajilla en algo, pero como en la cocina no le hacía falta, sacó a golpes el fondo de cada cacharro y los colgó todos como adornos en las estacas del cerco de la casa.

Cuando volvió Frido, al ver la nueva ornamentación, preguntó:

—Catalisa, ¿qué has hecho?

—Me los dieron, Fridito, a cambio de los tintilines amarillos que había bajo el comedero de la vaca. Yo no me acerqué; los comerciantes debieron desenterrarlos por su cuenta.

—¡Ah, mujer! —exclamó Frido—. ¿Qué has hecho? No eran tintilines, sino oro puro, toda nuestra fortuna. ¿Cómo has podido hacer tal cosa?

—Si, Fridito —respondió ella—, pero no lo sabía; deberías habérmelo dicho antes. —Y se quedó un rato parada, pensando. Luego agregó—: Oye, Frido, ya recuperaremos el oro. Corramos detrás de los ladrones.

—Vamos, pues —dijo Frido—; lo intentaremos. Pero trae mantequilla y queso, para que tengamos de qué comer en el camino.

—Si, Fridito, los llevaré.

Partieron y, como Frido era mejor caminante, Catalisa iba detrás. «Está bien así—pensó ella—, porque cuando volvamos yo le llevaré ventaja.» Llegaron a lo alto de un cerro; a ambos lados del camino había profundas huellas dejadas por las ruedas de las carretas.

—¡Lo que hay que ver! —exclamó Catalisa—. ¡Cómo han abierto y vejado la pobre tierra! ¡En toda su vida no podrá curarse!

Y con el corazón lleno de piedad, sacó la mantequilla y untó con ella tanto los bordes de las huellas del lado izquierdo como los del lado derecho, a fin de que las próximas ruedas no apretaran demasiado. Pero al agacharse, compasiva, un queso escapó de su bolsa y rodó cerro abajo.

—Bueno —dijo Catalisa—, ya he subido este camino una vez y no pienso hacerlo de nuevo; otro debe ir en busca del queso.

Así que sacó otro queso y lo mandó para abajo. Pero los quesos no volvieron. Entonces mandó a un tercero, pues pensó: «Tal vez no les gusta caminar solos, y esperan compañía.»

—No sé qué significa esto —dijo, cuando ninguno de los tres regresó—; puede ser que el tercero no haya encontrado el camino y ande extraviado. Mandaré a un cuarto, para que los llame.

Sin embargo, el cuarto no lo hizo mejor que el tercero. De modo que Catalisa se enojó y mandó abajo al quinto y al sexto, que eran los últimos. Se quedó un rato aguardando su regreso, pero como no reaparecieron, exclamó:

—¡Buenos estáis para mandaros en busca de la muerte, ya que tardáis tanto! ¿Creéis que seguiré esperando? Yo continuaré mi camino y tendréis que correr tras de mí, pues vuestras piernas son más jóvenes que las mías.

Catalisa siguió caminando y alcanzó a Frido, que estaba esperándola, pues tenía ganas de comer algo.

—Saca ya lo que has traído.

Ella le pasó el pan seco.

—¿Dónde están la mantequilla y el queso? —preguntó el hombre.

—¡Ay, Fridito! —exclamó Catalisa—. Con la mantequilla unté las huellas del camino, pero los quesos vendrán pronto: como uno de ellos se me escapó, envié a los demás a buscarlo.

—¿Cómo has podido hacer tal cosa, Catalisa? —dijo Frido—. ¡Untar el camino con la mantequilla y echar los quesos cerro abajo!

—Si, Fridito, deberías habérmelo dicho antes.

Entonces comieron juntos el pan seco y Frido preguntó:

—Catalisa, ¿has cerrado nuestra casa al partir?

—No, Fridito; deberías habérmelo dicho antes.

—Entonces, antes de que sigamos el camino, regresa a casa y ciérrala. Trae también otra cosa para comer. Yo te esperaré aquí.

Mientras volvía, Catalisa iba pensando: «Frido quiere otra cosa para comer; al parecer la mantequilla y el queso no le gustan. Traeré entonces un atado de avellanas y, para beber, una jarra de vinagre.» Así lo hizo y, echando el cerrojo en los batientes de arriba, sacó de sus goznes los batientes de abajo y se los echó al hombro, pues pensó que al tener las puertas custodiadas la casa quedaría segura. Catalisa se tomó con calma el camino de vuelta, pensando: «Así Fridito descansará mucho más.» Cuando por segunda vez lo alcanzó, dijo:

—Aquí tienes la puerta principal, Fridito; así puedes cuidar la casa por ti mismo.

—¡Santo Dios! —exclamó él—. ¡Qué mujer tan juiciosa tengo! Saca las puertas de abajo para que cualquiera pueda entrar y echa el cerrojo en las de arriba. Pero ya es demasiado tarde para volver de nuevo a casa y, ya que has traído la puerta hasta aquí, tú misma seguirás cargando con ella.

—Sí, Fridito, cargaré con la puerta, pero las avellanas y la jarra de vinagre me pesan demasiado; las colgaré en la puerta para que las cargue ella.

Así pues, entraron al bosque buscando a los ladrones, pero no los hallaron. Finalmente, cuando oscureció, subieron a un árbol para pasar allí la noche. No bien estuvieron arriba, llegó gente de esa que se lleva por la fuerza cosas que no quieren acompañarlos y que encuentra los objetos antes de que se pierdan, y se instaló justamente bajo el árbol en que Frido y Catalisa estaban instalados. Encendieron una fogata y empezaron a repartir el botín. Frido bajó por detrás del árbol y recogió unas piedras, con las cuales subió de nuevo, dispuesto a tirárselas a los ladrones para darles muerte. Pero las piedras no los alcanzaron y los bribones dijeron:

—Pronto será de día; el viento está sacudiendo los pinares.

Catalisa aún cargaba con la puerta en el hombro y, como notaba mucho peso, pensó que sería causa de las avellanas y dijo:

—Fridito, tengo que tirar las avellanas.

—No, Catalisa, ahora no —respondió él—; podrían delatarnos.

—Pero, Fridito, tengo que hacerlo; me pesan demasiado.

—Pues hazlo, entonces, en nombre del demonio.

Cayeron, pues, las avellanas entre las ramas, y los de abajo dijeron:

—Los pájaros están cagando.

Un rato después, como todavía le pesaba la puerta, Catalisa dijo:

—Oye, Fridito, tengo que derramar el vinagre.

—No, Catalisa, no debes hacer tal cosa; podría delatarnos.

—Pero, Fridito, tengo que hacerlo; me pesa demasiado.

—Pues hazlo, entonces, en nombre del demonio.

Ella vertió el vinagre, que salpicó a la gente de abajo. Estos se dijeron:

—Ya está cayendo el rocío.

Finalmente, Catalisa pensó: «¿Será posible que sea la puerta lo que tanto me pesa?»

—Fridito —dijo—, tengo que tirar la puerta.

—No, Catalisa, ahora no; podría delatarnos.

—Pero, Fridito, tengo que hacerlo; me pesa demasiado.

—Que no, Catalisa; mantenla firme.

—¡Ay, Fridito, la dejo caer!

—¡Uf! —exclamó Frido, enojado—. ¡Entonces déjala caer, en nombre del demonio!

Y la puerta cayó con gran estrépito y la gente de abajo gritó:

—¡El diablo está bajando del árbol!

Y huyeron, abandonándolo todo.

Por la mañana, muy temprano, los dos bajaron y al encontrar todo su oro se lo llevaron a casa. Una vez allí, Frido dijo:

—Catalisa, ahora debes trabajar laboriosamente.

—Sí, Fridito, ya lo haré. Iré al campo a segar.

Cuando Catalisa llegó al campo, se dijo: «¿Comeré antes de segar o dormiré antes de segar? Eso es: primero comeré.» Se pasó, pues, a comer y con la comida le vino el sueño y, medio dormida, comenzó a cortar y cortó todas sus ropas, delantal, falda y blusa. Después de un largo sueño, al despertar y encontrarse medio desnuda, se dijo: «¿Soy yo o no lo soy? ¡Ay! ¿No lo soy?» Entretanto había caído la noche. Entonces Catalisa corrió a la aldea, golpeó la ventana de su marido y llamó:

—¿Fridito?

—¿Qué hay?

—Quiero saber si Catalisa está dentro.

—Sí, sí —respondió Frido—, seguro que debe estar dentro y durmiendo.

—Bien —dijo ella—, entonces sin duda estoy en casa.

Y se fue corriendo.

Afuera, Catalisa se encontró con unos pillos que andaban con la intención de robar. Se acercó a ellos y les dijo:

—Os ayudaré a robar.

Pensando que ella conocería bien cada sitio de la aldea, los pillos estuvieron de acuerdo. Así, Catalisa pasaba por delante de las casas y gritaba:

—¡Eh, gentes! ¿Tenéis algo? Queremos robar.

«¡Bonita cosa!», pensaron los ladrones, y quisieron deshacerse de Catalisa.

—Fuera de la aldea —le dijeron—, el cura tiene un campo de remolachas. Ve a cogernos algunas.

Catalisa fue al campo y empezó a arrancar las remolachas, pero sintió tanta pereza que se quedó allí agachada. En esto, pasó por allí un hombre que al verla se paró y, creyendo que sería el diablo que andaba removiendo las remolachas, corrió a la aldea, buscó al cura y le dijo:

—Padre, el diablo está cosechando en su campo de remolachas.

—¡Dios mío! —exclamó el cura—. Estoy cojo de un pie y no puedo ir a exorcizarlo.

—En ese caso —dijo el hombre—, puede montar en mis hombros.

Y se lo llevó a horcajadas. Cuando llegaron al campo, Catalisa estaba desperezándose y poniéndose de pie.

—¡Ay, el diablo! —gritó el cura.

Entonces los dos huyeron y, tan grande fue el susto que, a pesar de su pie cojo, el cura pudo correr mejor que el hombre de piernas sanas que lo había llevado.

La oca dorada

Había un hombre que tenía tres hijos, el menor de los cuales era apodado El Bobo; lo menospreciaban, se mofaban de él y en toda ocasión lo dejaban de lado. Sucedió que el mayor, disponiéndose a ir al bosque para cortar leña, recibió de su madre una deliciosa tortilla, que ésta le había preparado, y una botella de vino, a fin de que no pasara hambre ni sed. Cuando el joven llegó al bosque se encontró con un viejo hombrecillo gris, que, después de darle los buenos días, le dijo:

—Dame un trozo de la tortilla que llevas en el bolso y déjame echar un trago de tu vino, pues tengo hambre y sed.

—Si te doy de mi tortilla y de mi vino, no me quedará nada para mí —respondió el joven, que era muy listo—. Anda, sigue tu camino.

Así despidió al hombre y siguió andando. Y no mucho después, mientras estaba cortando un árbol, dio un golpe en falso y el hacha se le clavó en el brazo, de modo que tuvo que regresar a casa para hacerse vendar. Por cierto, que eso sucedió a causa del hombrecillo gris.

Después le tocó ir al bosque al segundo hijo y, lo mismo que al mayor, su madre le dio una tortilla y una botella de vino. También él se encontró con el viejecillo gris, que lo detuvo pidiéndole un pedacito de tortilla y un trago de vino. Pero también el segundo hijo respondió muy juiciosamente:

—Lo que a ti te diera, me faltaría a mí. Anda, sigue tu camino.

Así, despidió al hombrecillo y siguió andando. Pero el castigo no se hizo esperar, pues cuando había dado un par de hachazos en un árbol se golpeó la pierna de tal manera que tuvo que volver a su casa.

Entonces dijo El Bobo:

—Déjame ahora a mí salir a cortar leña.

—Ni pensarlo —contestó el padre—. Tus hermanos se han herido haciéndolo y tú de eso no tienes la menor idea.

Pero tanto insistió El Bobo que el padre dijo finalmente:

—Pues ve entonces; de los escarmentados salen los avisados.

Su madre le dio un bollo, cocido en las cenizas, y una botella de cerveza agria. Al llegar al bosque también se encontró con el viejo hombrecillo gris, que después de darle los buenos días, le dijo:

—Dame un trozo de tu bollo y un trago de tu botella, pues tengo hambre y sed.

—Sólo tengo un bollo cocido en las cenizas y cerveza agria; si eso te va bien, sentémonos y comamos.

Entonces se sentaron, pero cuando El Bobo sacó su bollo cocido en las cenizas, éste se había convertido en una deliciosa tortilla, y la cerveza agria se había transformado en un buen vino. Comieron, pues, y bebieron, y más tarde el hombrecillo dijo:

—Puesto que tienes buen corazón y compartes lo que posees, te concederé la dicha. Hay allí un viejo árbol; anda y córtalo, entre sus raíces encontrarás algo.

Y diciendo esto se despidió.

El Bobo fue a cortar el árbol y, al caer éste, apareció de entre sus raíces una oca que tenía las plumas de oro puro. La cogió y se la llevó consigo a una fonda, donde quería pasar la noche. El posadero tenía tres hijas, que al ver la oca sintieron una enorme curiosidad por saber qué extraordinario pájaro era aquél, una de cuyas plumas les hubiera gustado tener. «Ya hallaré la ocasión de sacarle una pluma para mí», pensó la mayor, y cuando por un momento El Bobo se ausentó de su habitación, cogió el ala de la oca, pero la mano se le quedó pegada en ella. Poco después, llegó la segunda hija, sin otra intención que coger una pluma de oro, pero apenas hubo tocado a su hermana quedó firmemente pegada a ella. Finalmente, vino la tercera muchacha con el mismo deseo.

—¡Santo cielo, no te acerques! ¡No te acerques! —le gritaron las otras.

Pero ella no entendió por qué no debía acercarse, pues pensaba: «Si ellas están ahí, también puedo estar yo», y se acercó a ellas. Sin embargo, apenas hubo tocado a sus hermanas, se quedó pegada a ellas. Así, las tres tuvieron que pasar la noche junto a la oca.

A la mañana siguiente, El Bobo se puso la oca bajo el brazo y partió, sin preocuparse por las tres hermanas que estaban pegadas; éstas tuvieron que correr tras él, ya a la derecha, ya a la izquierda, según fuera el capricho de sus piernas. Ya en pleno campo, se encontraron con el cura, que al ver el séquito exclamó:

—¿No os da vergüenza, muchachas, correr detrás de ese joven a través del campo? ¡Eso es indecente!

Y diciendo esto, cogió la mano de la menor, con la intención de apartarla, pero al tocarla quedó igualmente pegado y tuvo que seguir tras ellos. Poco después, se les cruzó el sacristán y éste, lleno de asombro al ver al cura que corría pegado a los talones de las tres muchachas, exclamó:

—¡Eh, señor cura! ¿Adónde va tan deprisa? ¡No olvide que hoy tenemos un bautizo!

Y corriendo hacia él, lo cogió por la manga, pero también quedó pegado.

Mientras iban los cinco así, trotando uno detrás del otro, venían del campo dos campesinos con sus azadas; llamólos, pues, el cura, pidiéndoles que los separaran a él y al sacristán. Mas apenas hubieron tocado a este último, también se quedaron pegados, de modo que eran ya siete los que iban corriendo detrás de El Bobo y la oca.

A todo esto llegaron a una ciudad donde reinaba un rey que tenía una hija tan seria que nadie lograba hacerla reír. Por esto, el rey había decretado que quien consiguiera provocarle la risa obtendría su mano. No bien hubo oído esto, El Bobo se presentó con su oca y su séquito ante la princesa, y ella, al ver a aquellas siete personas que iban siempre pegadas una detrás de la otra, se echó a reír y ya no pudo parar. Entonces El Bobo la reclamó como novia. Sin embargo, al rey no le cayó bien el futuro yerno y le puso toda clase de reparos; dijo que primero tenía que traer a un hombre que fuera capaz de beber todo el vino que había en una bodega. El Bobo, pensando que quizá el hombrecillo gris pudiera ayudarle, fue al bosque y en el mismo lugar donde había cortado el árbol vio sentado a un hombre con la cara sumamente afligida. El Bobo le preguntó qué era lo que de tal modo le oprimía el corazón.

—Tengo una sed tan grande que no puedo apagarla —respondió él—, y el agua fría me cae mal. Acabo de vaciar un tonel de vino, pero, ¿qué es una gota en el desierto?

—Entonces yo puedo ayudarte —le dijo El Bobo—. Ven conmigo, que quedarás satisfecho.

Lo llevó, pues, a la bodega del rey y el hombre, instalándose ante los grandes toneles, bebió y bebió hasta que le dolieron las caderas, de modo que antes del anochecer ya había vaciado la bodega entera. De nuevo El Bobo reclamó a su novia, pero el rey, molesto de que un mísero muchacho, a quien todos llamaban El Bobo, se quedara con su hija, puso nuevas condiciones. Entonces, tendría que traer a un hombre que fuera capaz de comerse un cerro de pan.

El Bobo no lo pensó mucho tiempo; sin vacilar fue al bosque y en el mismo lugar encontró a un hombre que estaba apretándose fuertemente el cinturón y que, poniendo una cara de contrición, decía:

—Acabo de comerme un horno lleno de pan rallado, pero, ¿de qué le sirve eso a quien tiene tanta hambre como yo? Mi estómago se ha quedado vacío y si no quiero morir de hambre debo apretarme el cinturón.

Contento al oír esto, El Bobo dijo:

—Levántate y ven conmigo; tendrás para quedar satisfecho.

Lo condujo hasta el palacio, frente al cual el rey había hecho traer toda la harina del reino y hecho cocer un enorme cerro de pan. Poniéndose delante, el hombre del bosque comenzó a comer y en un solo día hizo desaparecer el cerro. Por tercera vez El Bobo reclamó a su novia, pero el rey buscó un nuevo pretexto para negarse, y pidió un barco que fuera capaz de viajar tanto por tierra como por mar.

—Tan pronto como llegues en este barco —le dijo—, tendrás a mi hija por esposa.

El Bobo fue inmediatamente al bosque y allí vio al viejo hombrecillo gris con quien había compartido su bollo. Éste le dijo:

—Tú me diste de beber y comer, así que también te daré el barco; hago esto porque has sido generoso conmigo.

Así que le dio el barco que navegaba tanto por tierra como por mar, y el rey, al verlo, no pudo rehusarle por más tiempo la mano de su hija. Celebróse, pues, la boda, y después de la muerte del rey, El Bobo heredó el reino y vivió feliz con su esposa por muchos años.

Pelisurta

Había una vez un rey que tenía una esposa de cabellos dorados y con cuya belleza no podía compararse ninguna otra mujer en el mundo. Sucedió que cayó enferma y que, sintiendo que su muerte se aproximaba, llamó al rey.

—Si después de mi muerte quieres casarte de nuevo —le dijo—, no tomes a ninguna mujer que no sea tan bella como yo y que no tenga los cabellos tan dorados como yo los tengo. Debes prometérmelo.

Después de que el rey se lo hubo prometido, cerró ella los ojos y murió en paz.

Por mucho tiempo nada pudo consolar al rey, que no pensaba tomar otra mujer. Pero, finalmente, sus consejeros opinaron: «No queda otra solución: el rey debe casarse de nuevo, para que tengamos una reina.»

Así, fueron enviados mensajeros a todas partes, que debían buscar una novia que igualara en belleza a la difunta reina. Pero no hallaron ninguna en todo el mundo y, de haberla hallado, no habría tenido semejantes cabellos dorados. En consecuencia, los mensajeros volvieron con las manos vacías.

Sin embargo, el rey tenía una hija que era tan hermosa como su fallecida madre, y que además tenía sus mismos cabellos dorados. Al llegar ésta a la edad de merecer, el rey la observó y, al ver que en todo se parecía a su desaparecida esposa, sintió de pronto un fuerte amor por ella.

—Quiero casarme con mi hija —dijo entonces a sus consejeros—, puesto que es el vivo retrato de mi difunta esposa y puesto que no puedo encontrar ninguna otra novia que la iguale.

Al oír esto, los consejeros se sobrecogieron.

—Dios ha prohibido que un padre se case con su hija —le dijeron—; puesto que del pecado no puede nacer nada bueno, ello conduciría al reino a la ruina.

Pero más aún se sobresaltó la hija al enterarse de la decisión que había tomado su padre; sin embargo, esperando hacerle desistir de su propósito, le dijo:

—Antes de cumplir con vuestros deseos, debo tener tres vestidos: uno tan dorado como el sol, uno plateado como la luna y otro resplandeciente como las estrellas; además, exijo tener un abrigo confeccionado con mil pieles diversas, para lo cual cada animal de vuestro reino debe haber aportado un pedazo de la suya.

«Es totalmente imposible que lo consiga —pensó entretanto— y de ese modo disuadiré a mi padre de sus malos pensamientos.» No obstante, el rey no desistió y encargó que las jóvenes más hábiles del reino tejieran los tres vestidos, uno tan dorado como el sol, uno tan plateado como la luna y otro tan resplandeciente como las estrellas; y sus cazadores salieron para atrapar los animales de todo el reino y sacarles un pedazo de su piel, con las cuales se confeccionó un abrigo de mil pieles diversas. Finalmente, cuando todo estuvo listo, el rey hizo traer el abrigo y, tendiéndolo delante de ella, dijo:

—Mañana se celebrará la boda.

Viendo que ya no había esperanzas de mudar los deseos de su padre, la princesa tomó la decisión de huir. De noche, mientras todos estaban durmiendo, se levantó y cogió tres de sus joyas, que eran un anillo, una rueca y un husillo de oro; metió los tres vestidos, de sol, luna y estrellas en una cáscara de nuez; se puso el abrigo de surtidas pieles y, tiñéndose la cara y las manos con hollín, pidió a Dios que la protegiera y partió. Caminó toda la

noche y al llegar a un gran bosque, como tenía sueño, se metió dentro de un árbol hueco y se durmió.

Cuando salió el sol, ella dormía, y siguió durmiendo hasta que el sol estuvo alto. Sucedió entonces que el rey, a quien pertenecía el bosque, había salido de caza.

Cuando sus perros llegaron al árbol, empezaron a olfatear y corrieron alrededor, ladrando.

—Id a ver qué animal se ha escondido ahí—dijo el rey a los cazadores.

Éstos obedecieron la orden y al regresar dijeron:

—En el árbol hueco hay un animal asombroso, como nunca hemos visto otro; está cubierto de mil pieles distintas, pero está echado y duerme.

—Haced lo posible para cogerlo vivo —ordenó el rey—; atadlo luego en el carro y lleváoslo.

Cuando los cazadores atraparon a la joven, ella se despertó sobresaltada y exclamó:

—¡Soy una pobre niña, abandonada de padre y madre! Tened clemencia y llevadme con vosotros.

—Servirás para la cocina, Pelisurta —le dijeron—; ven con nosotros y allí podrás recoger las cenizas.

Así pues, la metieron en el carro y la condujeron al palacio real. Allí le señalaron un cuartucho bajo las escaleras, donde ni siquiera llegaba la luz del día, y le dijeron:

—Ahí puedes vivir y dormir, Pelisurta.

Después fue enviada a la cocina, donde debía acarrear leña y agua, mantener vivo el fuego, desplumar las aves, limpiar las verduras, barrer las cenizas y hacer todos los trabajos pesados.

Así, muy miserablemente, vivió Pelisurta allí, por largo tiempo. Oh, hermosa princesa, ¿qué suerte te espera?

Sucedió que una vez, cuando se celebraba una fiesta en el palacio, ella le preguntó al cocinero:

—¿Podría subir un rato y mirar desde el umbral de la puerta?

—Ve —replicó el cocinero—, pero debes regresar dentro de media hora para recoger las cenizas.

Entonces, ella cogió su lámpara de aceite, fue a su cuartucho y, quitándose la pelliza, lavó el hollín de sus manos y de su cara, de modo que toda su belleza volvió a quedar al descubierto. Luego abrió la nuez y sacó el vestido que brillaba como el sol. Y una vez que estuvo así ataviada, subió a la fiesta y todos le abrieron paso, pues como nadie la conocía pensaron que debía ser nada menos que una princesa. El propio rey salió a su encuentro, le dio la mano y, bailando con ella, dijo para sí: «Nunca mis ojos han visto una mujer tan bella.» Al terminar el baile, ella hizo una reverencia, pero cuando el rey miró a su alrededor ella había desaparecido y nadie sabía dónde. Fueron llamados los centinelas que estaban de guardia delante del palacio e interrogados, pero ninguno la había visto.

Ella había corrido a su cuartucho, se había quitado rápidamente el vestido y, tiznándose con hollín la cara y las manos y poniéndose la pelliza, había vuelto a convertirse en Pelisurta. Cuando entró en la cocina y quiso reanudar su trabajo y recoger las cenizas, el cocinero le dijo:

—Deja eso para mañana y cocina tú la sopa para el rey, pues también yo quiero ir arriba a echar una mirada; pero cuidado con dejar caer un pelo dentro, porque si lo haces en adelante no recibiréis nada para comer.

Partió, pues, el cocinero y Pelisurta preparó la sopa para el rey, una sopa de pan tan buena como sólo ella sabía hacerla, y tan pronto como la hubo terminado fue a su cuchitril a buscar su anillo de oro y lo puso en la sopera. Cuando el baile hubo terminado, mandó el rey traer su sopa y al comerla le gustó tanto que pensó que nunca había comido una sopa mejor. Cuando hubo tocado el fondo de la sopera, descubrió un anillo de oro y no pudo explicarse cómo podía haber ido a parar allí. Así pues, mandó llamar al cocinero y éste, sobrecogido al oír la orden, le dijo a Pelisurta:

—Seguro que has dejado caer un pelo en la sopa. Si ha sido así, recibirás una paliza.

Cuando se presentó ante el rey, éste le preguntó quién había preparado la sopa.

—Yo la preparé —respondió el cocinero.

—Eso no es cierto —replicó el rey—, porque estaba hecha de otra manera y era mejor que otras veces.

—Tengo que confesar —respondió el cocinero— que no fui yo quien la preparó, sino Pelisurta.

—Ve —ordenó el rey— y hazla venir.

Cuando Pelisurta vino, el rey le preguntó:

—¿Quién eres tú?

—Soy una pobre niña que ya no tiene padre ni madre.

—¿Qué haces en mi palacio? —siguió preguntando el rey.

—No sirvo para nada, salvo para recibir puntapiés.

—¿De dónde sacaste el anillo que estaba en la sopa? —quiso saber el rey.

—No sé nada del anillo—respondió ella.

Por lo tanto, el rey no pudo enterarse de nada y tuvo que mandarla de vuelta.

Un tiempo después volvió a celebrarse una fiesta y Pelisurta pidió de nuevo al cocinero que le permitiera ir a echar una mirada.

—De acuerdo —respondió el cocinero—, pero vuelve dentro de media hora y cocina para el rey la sopa de pan que tanto le gusta comer.

Entonces ella corrió hacia su cuartito, se lavó rápidamente y, sacando de la nuez el vestido plateado como la luna, se lo puso. Y subió, con el aspecto de una princesa. El rey fue a saludarla, dichoso de volver a verla y, como en ese momento comenzó la música, bailaron juntos. Pero al terminar el baile, ella desapareció tan rápidamente que el rey no pudo advertir dónde se había metido. Había ido a su cuartucho y después de transformarse de nuevo en Pelisurta había ido a la cocina para preparar la sopa de pan. Mientras el cocinero estaba arriba, fue en busca de la rueca de oro y la echó en la sopera, de modo que quedara cubierta por la sopa. Poco después, ésta fue servida al rey, al que le gustó tanto como la vez pasada,

por lo cual hizo venir al cocinero, que también ahora debió confesar que Pelisurta había preparado la sopa. De nuevo, ella compareció ante el rey, y a sus preguntas respondió que sólo estaba allí para recibir puntapiés y nada sabía de la rueca de oro.

Cuando por tercera vez el rey organizó una fiesta, las cosas no sucedieron de modo distinto que las veces anteriores. Sin embargo, el cocinero le dijo:

—Tú, Pelisurta, eres una bruja, porque siempre añades a la sopa algo que hace que el rey la encuentre más sabrosa que la que yo preparo.

Pero como ella le rogara con insistencia, la dejó subir a la hora acostumbrada. Ella se puso el vestido que resplandecía como las estrellas y entró en la sala. De nuevo el rey bailó con la hermosa doncella, pensando que nunca había sido tan bella como ahora. Y mientras bailaban, sin que ella se diera cuenta, le puso un anillo de oro en el dedo. Él había ordenado que el baile se prolongara largo rato y cuando terminó quiso retenerle las manos, pero ella, escapándosele, se mezcló tan rápidamente entre la gente que desapareció ante sus propios ojos. La joven corrió como pudo a su cuchitril bajo la escalera y, como ya había estado ausente más de media hora, no pudo quitarse el hermoso vestido, sino que se echó encima la pelliza y, dada la prisa que tenía, no pudo tiznarse completamente con hollín y un dedo le quedó blanco. Pelisurta corrió a la cocina, preparó la sopa de pan para el rey y, en un momento en que el cocinero no estaba presente, echó dentro el husillo de oro. Al encontrar el husillo en el fondo de la sopera, el rey mandó llamar a Pelisurta; entonces observó su dedo blanco y el anillo de oro que le había puesto mientras bailaban. La cogió firmemente de la mano y al querer ella soltarse para huir se le abrió un poco la pelliza, de modo que el vestido de estrellas lució por debajo. El rey cogió la pelliza y se la quitó. De este modo, quedaron al descubierto sus cabellos dorados y ella, mostrándose en todo su esplendor, ya no pudo disimular más. Y una vez que se hubo quitado de la cara el hollín y las cenizas, apareció tan hermosa como nunca se ha visto a nadie en la tierra.

—Tú eres mi amada novia —le dijo el rey entonces—, y nunca más nos separaremos.

Después de lo cual se celebró la boda y ambos vivieron dichosos hasta el día de su muerte.

Yorinde y Yoringel

Había una vez un viejo castillo en medio de un vasto y espeso bosque donde vivía, totalmente solitaria, una vieja y poderosa hechicera. De día se transformaba en gata o en búho, pero de noche, en cambio, recobraba su figura normal. Sabía atraer a los animales de caza y a los pájaros, a los que mataba para cocinar y asar. Cuando alguien se acercaba a cien pasos del castillo, se quedaba inmovilizado y no podía volverse hasta que ella lo soltaba con unas palabras; pero si alguna casta doncella penetraba en el cerco, ella solía transformarla en un pájaro y enjaularla en una cesta que guardaba luego en un aposento del castillo. Poseía alrededor de siete mil cestas con estos curiosos pájaros encantados.

Ahora bien, había una doncella llamada Yorinde, que era más hermosa que todas las demás muchachas. Estaba prometida con un apuesto joven llamado Yoringel, y durante el noviazgo se deparaban uno al otro la más grande dicha. Una vez, buscando la oportunidad de hablar a solas, fueron a pasear al bosque.

—Guárdate —le dijo Yoringel— de acercarte demasiado al castillo.

Era un hermoso atardecer y entre los troncos el sol iluminaba el bosque verde oscuro, y las tórtolas cantaban quejumbrosamente en las viejas hayas que estaban brotando.

De vez en cuando, Yorinde sollozaba y, sentándose donde brillaba el sol, se lamentaba; Yoringel se lamentaba también. Se sentían tan deprimidos como si hubieran debido morir; miraron a su alrededor, y se dieron cuenta de que se habían perdido y de que no sabían qué camino tomar para volver a casa. La mitad del sol se había puesto y la otra mitad quedaba sobre el monte.

Yoringel apartó los arbustos para mirar y, al ver muy cerca la muralla del castillo, se estremeció con un susto mortal. Yorinde cantó:

—Pajarillo mío del rojo collar,
canta de pena, pena, pena,
la palomita su propia muerte va a cantar,
canta de pena, pena, pena,
zurú, zurú, zurú.

Yoringel buscó a Yorinde. Yorinde se había transformado en un ruiseñor que cantaba:

—Zurú, zurú.

Con los ojos ardientes, un búho revoloteó tres veces alrededor de ella y tres veces gritó:

—Chu, ju, ju, ju.

Por su parte, Yoringel no podía moverse, pues se había quedado como una piedra, sin poder llorar ni hablar, con las manos y los pies rígidos. Ahora el sol se había puesto y el búho se había parado en un arbusto. De pronto, salió de él una vieja encorvada, amarillenta y flaca; tenía los ojos rojos y grandes, y su nariz curvada tocaba con la punta la barbilla. Murmuró algo y, cogiendo al ruiseñor, se lo llevó en la mano. Yoringel nada podía decir ni podía moverse de su sitio; el ruiseñor había desaparecido. Finalmente, la vieja regresó y dijo con voz ronca:

—¡Salud, Satán! Ahora que la lunita brilla en la cestita, desátalo. ¡Enhorabuena!

De este modo, Yoringel quedó suelto. Arrodillándose delante de la vieja, le rogó que le devolviera a su Yorinde, pero ella le respondió que jamás volvería a tenerla y se marchó. El gritó, lloró y se lamentó, pero todo fue en vano.

—¡Ay, qué será de mí!

Yoringel se fue y al fin llegó a una aldea desconocida; allí, durante largo tiempo trabajó como pastor. A menudo iba a dar una vuelta por el castillo, pero no se acercaba demasiado.

Una buena noche soñó que encontraría una flor roja como la sangre, en cuyo centro habría una perla grande y hermosa, y que él cortaría la flor y, llevándola al castillo, todo cuanto tocara con ella quedaría libre del hechizo; también soñó que mediante ella recuperaría a su Yorinde. Cuando despertó, a la mañana siguiente, partió a través de valles y montañas en busca de una flor semejante, y al noveno día de su búsqueda, al amanecer, halló la flor roja como la sangre. En su centro había una enorme gota de rocío, igual que la hermosa perla. Caminó días y noches con la flor hacia el castillo y cuando estuvo a cien pasos de él, ya no se quedó paralizado, sino que pudo seguir andando hasta la puerta.

Lleno de alegría, Yoringel tocó la puerta con la flor y la puerta se abrió. Entró y, atravesando el patio, trató de percibir el canto de los numerosos pájaros, hasta que al fin los oyó. Siguió andando y encontró la sala en la que estaba la hechicera dándoles de comer en sus siete mil cestas. Al ver a Yoringel se puso furiosa, terriblemente furiosa, y lo insultó, echando sapos y culebras por la boca, pero no consiguió acercársele más allá de dos pasos. Él no le hizo caso y empezó a inspeccionar las cestas de los pájaros. ¿Cómo encontrar a su Yorinde entre cientos de ruiseñores? Mientras buscaba, se dio cuenta de que la vieja, sigilosamente, apartaba una cesta con un pájaro y se dirigía hacia la puerta. Dio un salto y tocó a la vieja y a la cesta con la flor, y de este modo ella perdió su poder de hechicera y Yorinde reapareció, echándole los brazos al cuello, tan bella como era antes. Entonces, él convirtió otra vez en muchachas a todos los demás pájaros, volvió a casa con su Yorinde y juntos vivieron mucho tiempo.

Hans, el dichoso

Después de haber servido a su amo siete años, Hans le dijo:

—Amo, mi tiempo se ha cumplido; quiero volver ahora a casa de mi madre. Dadme mi paga.

—Me has servido fielmente —respondió el amo—, y tal como fue el servicio, así debe ser la paga.

Le dio entonces un pedazo de oro tan grande como la cabeza del propio Hans y éste, sacando su pañuelo del bolsillo, envolvió el pedazo, se lo echó al hombro y marchó camino de su casa. Mientras avanzaba paso a paso, sus ojos divisaron un jinete que, animado y resuelto, lo adelantó, cabalgando en un brioso caballo.

—¡Ah, lo que es montar un hermoso caballo! —exclamó Hans en voz alta—. Uno va como en una silla, no tropieza con ninguna piedra, ahorra zapatos y avanza sin saber cómo.

Al oír esto, el jinete se detuvo.

—¡Vaya, Hans! —replicó—. ¿Y por qué vas tú a pie?

—Pues no me queda otro remedio —respondió él—. Voy a casa y debo cargar con esta bola que, si bien es de oro, no me deja llevar la cabeza erguida y además me aplasta el hombro.

—¿Sabes qué? —dijo el jinete—. Vamos a hacer un canje: yo te doy mi caballo y tú me das la bola.

—Encantado —respondió Hans—, pero os lo advierto: deberéis cargar con ella.

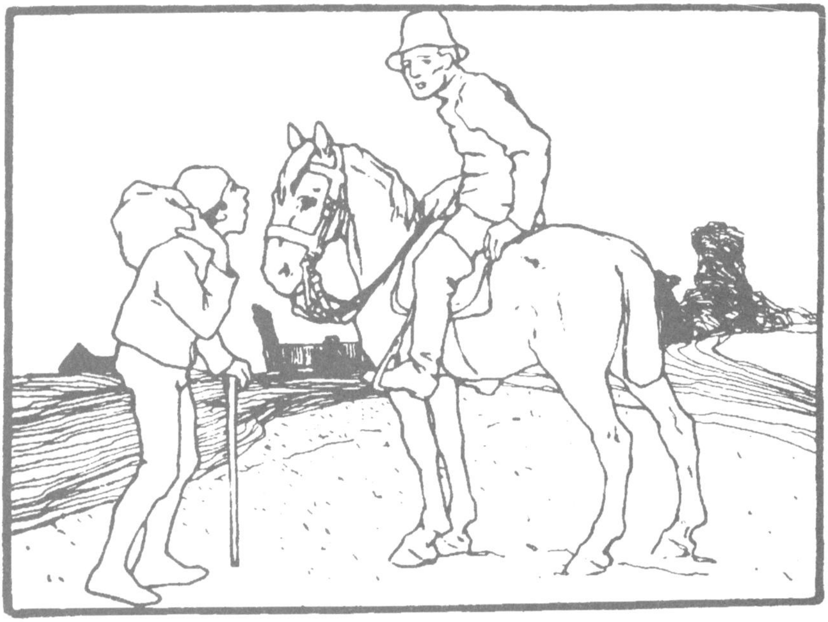

El jinete bajó y, cogiendo el oro, ayudó a Hans a montar; puso firmemente las riendas en sus manos y dijo:

—Si quieres avanzar deprisa, deberás chasquear la lengua y decir: «Hop, hop.»

Hans estaba contentísimo de ir sentado en el caballo, cabalgando tan libremente. Al cabo de un rato, se le ocurrió que podría avanzar aún más rápido y, chasqueando la lengua, exclamó:

—¡Hop, hop!

El caballo empezó a galopar y, antes de darse cuenta, Hans se halló tirado en una zanja que separaba los campos del camino. El caballo se habría desbocado si no lo hubiera detenido un campesino que venía conduciendo a una vaca por el camino. Hans puso sus huesos en orden y se levantó. Estaba malhumorado y dijo al campesino:

—Montar es un estúpido entretenimiento, sobre todo cuando le toca a uno semejante jamelgo, que brinca y tira al jinete como si quisiera romperle el cuello. De ahora en adelante, no volveré a montar; prefiero tu vaca, a la que uno puede conducir con calma; además, uno tiene asegurados cada día leche, mantequilla y queso.

—Bueno —dijo el campesino—, si te hago con ello un favor tan grande, te daré la vaca a cambio del caballo.

Hans consintió de todo corazón y el campesino, montando de un salto, se alejó rápidamente con el caballo. Hans se fue tranquilamente detrás de su vaca, pensando en el buen negocio que había hecho. «Es cosa de tener un pedazo de pan, que no me faltará, tantas veces como quiera podré comerlo con mantequilla, queso; si me da sed, ordeñaré mi vaca y beberé leche. Ah, corazón mío, ¿qué más quieres?», pensaba.

Al llegar a una posada, hizo un alto y tan contento estaba que comió todo lo que llevaba consigo, almuerzo y cena, y con sus últimas monedas se hizo servir medio vaso de cerveza. Luego siguió empujando su vaca, siempre con rumbo hacia la aldea de su madre. Al aproximarse el mediodía, el calor se hizo cada vez más intenso y Hans se encontró en un páramo que bien podía extenderse por una hora más de camino. Sintió entonces tanto calor que la lengua se le pegaba al paladar. «Hay remedio para esto —pensó—, ahora ordeñaré mi vaca, me refrescaré con su leche.» La ató, pues, a un árbol seco y a falta de balde metió su gorro de cuero debajo de ella, pero por muchos esfuerzos que hizo no salió ni una gota de leche y, como siguiera intentándolo torpemente, el animal, impaciente, le dio al fin una coz en la frente que lo dejó tambaleante, hasta que cayó al suelo, y por mucho rato no supo dónde estaba. Afortunadamente, pasó por aquel camino un carnicero que iba empujando un carro de mano en el que llevaba un cochinillo.

—Vaya, ¿qué ha pasado? —exclamó, y ayudó a Hans a levantarse.

Hans le contó lo que había sucedido. El carnicero le ofreció su botella y dijo:

—Bebe y reponte. Al parecer, la vaca no dará la menor leche; es un viejo animal que a lo sumo sirve para tirar una carreta, o para el matadero.

—Así es —dijo Hans, acariciando la cabeza de la vaca—. ¡Quién lo hubiera pensado! Cierto que está muy bien tener en casa semejante animal, para matarlo. ¡Cuánta carne da! Pero a mí no me gusta mucho la carne vacuna; no es lo bastante jugosa. ¡Ah, quién tuviera un cochinillo como éste! Eso sabe distinto y, además, hay las salchichas.

—Escucha, Hans —dijo el carnicero—. Por complacerte voy a cambiarte el cerdo por la vaca.

—Que Dios recompense tu gentileza —repuso Hans, y le dio la vaca, mientras el otro desataba el cochinillo del carro y ponía la correa en sus manos.

Hans siguió su camino, pensando en lo bien que le salía todo y cuán pronto se resolvían las contrariedades que hallaba en su camino. Poco después, se juntó con él un muchacho que llevaba un hermoso ganso blanco bajo el brazo. Después de saludarse, Hans empezó a hablarle de su buena suerte y de los ventajosos trueques que había hecho. El muchacho le contó que llevaba el ganso para la cena de un bautizo.

—¡Tómale el peso! —prosiguió, levantándolo por las alas—; es pesadísimo. Es que ha sido cebado durante ocho semanas. Quien coma de este asado tendrá que limpiarse la boca de grasa en abundancia.

—Sí—dijo Hans, sopesándolo—, pero mi cerdo tampoco es paja.

Mientras tanto, el muchacho miraba con expresión preocupada a todos lados y, de vez en cuando, movía la cabeza.

—Oye —dijo—, me parece que lo de tu cerdo no es del todo exacto. En la aldea que acabo de cruzar le han robado uno al alcalde de su establo y me temo que se halla en tus manos. Han enviado gente a averiguar y sería un mal asunto que te pillaran con el cerdo; lo menos grave sería que te metieran en el calabozo.

—¡Dios mío —exclamó Hans, atemorizado—, sacadme de este apuro! Tú conoces mejor los alrededores; toma mi cerdo y déjame tu ganso.

—Significa un riesgo para mí —respondió el muchacho—, pero no quiero tener la culpa de tu desgracia.

De modo que, cogiendo la cuerda, se llevó rápidamente al cerdo por un sendero lateral. El buen Hans, por su parte, dispensado de toda preocupación, siguió el camino hacia su casa llevando el ganso bajo el brazo. «Bien pensado —se dijo—, llevo ventaja en este trueque; para empezar, el buen asado, luego la cantidad de grasa que dará, suficiente para untar pan durante tres meses; y, finalmente, las bellas plumas blancas, con las cuales haré llenar mi almohada, sobre la que dormiré sin necesidad de ser mecido. ¡Cómo se alegrará mi madre!»

Cuando hubo atravesado la última aldea, encontró a un afilador con su carro. La rueda zumbaba y él cantaba, acompañándola:

—Afilo tijeras y pedaleo aprisa,
poniéndome siempre a favor de la brisa.

Hans se detuvo a observarlo. Finalmente, le dijo:

—Tienes suerte, puesto que te diviertes afilando.

—Sí —respondió el afilador—, este oficio es como una mina de oro. Un buen afilador es un hombre que encuentra dinero cada vez que mete la mano al bolsillo. Pero, ¿dónde has comprado este bonito ganso?

—No lo he comprado; lo cambié por un cerdo.

—¿Y el cerdo?

—Lo obtuve a cambio de una vaca.

—¿Y la vaca?

—La conseguí a cambio de un caballo.

—¿Y el caballo?

—Di por él un pedazo de oro del tamaño de mi cabeza.

—¿Y el oro?

—Ah, eso fue mi paga por siete años de servicio.

—Veo que sabes cómo arreglártelas en cada momento —dijo el afilador—. El día que consigas eso de oír tintinear el dinero en tu bolsillo, serás feliz del todo.

—¿Qué debería hacer para eso?—preguntó Hans.

—Debes hacerte afilador, como yo. En la práctica, no necesitas más que una piedra de afilar; lo demás viene por sí solo. Aquí tengo una, que está un poco gastada, tal vez, pero al fin y al cabo no te pido por ella más que el ganso. ¿La quieres?

—¡Vaya, qué pregunta! —exclamó Hans—. Esto me convierte en el hombre más feliz de la tierra. Si voy a tener dinero cada vez que meta la mano en el bolsillo, ¿para qué preocuparme en adelante por nada?

Y entregándole el ganso recibió la piedra a cambio de él.

—Bueno —dijo el afilador, levantando una piedra pesada y ordinaria que había a su lado—; aquí tienes además otra piedra muy útil, sobre la cual se puede golpear muy bien y que te puede servir para enderezar todos los clavos torcidos. Tómala y guárdala bien.

Hans se echó la piedra al hombro y siguió su camino con muy buen ánimo. Sus ojos brillaban de contento.

—Debo haber nacido con buena estrella —dijo—; todo lo que deseo se cumple.

Sin embargo, como había estado caminando desde la madrugada, empezó a sentir cansancio; encima le mordía el hambre, pues a causa de su alegría por haber obtenido la vaca había consumido todas sus provisiones. Al final, sólo podía seguir avanzando con gran esfuerzo y tenía que detenerse a cada rato, puesto que además las dos piedras le pesaban terriblemente. Entonces, no pudo evitar el pensar qué bueno sería no tener que cargar con ellas precisamente ahora. Arrastrándose como un caracol, llegó hasta un pozo que había en el campo, pues quería descansar y refrescarse con un buen trago de agua; pero a fin de no estropear las piedras al agacharse, las colocó cuidadosamente a su lado, junto al pozo. Entonces, sentándose en el borde, intentó inclinarse para beber, pero inadvertidamente empujó un poco las piedras y ambas cayeron al fondo con estrépito.

Hans, siguiendo con los ojos su caída hasta el fondo, dio un salto de alegría y, arrodillándose, con los ojos llenos de lágrimas, dio las gracias a Dios por haberle concedido también esa gracia, liberándole de las pesadas piedras de un modo tan oportuno y sin que tuviera que hacerse reproches a sí mismo.

—¡No hay hombre más afortunado que yo bajo el sol! —exclamó.

Y con el corazón despreocupado y libre de todo peso, corrió a saltos hasta llegar a casa de su madre.

La alondrita cantarina y saltarina

Érase una vez un hombre que tenía un largo viaje por delante. Al despedirse, preguntó a sus tres hijas qué querían que les trajera al regresar. La mayor quería perlas, la segunda, diamantes; la tercera, en cambio, dijo:

—Querido padre, quiero una alondrita cantarina y saltarina.

—Bien —respondió el padre—, si puedo conseguirla, la tendrás.

Y, besando a las tres, se marchó. Cuando hubo pasado el tiempo y venía por el camino de vuelta a casa, traía consigo las perlas y los diamantes para las dos hijas mayores, pero no así la alondrita cantarina y saltarina para la menor, pues en vano la había buscado por todas partes; esto lo apenaba, ya que ella era su hija más querida. El camino lo condujo a través de un bosque, en medio del cual había un suntuoso castillo; cerca del castillo había un árbol y, justamente en la copa del árbol, vio a una alondrita que cantaba y saltaba.

—Ah, vienes en el momento oportuno—dijo lleno de contento, y llamó a su criado para que trepara y cogiera al pajarillo.

Pero cuando fue a acercarse, saltó un león que había debajo del árbol y, sacudiéndose, rugió de tal modo que hizo temblar el follaje.

—¡Me comeré a quien quiera robar mi alondrita cantarina y saltarina! —exclamó.

—No sabía que el pájaro era tuyo —dijo entonces el hombre—. Estoy dispuesto a reparar mi falta, recompensándote con buen oro; solamente, dispénsame la vida.

—Nada puede salvarte —replicó el león—, a menos que me prometas darme lo primero que salga a tu encuentro cuando llegues a casa. Si estás de acuerdo, te dejaré con vida y además te regalaré el pájaro para tu hija.

Sin embargo, el hombre se resistió.

—Podría ser mi hija menor —dijo—, que es la que más me quiere y la que siempre corre a mi encuentro cuando vuelvo a casa.

Pero el criado tenía miedo y dijo:

—¿Ha de ser precisamente vuestra hija la que salga a recibiros? También podría ser un gato o un perro.

Entonces el hombre se dejó convencer y, recibiendo la alondrita cantarina y saltarina, prometió al león lo primero que saliera a su encuentro al volver a casa.

Lo primero que salió a su encuentro cuando llegó a casa fue ni más ni menos que su hija menor, la más querida; acudió corriendo, lo besó y lo abrazó, y al ver que traía consigo la alondrita cantarina y saltarina, se puso fuera de sí de alegría. Sin embargo, el padre no podía estar contento y se echó a llorar.

—Mi niña, la más querida —dijo—, he pagado un precio muy alto por este pequeño pájaro, pues a cambio de él he debido prometerle a un león salvaje que te entregaría. Cuando te tenga, te desgarrará y te comerá.

Y contándole todo cuanto había pasado, el padre le rogó que no acudiera, pasara lo que pasara. Pero ella le consoló y dijo:

—Querido padre, lo que habéis prometido debe ser cumplido. Iré hasta allí y apaciguaré al león, y volveré sana y salva.

A la mañana siguiente, se hizo mostrar el camino, se despidió y sin temor se dirigió hacia el bosque. El león resultó ser un príncipe encantado, lo mismo que toda su gente; de día eran leones, pero por la noche recuperaban su apariencia normal. Al llegar ella, fue recibida amistosamente y conducida al castillo. Al anochecer, él se transformó en un apuesto mozo y la boda fue celebrada con suntuosidad. Vivieron contentos, pasando las noches despiertos y durmiendo de día. En una oportunidad, él le dijo:

—Mañana habrá una fiesta en casa de tu padre, porque tu hermana mayor se casa. Si tienes ganas de ir, mis leones te conducirán.

Ella contestó que sí, que le gustaría volver a ver a su padre, y fue acompañada por los leones. Todos se alegraron mucho cuando llegó, porque habían creído que el león la habría hecho pedazos y que estaría muerta hacía ya mucho tiempo. Ella les habló del apuesto esposo que tenía y de lo bien que vivía y se quedó todo el tiempo que duró la boda. Después regresó al bosque.

Cuando iba a casarse la segunda hermana, como ella estaba invitada a la boda, le dijo al león:

—Esta vez no quiero ir sola; debes acompañarme.

Sin embargo, el león replicó que eso sería demasiado peligroso para él, porque, en caso de ser tocado por la luz de una lámpara, se transformaría en una paloma y tendría que pasarse siete años volando con las palomas.

—¡Ah, ven conmigo! —suplicó ella—. Yo te protegeré de toda luz.

Por tanto, fueron juntos y también llevaron a su hijito. Ella hizo construir una sala de muros tan fuertes y gruesos que ningún rayo podía penetrar a través de ellos; allí debía quedarse él cuando fueran encendidas las luces para la boda. Pero la puerta había sido construida con madera nueva, en la que, al resquebrajarse, se abrió una pequeña rendija, que nadie notó.

La boda se celebró con toda suntuosidad, pero cuando el cortejo volvía de la iglesia con antorchas y faroles y pasó junto a aquella sala, un rayo de luz fino como un cabello alcanzó al príncipe y tan pronto como lo hubo tocado se transformó; así que cuando ella entró a buscarlo, en su lugar encontró a una paloma blanca.

—Ahora tengo que volar por el mundo durante siete años —le dijo la paloma—. Cada siete pasos, sin embargo, dejaré caer una gota de sangre y una pluma blanca que te mostrarán el camino; si sigues las huellas, podrás desencantarme.

Entonces, la paloma salió volando por la puerta y ella, siguiéndola, encontró cada siete pasos una gotita de sangre y una plumita blanca que le indicaron el camino. De esta manera, ella caminó cada vez más lejos por el mundo, sin mirar alrededor ni descansar, hasta que estuvieron a punto de cumplirse los siete años; ella estaba muy contenta, pues creía que pronto se rompería el encanto y quedarían libres. Pero estaban lejos aún de ese momento.

Sucedió que, mientras caminaba, de pronto ya no cayó ninguna gotita de sangre y ninguna plumita, y que al levantar los ojos ya no vio a la paloma. Y mientras pensaba: «Los hombres ya no te pueden ayudar en esto», subió hasta el sol y le preguntó:

—Tú, que iluminas todos los valles y todas las cumbres, ¿no has visto volar a una paloma blanca?

—No —respondió el sol—, no he visto a ninguna, pero te regalo una cajita; ábrela cuando te encuentres en un grave apuro.

Ella le dio las gracias al sol y siguió andando, hasta que se hizo de noche y resplandeció la luna. Entonces ella le preguntó:

—Tú, que brillas toda la noche a través de los bosques y los campos, ¿no has visto volar una paloma blanca?

—No —respondió la luna—, no he visto ninguna, pero te regalo un huevo; ábrelo cuando te encuentres en un gran apuro.

Ella le dio las gracias a la luna y siguió caminando, hasta que llegó el viento del norte y sopló contra ella. Entonces ella le preguntó:

—Tú, que soplas por encima de todos los árboles y por debajo de todas las hojas, ¿no has visto volar una paloma blanca?

—No —respondió el viento nocturno—, no he visto ninguna, pero voy a preguntar a los otros tres vientos; tal vez ellos la hayan visto.

El viento de levante y el viento de poniente acudieron, pero no habían visto nada; sin embargo, el viento del sur dijo:

—Yo he visto a la paloma blanca. Voló hacia el mar Rojo; allí se ha convertido en un león, pues los siete años transcurrieron. Pero el león ha entablado una lucha contra un dragón, y este dragón es una princesa encantada.

Entonces dijo el viento del norte:

—Te daré un consejo: ve al mar Rojo. En su orilla derecha crecen grandes cañas: cuéntalas, corta la undécima y golpea con ella al dragón; así el león podrá vencerlo y ambos recobrarán su figura humana. Mira después a tu alrededor: verás un grifo que está sentado a la orilla del mar Rojo. Monta con tu amado sobre su espalda y él os conducirá a través del mar a vuestra casa. Aquí tienes una nuez: cuando estés en medio del mar, déjala caer. Pronto brotará y crecerá un gran nogal entre las aguas, sobre el cual descansará el grifo. Si no descansara, no tendría fuerzas suficientes para llevaros hasta la otra orilla. Recuerda que si olvidas tirar la nuez, os dejará caer al mar.

Así lo hizo y encontró todo como le había indicado el viento del norte; contó las cañas y cortó la undécima, golpeó con ésta al dragón y el león fue el vencedor. Enseguida, ambos recobraron sus figuras humanas, pero cuando la princesa que antes había sido dragón se vio libre del maleficio, abrazó al joven y, sentándose en el grifo, se lo llevó consigo. Allí quedó entonces la pobre caminante, otra vez abandonada y, sentándose, se echó a llorar. Pero al fin, cobrando ánimo, dijo:

—Seguiré caminando tan lejos como sopla el viento y por tanto tiempo como los gallos canten, hasta encontrarle.

Y siguió recorriendo largos, largos caminos, hasta que finalmente llegó al castillo donde ellos vivían. Allí supo que pronto habría una fiesta para celebrar la boda. «Dios siempre me ayudará», se dijo, y abrió la cajita que el sol le había regalado. Dentro había un vestido resplandeciente como el mismo sol; lo sacó, se lo puso y subió al castillo. Todo el mundo, incluso la novia, la miraron asombrados. Tanto le gustó el vestido a la novia, que pensó que podría llevarlo como su traje nupcial y le preguntó si lo tenía en venta.

—No lo doy por dinero ni bienes —respondió ella—, pero a cambio de una persona si lo daría.

La novia le preguntó qué quería decir con eso, y ella dijo:

—Dejadme dormir por una noche en el mismo aposento donde duerme el novio.

La novia no quería tal cosa, pero sí deseaba tener el vestido, por lo que finalmente consintió, pero ordenó a su ayuda de cámara que diese al príncipe un somnífero. Por la noche, cuando el joven estaba durmiendo, ella fue conducida al aposento. Entonces, sentándose al lado de la cama, dijo:

—Te he seguido durante siete años; he estado con el sol, con la luna y con los cuatro vientos; he preguntado por ti y te he ayudado contra el dragón... ¿Es que quieres olvidarme del todo?

Por su parte, el príncipe dormía tan profundamente que sólo oía como si afuera el viento sonara entre los abetos. Al amanecer, ella fue sacada de la habitación y tuvo que entregar el vestido de oro. Y como tampoco esto había tenido efecto, se entristeció y al llegar a un prado se sentó y se echó a llorar. Cuando estaba así sentada, se acordó del huevo que le había dado la luna; lo rompió y entonces salió de él una gallina con doce polluelos que eran de oro puro. Corrieron a su alrededor y piando se escondieron bajo las alas de la gallina; era lo más hermoso que jamás se había visto en la tierra.

Levantándose, ella los condujo a través del prado, hasta que la novia los vio desde su ventana; tanto le gustaron los polluelos que en seguida bajó, preguntando si estaban a la venta.

—No los doy por dinero ni por bienes —respondió ella—, pero a cambio de una persona sí los daría. Dejadme dormir otra noche en el mismo aposento donde duerme el novio.

La novia consintió, con la intención de engañarla de la misma forma que la noche precedente. Sin embargo, cuando el príncipe se estaba acostando, le preguntó a su ayuda de cámara qué murmullo había sido aquel que había oído durante la noche, y entonces el criado le contó que había tenido que darle un somnífero porque una pobre muchacha dormía disimuladamente en su aposento, y que ahora de nuevo debía darle uno.

—Vierte el brebaje al lado de la cama —le dijo el príncipe.

Por la noche, de nuevo fue ella conducida al aposento y, apenas empezó a contarle cuán triste había sido su suerte, él reconoció enseguida la voz de su querida esposa y, levantándose de un salto, exclamó:

—¡Ahora sí que estoy realmente desencantado! He vivido como en un sueño, porque la extraña princesa me había embrujado a fin de que te olvidara. Pero Dios, afortunadamente, ha roto el embrujo.

Esa misma noche, ambos salieron sigilosamente del castillo, pues temían al padre de la princesa, que era un brujo. Montaron en el grifo, que los llevó a través del mar Rojo, y cuando estaban en medio del mar, ella dejó caer la nuez. Pronto creció un gran nogal, en el cual descansó el animal. Después los condujo a casa, donde encontraron a su hijo, que se había convertido en un apuesto joven, y desde entonces vivieron felices hasta el fin de sus días.

La niña de los gansos

Hubo una vez una anciana reina, cuyo esposo había muerto hacía muchos años. Tenía una hermosa hija, que al crecer fue prometida a un príncipe que vivía muy lejos. Cuando llegó el tiempo en que debía casarse y la joven debía partir hacia el lejano reino, la anciana empaquetó para ella valiosos utensilios, joyas, oro y plata, copas y alhajas; en suma, todo lo que corresponde a una dote real, pues quería mucho a su hija. Le dio también una doncella, que debía acompañarla y entregarla al novio. Cada una recibió un caballo para el viaje, pero el caballo de la princesa, que se llamaba Falada, sabía hablar. En el momento de la despedida, la madre fue a su alcoba y, cogiendo un cuchillito, se hizo una herida en los dedos, hasta que manó la sangre; puso debajo un pañuelo blanco y dejó caer sobre él tres gotas. Dándoselo a la hija, le dijo:

—Querida niña, guárdalas bien, porque te harán falta en el camino.

Así, las dos se despidieron con pena; la princesa guardó el pañuelito en su seno y, montando en el caballo, se puso en camino para encontrar a su novio. Después de cabalgar por espacio de una hora, sintió una ardiente sed y dijo a su doncella:

—Desmonta y, con la copa que has traído para mí, saca agua del riachuelo, pues tengo ganas de beber.

—Si tenéis sed —dijo la doncella—, bajad vos misma, tendeos en el borde y bebed. Yo no quiero ser vuestra sirvienta.

Tanta era la sed que sentía, que la princesa desmontó e, inclinándose sobre el riachuelo, se puso a beber sin la copa de oro que le correspondía.

—¡Dios mío! —exclamó.

Entonces las tres gotas de sangre respondieron:

—¡Si tu madre lo supiera, se le destrozaría el corazón!

Pero como la real novia era sumisa, no dijo nada y montó de nuevo en su caballo. Así, siguieron andando durante algunas millas; sin embargo, como el día era caluroso y el sol quemaba, pronto volvió a sentir sed. Cuando llegaron a otro riachuelo, de nuevo volvió a pedir a su doncella:

—Desmonta y dame de beber en mi copa de oro.

Hacía rato que ya había olvidado sus descomedidas palabras, pero la doncella le respondió todavía con más arrogancia:

—Si queréis beber, hacedlo por vuestra cuenta; yo no quiero ser vuestra sirvienta.

A causa de su mucha sed, la princesa bajó, se inclinó sobre el agua corriente y, llorando, exclamó:

—¡Dios mío!

De nuevo, las gotitas de sangre respondieron:

—¡Si tu madre lo supiera, se le destrozaría el corazón!

Y mientras ella estaba así inclinada, bebiendo, el pañuelo con las tres gotas se le escapó del seno y fue llevado por el agua, sin que se diera cuenta, debido al gran miedo que sentía. Sin embargo, la doncella sí que lo había observado y se regocijó del poder que esto le daba sobre la novia, pues ésta, al perder las tres gotas de sangre, quedaba reducida a un ser débil y desamparado. Esta vez, cuando de nuevo quiso montar en su caballo, que se llamaba Falada, la doncella le dijo:

—Falada me corresponde a mí; monta tú en mi jamelgo.

Y a ella no le quedó otro remedio que tolerar esto. Entonces, con duras palabras, la doncella le ordenó que se quitara sus vestiduras reales y se pusiera las ordinarias que ella llevaba; finalmente, le hizo jurar allí mismo no decir ni una sola palabra sobre todo aquello en la corte, pues de no haber hecho tal juramento la habría matado en el acto. Pero Falada observó todo aquello y lo guardó en su memoria.

La doncella montó, pues, en Falada y la verdadera novia en el jamelgo, y así siguieron caminando hasta llegar por último al palacio real. Hubo gran alegría por su llegada y el príncipe, que había corrido a su encuentro, ayudó a la doncella a desmontar, creyendo que era su novia. Ésta fue conducida escaleras arriba, pero la verdadera princesa debió permanecer abajo. Sin embargo, el viejo rey estaba mirando por la ventana y, al verla parada en el patio, observó que era delicada y hermosa, de modo que fue a la alcoba real y preguntó a la novia quién era aquélla, su acompañante, que se había quedado en el patio.

—A ésa la recogí en el camino para que me hiciera compañía. Dadle algún trabajo a esa criada, para que no ande ociosa.

Pero el viejo rey no tenía ningún trabajo que darle y no se le ocurrió otra cosa que decir:

—Tengo un mozo jovencito que cuida los gansos, a él puede ayudarle.

El mozo se llamaba Conradito y la verdadera novia tuvo que ayudarle a cuidar los gansos. Poco después, la falsa novia dijo al príncipe:

—Os ruego, querido novio, que me hagáis un favor.

—Lo haré con mucho gusto —respondió él.

—Haced llamar al desollador, para que corte la cabeza del caballo con el que he venido, pues durante el camino me ha enojado.

En realidad, ella temía que el caballo pudiera decir cómo se había comportado con la princesa. Cuando llegó el momento en que debía ocurrir el sacrificio del fiel Falada, esto llegó a oídos de la verdadera princesa, quien entonces ofreció dinero al desollador, a condición de que estuviera dispuesto a hacerle un pequeño favor. Había en la ciudad una gran arcada umbría, por la cual ella debía pasar con los gansos cada mañana y cada noche, y así pidió al desollador que clavara la cabeza de Falada en el muro, sobre la arcada, a fin de que pudiera seguir viéndolo a menudo. El desollador se lo prometió y, tras cortar la cabeza, la clavó en el muro de la umbría arcada.

Temprano por la mañana, cuando ella y Conradito pasaron por debajo de la arcada, ella exclamó:

—¡Oh, Falada, cómo estás colgando!

A lo que la cabeza respondió:

—¡Oh, reina mía, cómo vas tú pasando!
¡Si lo viera tu madre,
se le destrozaría el corazón!

Sin decir más, siguieron su camino hacia las afueras de la ciudad y condujeron los gansos al campo. Cuando hubieron llegado al prado, ella se sentó y desató sus cabellos, que eran como el oro. Al verlos, Conradito quedó admirado de su resplandor y quiso arrancarle algunos. Pero ella dijo:

—Sopla, sopla, vientecito,
llévate el sombrero de Conradito,
y ténmelo alejado
en tanto me trenzo
y acabo mi peinado.

Entonces vino un viento tan fuerte que se llevó el sombrero de Conradito a través del campo y él tuvo que correr en su busca; cuando regresó, ella ya

había hecho sus trenzas y estaba peinada, así que él no pudo arrancarle un solo pelo. Por lo tanto, Conradito se ofendió y ya no quiso hablar con ella. Estuvieron cuidando los gansos hasta que se hizo de noche y entonces volvieron a casa.

A la mañana siguiente, cuando pasaron bajo la umbría arcada, la princesa exclamó:

—¡Oh, Falada, cómo estás colgando!

A lo que Falada respondió:

—¡Oh, reina mía, cómo vas tú pasando!
¡Si lo viera tu madre,
se le destrozaría el corazón!

Una vez en el campo, ella se sentó nuevamente sobre la hierba y comenzó a peinarse, pero cuando Conradito quiso coger sus cabellos, ella dijo rápidamente:

—Sopla, sopla, vientecito,
llévate el sombrero de Conradito,
y ténmelo alejado
en tanto me trenzo
y acabo mi peinado.

Entonces el viento sopló y, quitándole de la cabeza el sombrero, lo llevó tan lejos que Conradito tuvo que correr tras él; cuando regresó, hacía rato que ella había recogido sus cabellos y él no pudo arrancarle ninguno. Así estuvieron cuidando los gansos hasta que cayó la noche.

Pero después de volver, Conradito se presentó ante el viejo rey y le dijo:

—Yo no quiero seguir cuidando los gansos con esta chica.

—¿Por qué no?

—Es que me hace enfadar todo el día.

Entonces el rey le ordenó que le contara qué era lo que pasaba entre ellos.

—Por las mañanas, cuando pasamos con la bandada de gansos bajo la umbría arcada, ella le dice a la cabeza de un jamelgo que hay colgada en el muro: «¡Oh, Falada, cómo estás colgando!» Entonces la cabeza responde:

—¡Oh, reina mía, cómo vas tú pasando!
¡Si lo viera tu madre,
se le destrozaría el corazón!

Y así, Conradito siguió contándole lo que pasaba en el prado de los gansos y cómo él debía correr detrás de su sombrero llevado por el viento.

El viejo rey le ordenó que fuera nuevamente al día siguiente, y por la mañana él mismo se sentó detrás de la umbría arcada y oyó cómo hablaba ella con la cabeza de Falada; luego fue al campo y se escondió tras un arbusto.

Pronto pudo ver con sus propios ojos cómo los dos jóvenes llegaban conduciendo la bandada y, al poco rato, cómo ella destrenzaba sus cabellos resplandecientes. De inmediato, ella volvió a decir:

—Sopla, sopla, vientecito,
llévate el sombrero de Conradito
y ténmelo alejado
en tanto me trenzo
y acabo mi peinado.

Entonces vino una ráfaga y se llevó el sombrero de Conradito, que tuvo que correr lejos tras él, mientras la muchacha seguía trenzando tranquilamente sus cabellos. Después de haber observado todo esto, el viejo rey regresó sigilosamente y, por la noche, cuando la muchacha regresó, la llamó aparte y le preguntó por qué hacía todo aquello.

—No puedo decíroslo, así como no puedo quejarme de mis penas ante ninguna persona. Tuve que jurarlo una vez, pues de otro modo habría perdido la vida.

Él insistió, sin dejarla en paz, pero no pudo arrancarle el secreto.

—Puesto que no quieres decirme nada a mí —dijo él—, cuéntale entonces tus penas a esta chimenea.

Él se marchó y ella, metiéndose dentro de la chimenea, comenzó a lamentarse y a llorar, hasta desahogar su corazón:

—Heme aquí, abandonada de todo el mundo, a pesar de ser una princesa; una falsa doncella me obligó por la fuerza a quitarme mis hábitos reales y ha ocupado mi lugar al lado de mi novio, en tanto que yo debo cumplir la humilde tarea de cuidar los gansos. ¡Si mi madre lo supiera, se le destrozaría el corazón!

Sin embargo, el viejo rey, aplicando su oído en la chimenea desde fuera, había oído todo lo dicho por ella. Entonces regresó y, haciéndola salir de la chimenea, ordenó que la vistieran con atavíos reales y su hermosura pareció un milagro. El viejo rey llamó a su hijo y le reveló que había elegido a la falsa novia, que aquélla no era más que una doncella y que la verdadera era ésta, que cuidaba los gansos. El joven rey se alegró de todo corazón al observar su belleza y su virtud, y fue dispuesta una gran cena a la que se invitó a mucha gente y a todos los buenos amigos. A la cabecera de la mesa estaba sentado el novio, a un lado la princesa y al otro lado la doncella, pero ésta estaba deslumbrada por los resplandecientes vestidos de la otra y no la reconoció. Después de comer y de beber, y cuando estaban animados, el viejo rey propuso a la doncella un enigma: quiso saber qué merecería una mujer que había engañado a su novio de esta y aquella manera, y le contó toda la historia.

—¿Qué castigo le corresponde? —preguntó.

—Una mujer así —respondió entonces la doncella— no merece nada mejor que ser desnudada y metida dentro de un barril erizado de clavos, y luego dos caballos blancos deben arrastrarla calle arriba y calle abajo hasta su muerte.

—¡Ésa eres tú! —exclamó el viejo rey—. Has hallado tu propio castigo y así se procederá contigo.

Después de dar cumplimiento a la condena, el joven príncipe se casó con su verdadera novia y ambos gobernaron el reino en paz y felicidad.

La Cuerva

Había una vez una reina que tenía una hijita tan pequeña que todavía debía ser llevada en brazos. En cierta ocasión, la niña se mostró muy desobediente y, dijera lo que dijera la madre, no quería estarse quieta. Entonces ella perdió la paciencia y, como los cuervos revoloteaban alrededor del castillo, abrió la ventana y dijo:

—Quisiera que fueras un cuervo y volaras lejos; así yo tendría paz.

Apenas hubo dicho esto, la niña se convirtió en una cuerva y, escapando de sus brazos, salió volando por la ventana. Voló hasta un bosque oscuro, donde se quedó a vivir mucho tiempo, sin que los padres volvieran a saber nada de ella. Después, un hombre que iba caminando por el bosque oyó el grito de la cuerva y se aproximó a la voz; cuando estuvo cerca, la cuerva dijo:

—Nací siendo princesa y fui objeto de una maldición; sin embargo, tú puedes romper el encanto.

—¿Qué debo hacer? —preguntó él.

—Sigue hacia el interior del bosque —dijo ella—; allí encontrarás una casa en la que hay una vieja, que te ofrecerá de comer y de beber. Pero tú no debes aceptar nada, porque si comes o bebes algo te quedarás dormido y no podrás librarme del encanto. En el jardín, detrás de la casa, hay un gran

montón de pieles para curtir; debes quedarte encima de ellas y esperarme. Durante tres días seguidos, yo vendré a las dos de la tarde en una carroza, que la primera vez irá tirada por cuatro caballos blancos, después por cuatro bayos, y, por último, por cuatro negros. Pero, en caso de que te quedes dormido, no podré salvarme.

El hombre prometió hacer todo cuanto ella exigía. Pero la cuerva dijo:

—¡Oh, ya lo sé! Tú no me salvarás, pues aceptarás algo de la vieja.

Entonces el hombre volvió a prometer, diciendo que estaba seguro de que no tocaría la comida ni la bebida. Sin embargo, cuando llegó a la casa, la mujer se acercó a él y le dijo:

—¡Pobre hombre, qué cansado os veo! Venid a reponeros: comed y bebed.

—No —dijo el hombre—, no quiero comer ni beber.

Pero ella no lo dejó en paz.

—Si no queréis comer —dijo—, tomad un trago de este vaso; uno es como ninguno.

De este modo, él se dejó convencer y bebió. Hacia las dos de la tarde salió al jardín y subió al montón de pieles para esperar a la cuerva. Cuando estaba allí parado le entró un sueño invencible y se tendió un poco, haciendo esfuerzos para no quedarse dormido. Pero tan pronto como se hubo echado, los ojos se le cerraron y se durmió tan profundamente que nada en el mundo podría haberlo despertado. A las dos, la cuerva llegó en la carroza tirada por los cuatro caballos blancos, pero estaba ya embargada por la tristeza y dijo:

—Sé que está durmiendo.

Y cuando llegó al jardín, efectivamente, él dormía sobre el montón de pieles. Bajándose de la carroza y acercándosele, lo sacudió y lo llamó, pero no consiguió despertarlo.

Hacia la mitad del día siguiente, de nuevo vino la mujer, trayéndole comida y bebida, pero él se negó a aceptarlas. Pero como insistiera tanto tiempo, sin dejarlo en paz, él bebió un trago del vaso. Al aproximarse las dos, fue al jardín y, subiendo al montón, se dispuso a esperar a la cuerva, pero de pronto sintió un sueño tan intenso que sus piernas no pudieron sostenerlo por más tiempo, y como no había manera de oponerse, tuvo que tenderse y cayó en un profundo sueño. Cuando la cuerva llegó en su carroza tirada por los cuatro caballos bayos, estaba ya embargada por la tristeza y dijo:

—Sé que está durmiendo.

Fue hacia él y, efectivamente, lo halló durmiendo y no hubo manera de despertarlo. Al día siguiente, la vieja le preguntó qué significaba aquello de no querer comer ni beber y si acaso quería morirse.

—Yo no debo ni quiero comer ni beber —respondió él.

Sin embargo, ella dejó una fuente con comida y un vaso lleno de vino a su lado, de manera que cuando el aroma subió a sus narices, él no pudo resistir por más tiempo y bebió un largo trago. Cuando llegó la hora, fue al jardín y subió al montón de pieles para esperar a la princesa, pero entonces le entró un sueño aún más pesado que los días anteriores y, tendiéndose, se quedó tan profundamente dormido como una piedra. A las dos llegó la cuerva, conducida por los cuatro caballos negros, y la carroza y todo lo demás era también negro; sin embargo, ella estaba ya embargada por la tristeza y dijo:

—Sé que está durmiendo y que no podrá desencantarme.

Cuando se acercó a él, lo halló durmiendo profundamente, lo sacudió y lo llamó, pero no consiguió despertarlo. Entonces puso a su lado un pan, un trozo de carne y una botella de vino, de todo lo cual podría servirse tantas veces como quisiera sin que disminuyera; después sacó un anillo de oro de su dedo, en el que estaba grabado su nombre, y lo puso en el dedo de él. Y por último, le dejó una carta, dándole cuenta de las cosas que le había dejado y que nunca se agotarían, y que también decía: «Bien veo que no podrás desencantarme en este lugar. Si todavía quieres romper mi maldición, ven al castillo dorado de Stromberg; ello está en tu poder, estoy segura.»

Y una vez que le hubo dejado todo esto, volvió a montar en su carroza y se dirigió al castillo dorado de Stromberg.

Cuando el hambre despertó, dándose cuenta de que se había quedado dormido, sintió pesar en el corazón y dijo:

—Seguro que ella ha pasado por aquí, y yo no he podido desencantarla.

Entonces su mirada se posó en las cosas que estaban a su lado y leyó la carta. Se puso en pie y partió, con la intención de ir al castillo dorado de Stromberg, pero no sabía dónde se encontraba. Ahora bien, tras haber andado recorriendo el mundo durante mucho tiempo, llegó a un bosque oscuro por el que caminó durante quince días sin poder salir. De nuevo se hizo de noche y tan cansado estaba que, tendiéndose bajo un arbusto, se puso a dormir. Al otro día siguió caminando, pero al anochecer, cuando de nuevo quiso echarse bajo un arbusto, oyó llantos y quejas que no lo dejaron descansar. Era la hora en que la gente enciende las luces y él, al ver brillar una, se puso en pie y caminó hacia ella; así llegó ante una casa que parecía muy pequeña, pues enfrente de ella había un gigante. «Si entras y el gigante te ve —se dijo—, puedes perder fácilmente la vida.» Sin embargo, al fin se decidió a acercarse. Al verlo, el gigante exclamó:

—¡Qué bien que estás aquí! Hace mucho tiempo que estoy sin comer, así que me servirás de cena.

—¡No trates de hacerlo! —dijo el hombre—. A mí no me gusta ser tragado. Si quieres comer, tengo bastante con qué satisfacerte.

—Si tal cosa es verdad —dijo el gigante— puedes quedarte aquí tranquilamente; yo sólo quería comerte porque no tengo otra cosa que llevarme a la boca.

Entonces se sentaron a la mesa y el hombre sacó el pan, el vino y la carne que nunca se agotaban.

—¡Esto sí que me gusta! —exclamó el gigante, y comió hasta saciarse.

Después el hombre le preguntó:

—¿No podrías decirme dónde queda el castillo dorado de Stromberg?

—Voy a mirar en mi mapa —respondió el gigante—; en él se encuentran todas las ciudades, aldeas y casas.

Miró en el mapa que tenía en el cuarto y buscó el castillo, pero no estaba allí.

—No importa —dijo—; arriba, en el armario, tengo mapas más grandes. Buscaremos en ellos.

Pero también fue en vano. Así que el hombre quiso seguir su camino, pero el gigante le rogó que esperara unos días más, hasta que volviera su hermano que había salido en busca de víveres. Cuando éste regresó, le preguntaron por el castillo dorado de Stromberg y él respondió:

—Después de comer, y cuando esté satisfecho, lo buscaré en el mapa.

Subió con ellos a su cuarto y buscaron en el mapa, pero no pudieron hallarlo; sin embargo, el hermano trajo todavía otros viejos mapas, hasta que al final hallaron el castillo dorado de Stromberg: estaba a muchos miles de millas de distancia.

—¿Cómo llegaré hasta allí? —preguntó el hombre.

—Dispongo de dos horas —le respondió el gigante— y te acercaré a él, pues debo volver enseguida a casa para alimentar al hijo que tenemos.

Entonces lo cargó en sus hombros y lo llevó hasta un lugar que distaba cien horas de marcha del castillo.

—El resto del camino lo puedes hacer fácilmente solo —le dijo, y regresó.

El hombre anduvo durante días y noches hasta que al fin llegó al castillo dorado de Stromberg. Pero éste estaba construido encima de una montaña de cristal, y la doncella dio una vuelta a su alrededor en la carroza y después entró en él. Alegrándose de verla, quiso ir hacia ella, pero tantas veces como lo intentó resbaló por el cristal y volvió al punto de partida. Y dándose cuenta de que no podía alcanzarla, sintió una gran aflicción y se dijo: «Me quedaré aquí abajo, la esperaré.» Entonces, se construyó una cabaña y vivió en ella todo un año, viendo todos los días cómo la princesa daba vueltas allá arriba en su carroza; sin embargo, no podía subir hasta ella.

Una vez, desde su cabaña, vio a tres ladrones que se peleaban, y les gritó:

—¡Dios sea con vosotros!

Ellos se detuvieron al oírle, pero como no vieron a nadie reanudaron su pelea, que era bastante encarnizada. Entonces él les gritó nuevamente:

—¡Dios sea con vosotros!

Ellos volvieron a interrumpirse y miraron a su alrededor, pero al no ver a nadie reanudaron su pelea. Entonces él les gritó por tercera vez:

—¡Dios sea con vosotros!

Y curioso por saber qué se traían entre manos, fue y les preguntó por qué se estaban dando golpes. El primero declaró que había encontrado un palo capaz de abrir las puertas tan sólo con golpearlas; el segundo dijo que había hallado un abrigo que, al ponérselo, le volvía a uno invisible; y el tercero contó que había pillado un caballo capaz de correr por cualquier parte, incluso por la montaña de cristal. El problema era que no sabían si guardar esos bienes en común o separarse cada cual con lo suyo. Entonces les dijo el hombre:

—No tengo dinero, pero a cambio de esas tres cosas os daré otras, que son todavía más valiosas. Sin embargo, antes debo probarlas, para ver si habéis dicho la verdad.

Así fue como le dejaron montar en el caballo, le echaron el abrigo encima y le pusieron el palo en la mano, y tan pronto como él estuvo en posesión de todo eso ya no pudieron verlo. Entonces, dándoles unos golpes vigorosos, exclamó:

—¡Bien, estúpidos, ahí tenéis lo que os corresponde! ¿Estáis contentos?

Acto seguido, cabalgó por la montaña de cristal, pero al llegar arriba encontró cerrada la puerta del castillo; sin embargo, golpeándola con el palo, ésta se abrió en seguida. Entró, y subiendo las escaleras, llegó hasta la sala;

allí estaba sentada la doncella, con un cáliz de oro lleno de vino delante de ella. No obstante, ella no podía verle, porque llevaba puesto el abrigo. Acercándose, él se quitó del dedo el anillo que ella le había dado y lo dejó caer ruidosamente dentro del cáliz.

—¡Éste es mi anillo! —exclamó ella—. Por lo tanto, el hombre que va a desencantarme también debe estar aquí.

Lo buscaron por todo el castillo, sin encontrarlo. Entretanto, él había salido y, montando en el caballo, había tirado el abrigo. Cuando llegaron delante de la puerta, al fin lo vieron y dieron gritos de alegría. Desmontando, fue y abrazó a la princesa, y ella lo besó y le dijo:

—Puesto que hoy has roto la maldición, mañana celebraremos la boda.

La astuta campesina

Érase una vez un pobre campesino sin tierra, que sólo tenía una pequeña cabaña y una hija. Un día, la hija le dijo:

—Deberíamos pedirle al rey un pedazo de tierra sin cultivar.

Cuando el rey supo de su pobreza, accedió y les regaló una franja que ellos se dedicaron a desbrozar a fin de sembrar unos pocos granos. Mientras terminaban de remover la tierra, encontraron en ella un mortero de oro puro.

—Oye —dijo el padre—, puesto que el rey nos ha hecho la gracia de este campo, a cambio de ello debemos entregarle el mortero.

Pero la hija no estaba dispuesta a consentirlo y dijo:

—Padre, dado que tenemos el mortero sólo, si se lo llevamos, el rey querrá tener también la mano, así que será mejor que os olvidéis de ello.

Sin embargo, él no quiso hacerle caso y, cogiendo el mortero y llevándoselo al rey, le contó que lo había encontrado en el campo y le preguntó si quería aceptarlo como prueba de veneración. El rey aceptó el mortero y le preguntó si no había encontrado nada más.

—No —respondió el campesino.

Entonces, el rey le dijo que debía traer también la mano. El campesino afirmó que no la habían encontrado, pero eso fue lo mismo que hablarle al viento. Fue conducido a la prisión y condenado a permanecer en ella hasta que entregara la mano. Los carceleros, que cada día debían llevarle pan y agua, como se acostumbra en las prisiones, oían cómo el hombre exclamaba sin cesar:

—¡Ah, si le hubiera hecho caso a mi hija! ¡Ah, si le hubiera hecho caso!

Por lo tanto, los carceleros fueron al rey y le contaron que el prisionero exclamaba sin cesar: «¡Ah, si le hubiera hecho caso a mi hija!» y que se negaba a comer y a beber. Así pues, el rey les ordenó que trajeran al prisionero a su presencia y le preguntó por qué se pasaba el tiempo exclamando: «¡Ah, si le hubiera hecho caso a mi hija!»

—¿Qué fue lo que vuestra hija os dijo?

—Ella me dijo que no debería traer el mortero, pues en ese caso también debería haber traído la mano.

—Puesto que tenéis una hija tan astuta, hacedla venir.

De este modo, ella tuvo que comparecer ante el rey, quien le dijo que, en atención a su astucia, iba a proponerle un enigma; si era capaz de resolverlo, la tomaría por esposa. De inmediato, ella respondió que estaba dispuesta a adivinarlo. Entonces el rey dijo:

—Ven hacia mí, ni vestida ni desnuda, ni montando ni rodando, ni por el camino ni por fuera del camino. Si lo aciertas, me casaré contigo.

Salió ella y se desnudó totalmente, de modo que ya no estaba vestida, y cogiendo una gran red de pescador, se sentó sobre ella y la envolvió alrededor de su cuerpo, de modo que tampoco estaba desnuda; luego alquiló un

burro y ató la red a su cola, a fin de que la arrastrara, con lo cual ya no iría ni montando ni rodando; pero además hizo que el burro tirara de ella a lo largo de una de las huellas de los carros, de modo que ella tocaba la tierra tan sólo con un dedo gordo del pie, por lo cual no iba por el camino ni por fuera del camino. Viéndola venir así, el rey declaró que había resuelto el enigma y que había cumplido con cada una de sus condiciones. De inmediato, hizo salir a su padre de la prisión y, tomándola por esposa, le concedió todos los privilegios reales.

Al cabo de unos años, habiendo ido el rey a presenciar una parada, sucedió que unos campesinos, después de vender su madera, habían dejado sus carretas delante del castillo, unas conducidas por bueyes y otras por caballos. Uno de los campesinos tenía tres caballos, pero como uno de ellos era una yegua y estaba a punto de parir, se soltó de las varas y, yendo a tenderse en medio de dos bueyes del otro carro, allí dio a luz. Ahora bien, apenas llegaron los campesinos comenzaron a pelearse, tirándose cosas y alborotando, pues el boyero quería quedarse con el potro, afirmando que lo habían parido los bueyes, en tanto que el otro lo negaba y decía que era el hijo de su yegua y que, por lo tanto, le pertenecía. La disputa fue sometida al rey, quien dictaminó que el potro debía quedarse donde había nacido, de modo que lo recibió el boyero, a quien no pertenecía. Así que el otro se fue llorando y lamentándose por su potro. Sin embargo, como había oído decir que la reina era muy benévola, ya que ella misma era hija de campesinos humildes, se presentó ante ella y le rogó que lo ayudara a recuperar el potro.

—Está bien —dijo ella—, si me prometéis no delatarme, os diré lo que debéis hacer. Mañana temprano, cuando el rey esté presenciando el cambio de guardia, poneos en medio de la calle, por donde él tiene que pasar, y, provisto de una gran red, simulad que pescáis; seguid pescando y vaciad la red, como si estuviera llena.

Después le indicó también lo que debería responder a las preguntas del rey.

Así fue como al día siguiente el campesino fue y se puso a pescar en aquel lugar seco. Cuando el rey pasó por allí y vio aquello, envió a su paje para que se informara de lo que pretendía aquel gracioso.

—Estoy pescando —respondió el campesino.

El paje le preguntó entonces cómo podía pescar donde no había una sola gota de agua.

—Si dos bueyes pueden dar a luz un potro, ¿por qué no puedo yo pescar en un sitio seco?

Volvió el paje, comunicó al rey la respuesta y éste, mandando al campesino presentarse, le dijo que como tal respuesta no podía habérsele ocurrido a él, debía confesar al instante quién se la había sugerido. Pero el campesino se negó a ello y diciendo una y otra vez: «¡Dios me libre!» insistía en que la ocurrencia había sido suya. Entonces se lo llevaron y, echándolo sobre un montón de paja, tanto le pegaron y tanto le maltrataron y por tan largo rato, que terminó confesando que se lo que había sugerido la reina.

Cuando el rey volvió a casa, dijo a su esposa:

—Puesto que eres tan desleal conmigo, ya no te quiero por esposa. Todo ha terminado; vuelve allá de donde vienes: a tu cabaña de campesina.

Sin embargo, le permitió una cosa: al despedirse podría llevarse consigo lo que considerara mejor y más quisiera.

—Está bien, querido esposo —dijo ella—; puesto que así lo ordenas, así lo haré.

Y abrazándolo y besándolo, agregó que debía decirle adiós. Entonces, mandó traer una bebida con un fuerte somnífero para celebrar la despedida y el rey bebió un largo trago, en tanto que ella sólo probó un pequeño sorbo. Pronto se sumió el rey en un profundo sueño y ella, al verlo, llamó a los sirvientes y cogiendo una hermosa sábana blanca lo envolvió, y los sirvientes lo llevaron entonces a una carroza que estaba parada delante de la puerta. De este modo, lo condujo a su cabaña. Allí lo tendió en su camita y él durmió durante todo un día y toda una noche; al despertarse, miró a su alrededor y exclamó:

—¿Dónde estoy, Dios mío?

Llamó a su criado, pero no había nadie. Finalmente, su esposa se acercó a su lecho y le dijo:

—Querido rey, me habéis ordenado que me llevara del castillo lo mejor y más querido, y puesto que no tengo nada mejor ni más querido que vos, os he traído conmigo.

Al rey le asomaron las lágrimas a los ojos y dijo:

—Querida esposa, serás mía y yo seré tuyo para siempre.

Y volviendo a llevársela al castillo, de nuevo se casó con ella. ¡Qué duda cabe de que allí siguen viviendo, hasta el día de hoy!

El genio de la botella

Había una vez un pobre leñador que trabajaba desde la mañana hasta altas horas de la noche. Cuando por fin hubo ahorrado un poco de dinero, dijo a su hijo:

—Puesto que eres mi único hijo, quiero emplear el dinero que he ahorrado con el sudor de mi frente en tu educación. Si aprendes algo útil, podrás mantenerme cuando llegue a viejo y, tullido, deba quedarme en casa.

Entonces el joven fue a un colegio y durante un tiempo aprendió con mucho ahínco, de modo que fue elogiado por sus profesores. Cuando hubo cursado algunos grados y antes de conseguir licenciarse, se agotó lo poco que el padre había juntado y debió volver a casa.

—¡Ah! —exclamó afligido el padre—. Ya no puedo darte más. En estos tiempos difíciles, apenas soy capaz de ganar unos céntimos para el pan de cada día.

—Querido padre —respondió el joven—, no os aflijáis. Si ésta es la voluntad de Dios, ha de ser para mi bien. Ya sabré arreglármelas.—Y como el padre quiso volver al bosque para ganar algo con su trabajo, agregó—: Iré con vos, para ayudaros.

—Está bien, hijo mío —dijo el padre—, pero se te hará pesado; no estás acostumbrado a los trabajos duros y no lo aguantarás. Por lo demás, tengo solamente un hacha y no me sobra dinero para comprar otra.

—En ese caso, id a ver al vecino —replicó el hijo—; él os prestará un hacha hasta que yo haya ganado lo suficiente para comprarme una.

Así que el padre tomó un hacha prestada por el vecino y al día siguiente, de madrugada, salieron juntos al bosque. El hijo le ayudó con destreza y buen ánimo, y cuando el sol estaba sobre sus cabezas, el padre dijo:

—Vamos a descansar y a comer; así, después podremos seguir trabajando mejor.

—Reposa tú, pues yo no estoy cansado —respondió el hijo, cogiendo su pan—. Yo voy a darme una vuelta por el bosque para buscar nidos de pájaros.

—¡Ah, presumido! —exclamó el padre—. ¿Por qué vas a pasear? Después estarás cansado y no podrás levantar un brazo. Quédate aquí, sentado junto a mí.

Sin embargo, el joven se adentró en el bosque y, mientras comía su pan, iba mirando alegremente entre las verdes ramas, por si descubría algún nido. Así, anduvo por aquí y por allá, hasta que al fin llegó junto a un enorme y umbrío roble, que seguramente tenía muchos cientos de años y que cinco hombres juntos no habrían sido capaces de abrazar. Se detuvo y, mirándolo, pensó: «Muchos pájaros deben haber construido en él sus nidos.» De pronto, le pareció oír una voz. Prestó atención y oyó que alguien, como en sordina, gritaba:

—¡Déjame salir! ¡Déjame salir!

Miró a su alrededor, pero no pudo descubrir nada. Sin embargo, tenía la impresión de que la voz había salido de la misma tierra.

—¿Dónde estás? preguntó.

—Aquí abajo, entre las raíces del roble —respondió la voz— ¡Déjame salir! ¡Déjame salir!

El estudiante se puso a revolver las hojas alrededor del árbol y a buscar entre las raíces, hasta que al fin halló una botella de vidrio. La cogió y, mirándola contra la luz, vio dentro de ella una cosa semejante a una rana, que daba repetidos saltos.

—¡Déjame salir! ¡Déjame salir! —gritó de nuevo.

Entonces, sin mayor recelo, el estudiante sacó el corcho y, al instante, salió de la botella un genio que empezó a crecer, y tan rápido creció que en un abrir y cerrar de ojos se había convertido en un espantoso sujeto que llegaba hasta la mitad de la altura del árbol.

—¿Sabes cuál será tu recompensa por haberme dejado salir?—preguntó con una voz escalofriante.

—Pues no —respondió sin temor el estudiante—. ¿Cómo podría saberlo?

—Entonces te lo diré —dijo el genio—: en pago de eso voy a torcerte el cuello.

—Deberías habérmelo dicho antes —replicó el estudiante—, pues en tal caso te habría dejado dentro. Sin embargo, no permitiré que me tuerzas un pelo; tú no eres quién para decidir sobre mi vida.

—¡Tú no eres quién! —exclamó el genio.— ¡Recibirás tu merecido! ¿Crees que he estado tanto tiempo ahí encerrado por misericordia? ¡No! Fue como castigo. Yo soy el poderoso Mercurius y debo torcerle el cuello a quien me haya liberado.

—Procedamos con calma —respondió el estudiante—; eso no es tan simple. Primero debo comprobar que efectivamente has estado dentro de esa pequeña botella y que eres el verdadero genio. Si eres capaz de meterte de nuevo dentro de ella, lo creeré, y entonces podrás hacer conmigo lo que quieras.

Lleno de arrogancia, el genio declaró:

—Para hacer eso no se requiere ninguna habilidad.

Y encogiéndose, se volvió tan delgado y pequeño como al comienzo, así que pudo introducirse por la abertura y bajar otra vez por el cuello de la botella. Apenas estuvo dentro, el estudiante volvió a poner el corcho y tiró la botella donde estaba antes, bajo las raíces del roble. De este modo fue engañado el genio.

Entonces, el estudiante se dispuso a volver junto a su padre, pero el genio empezó a gritar quejumbrosamente:

—¡Ay! ¡Déjame salir! ¡Déjame salir!

—¡No! —respondió el estudiante—. No lo haré por segunda vez. Después de haber capturado al que atentó contra mi vida, no volveré a dejarlo libre.

—Si me dejas salir —prometió el genio—, te daré tanto que tendrás de sobra para el resto de tu vida.

—¡No! —insistió el estudiante—. Volverás a engañarme, como la primera vez.

—Estás despreciando tu suerte —dijo el genio—. No te haré nada; por el contrario, esta vez voy a recompensarte generosamente.

«¿Me atreveré? —pensó el estudiante—; tal vez mantenga su palabra y no me haga daño.» Sacó, pues, el corcho y, tal como la vez anterior, el genio comenzó a crecer hasta convertirse en un gigante.

—Ahora tendrás tu recompensa —dijo, y dándole al estudiante una cinta semejante a un esparadrapo, agregó—: Si tocas una herida con un lado de esta tela, se curará, y si tocas el hierro o el acero con el otro lado, éstos se convertirán en plata.

—Primero tengo que probarla —objetó el estudiante, y acercándose a un árbol hizo un tajo en la corteza con su hacha. Pasó sobre él un lado del esparadrapo y el tajo volvió a cerrarse como antes y la corteza quedó sana. Entonces agregó—: Funciona correctamente. Ahora podemos separarnos.

El genio le dio las gracias por su liberación y el estudiante, agradeciéndole también su regalo, fue a reunirse con su padre.

—¿Por dónde has estado vagando? —le increpó éste—. ¿Por qué has olvidado tu trabajo? Ya lo decía yo, que no serías capaz de llevarlo a cabo.

—Tranquilizaos, padre, ya me pondré al día.

—¿Al día? —exclamó el padre, enfurecido—. ¡Así no llegarás a nada!

—Prestad atención, padre: ahora mismo cortaré aquel árbol y lo haré caer con estrépito.

Sacó su esparadrapo y, después de pasarlo por el hacha, dio con ella un fuerte golpe; pero como el hierro se había convertido en plata, el filo quedó mellado.

—¡Eh, padre, mirad qué hacha tan mala me habéis dado! Se ha torcido totalmente.

—Pero, ¿qué has hecho? —exclamó el padre, asustado—. Ahora tendré que pagar el hacha y no sé con qué. ¡Este es el provecho que saco de tu trabajo!

—No os enfadéis —respondió el hijo—. Yo mismo pagaré el hacha.

—¡Estúpido! —gritó el padre—. ¿Con qué quieres pagarla? Apenas posees lo que yo te doy. Tienes la cabeza llena de fantasías estudiantiles y no entiendes ni jota del trabajo de un leñador.

—Padre —dijo el estudiante, después de una pausa—, no tengo ganas de seguir trabajando. Será mejor que lo dejemos.

—¿Cómo? —exclamó el padre—. ¿Crees que voy a meterme las manos en los bolsillos como tú? Yo debo continuar, pero tú, si quieres, puedes largarte.

—Padre, es la primera vez que he venido a este bosque y no conozco el camino. Ven, pues, conmigo.

Ya que su ira se había apaciguado, el padre finalmente se dejó convencer y regresó con él a casa.

—Ve a vender el hacha rota —le dijo después—; a ver cuánto te dan por ella. Yo deberé ganarme el resto para pagar al vecino.

El hijo cogió el hacha y la llevó a un joyero de la ciudad.

Después de examinarla, éste la puso en una balanza y dijo:

—El hacha vale cuatrocientos táleros; no dispongo de tanto dinero en efectivo.

—Dadme lo que tengáis —respondió el estudiante—; os presto el resto.

El joyero le dio trescientos táleros y quedó debiéndole cien. El estudiante volvió a casa inmediatamente y dijo:

—Padre, tengo el dinero. Id y preguntad cuánto quiere el vecino por el hacha.

—Ya lo sé —respondió el viejo—: un tálero y seis céntimos.

—Dadle, pues, dos táleros y doce céntimos; es el doble y con eso basta. Mirad, tengo dinero de sobra. —Y dándole al padre cien táleros, agregó—: Nunca deberá faltaros; vivid a vuestro gusto, sin prescindir de nada.

—¡Dios mío! —exclamó el viejo—. ¿Cómo has conseguido tanta riqueza?

Entonces le contó cómo había sucedido todo y de qué modo, confiando en su suerte, había obtenido tan rica presa. Con el dinero sobrante volvió a la universidad para proseguir sus estudios, y puesto que era capaz de curar todas las heridas con su esparadrapo, llegó a ser el médico más famoso del mundo.

El cazador

Érase una vez un muchacho que, tras haber aprendido el oficio de cerrajero, manifestó a su padre el deseo de recorrer el mundo para tentar su fortuna.

—Bien, estoy de acuerdo —dijo éste, y le dio algún dinero.

De este modo, anduvo por muchas partes ejerciendo su oficio, hasta que llegó el día en que, cansado de él, decidió abandonarlo y convertirse en cazador. Una vez, encontró en su camino a un cazador que iba vestido de verde; éste le preguntó de dónde era y adónde iba, y el joven, tras contarle que era cerrajero pero que su oficio ya no le gustaba y quería convertirse en cazador, le preguntó si quería tomarlo como aprendiz.

—De acuerdo —dijo éste—, siempre que quieras venir conmigo.

Entonces, el joven se fue con él y estuvo a su servicio por algunos años, aprendiendo el arte de la caza. Después, como quisiera volver a probar su propia suerte, el cazador le dio su paga: ésta consistió únicamente en una escopeta de aire comprimido que, sin embargo, tenía la característica de que al ser disparada daba siempre en el blanco.

Se puso en camino y llegó al centro de un bosque tan inmenso que en todo un día no pudo hallar la salida. Al atardecer, se subió a un árbol muy alto, para ponerse a salvo de los animales salvajes y, cuando era cerca de medianoche, le pareció ver, a lo lejos, una lucecita. Después de esforzarse por distinguirla bien a través de las ramas, se quitó el sombrero y lo tiró en esa dirección, a fin de que le sirviera de guía. Enseguida, bajó del árbol, fue en busca de su sombrero y, volviendo a ponérselo, siguió el derrotero. Cuanto más caminaba, más crecía la luz, y cuando estuvo cerca vio que se trataba de una enorme fogata, alrededor de la cual había tres gigantes que asaban un buey ensartado en un palo.

—Voy a probar si la carne está lista —dijo uno de ellos.

Arrancó un trozo y ya iba a metérselo en la boca cuando el cazador, de un disparo, se lo quitó de la mano.

—¡Vaya, el viento me lo ha quitado de la mano! —dijo el gigante, y arrancó otro pedazo.

Cuando estaba a punto de morderlo, el cazador disparó de nuevo y volvió a arrebatárselo. Entonces el gigante le dio una bofetada a su vecino y, enfurecido, exclamó:

—¿Por qué me quitas mi trozo?

—Yo no te lo he quitado —replicó el otro—. Debe ser algún tirador selecto quien te lo ha soplado.

El gigante cogió el tercer trozo, pero no pudo sostenerlo en la mano, porque de un disparo el cazador se lo arrancó de nuevo. Entonces, los gigantes se dijeron entre sí:

—Quien es capaz de quitarle a uno los bocados ha de ser muy buen tirador; nos vendría bien contar con alguien semejante.

Y levantando la voz, llamaron:

—¡Eh, tú, tirador! Ven aquí y siéntate junto al fuego con nosotros. Come hasta hartarte, que no te haremos daño. Pero si te niegas y tenemos que traerte a la fuerza, estás perdido.

Entonces, acercándose, el joven les contó que era cazador profesional y que era capaz de alcanzar con seguridad y certeza a todo lo que apuntara con su escopeta. Ellos le dijeron que, en caso de que quisiera sumarse a su compañía, podría vivir a sus anchas, y acto seguido le hicieron saber que delante del bosque había un gran lago y que al otro lado del lago vivía en una torre una princesa a la que tenían muchas ganas de raptar.

—Está bien —dijo él—, os la traeré pronto.

—Pero hay otra cosa —prosiguieron ellos—: tienen allí un perrito; apenas se acerca alguien empieza a ladrar y, tan pronto como ladra, todo el mundo se despierta en el palacio real. Por eso no podemos ir nosotros. ¿Te atreves tú a matar al perrito?

—Pues claro —replicó él—; para mí, eso no es más que una broma.

Poco después se instaló en un bote y atravesó el lago y, cuando estaba cerca de la orilla, el perro vino corriendo; entonces, en el momento en que estaba a punto de ladrar, él le apuntó con su escopeta y lo mató de un tiro. Cuando vieron esto, los gigantes se regocijaron, creyendo que ya podrían echar mano de la princesa, pero el cazador, queriendo ver cómo se presentaban las cosas, les dijo que debían quedarse fuera hasta que él los llamara. Así que entró en el palacio, dentro del cual no se oía volar una mosca, pues todo el mundo dormía. Al entrar en la primera habitación, vio en la pared un sable que era de plata pura y que tenía grabados una estrella de oro y el nombre del rey, y cerca de éste, sobre una mesa, halló una carta lacrada. El joven rompió el sello y, leyendo la carta, supo que quien poseyera el sable podría matar a todos los que se le pusieran por delante. Así que arrancó el sable de la pared y colgándoselo al cinto prosiguió su camino.

Pronto llegó a la alcoba donde yacía la princesa durmiendo; era tan bella que el joven se quedó inmóvil y sin aliento. «¿Cómo podría atreverme a entregar esta inocente doncella a esos salvajes gigantes? —pensó—; ellos tienen malas intenciones.» Miró a su alrededor y vio que debajo de la cama había un par de pantuflas; en la derecha, junto a una estrella, estaba escrito el nombre del padre de la princesa, y en la izquierda, también junto a una estrella, su propio nombre. Alrededor de su cuello, la princesa llevaba un gran pañuelo de seda; en el lado derecho estaba bordado el nombre de su padre y en el izquierdo el propio. Cogiendo unas tijeras, el cazador cortó el extremo derecho y lo puso en su mochila, y asimismo guardó la pantufla derecha con el nombre del rey. Entretanto, la doncella seguía durmiendo muy ceñida por su camisa, y él cortó también un trocito de la camisa, que guardó junto con las demás cosas. Todo esto lo hizo sin tocarla y luego, sin interrumpir su sueño, se marchó.

Cuando volvió a la puerta del castillo, los gigantes seguían esperándolo fuera, pensando que les traía a la princesa. Él les gritó, diciéndoles que la doncella ya estaba en su poder y que entraran, pero que, como no podía abrirles la puerta, debían pasar por un hueco que había en el muro. Tan pronto como el primero asomó la cabeza, el cazador, cogiéndolo por los cabellos y enroscándoselos en el puño, tiró hacia sí y con un solo golpe del sable se la cortó; después sacó su cuerpo. Entonces llamó al segundo, al que igualmente decapitó, y finalmente al tercero; y contento de haber librado a la bella doncella de sus enemigos, les cortó a los tres las lenguas y las guardó en su mochila. En seguida, pensó: «Volveré junto a mi padre, le mostraré lo que he hecho hasta ahora; después seguiré recorriendo el mundo, hasta hallar la dicha que Dios me tiene prometida.»

Por su parte, el rey, cuando despertó en el castillo, vio a los tres gigantes que yacían muertos. Fue a la alcoba de su hija y, despertándola, le preguntó si sabía quién podía ser el que había quitado la vida a los gigantes.

—Querido padre —respondió ella—, no lo sé; yo dormía.

Al levantarse, cuando quiso calzarse sus pantuflas, vio que faltaba la derecha; al mirar su chal vio que estaba cortado y que faltaba el extremo derecho, y al examinar su camisa se dio cuenta de que faltaba un pedacito. El rey, por su lado, ordenó que se reuniera la corte entera, con soldados y todo, y preguntó quién había salvado a su hija, matando a los gigantes.

Ahora bien, tenía él un capitán, que era un hombre bizco y feo, que declaró que él lo había hecho. Entonces el viejo rey le dijo que, puesto que había sido capaz de hacer tal cosa, debía casarse con su hija. Sin embargo, la princesa objetó:

—Querido padre, antes de casarme con ése, prefiero marcharme tan lejos como mis pies sean capaces de llevarme.

El rey dijo que si no quería casarse con él debía quitarse los atuendos reales y vestirse como una campesina, y acto seguido marcharse, buscar un alfarero y dedicarse a la venta de cacharros de barro. Así que ella se quitó los vestidos reales y buscó un alfarero, de quien tomó en préstamo un lote de cacharros, prometiéndole que se los pagaría por la noche, cuando los hubiera vendido. El rey le había señalado un rincón donde ella debía instalarse para venderlos, pero, al mismo tiempo, había alquilado unas carretas de campesinos que debían pasar a través del puesto, de manera que todo se hiciera mil pedazos. Cuando la princesa hubo colocado su lote en la calle, vinieron las carretas y lo hicieron todo añicos.

—¡Dios mío, cómo voy a pagarle ahora al alfarero! —exclamó la princesa, echándose a llorar.

Con ello, el rey había querido obligarla a casarse con el capitán; sin embargo, ella fue a ver al alfarero y le preguntó si quería volver a fiarle otros cacharros. Pero éste rehusó, diciendo que primero debía pagarle los anteriores. Entonces, ella habló de nuevo con su padre y, llorando y lamentándose, le dijo que quería marcharse lejos. El rey respondió:

—Haré que en el fondo del bosque te construyan una casita; en ella deberás quedarte por el resto de tu vida, preparando la comida para quien llegue, pero sin aceptar dinero.

Cuando la casita estuvo lista, colgaron un anuncio en la puerta, en el que se leía: «Hoy gratis, mañana no». Ella vivió allí por largo tiempo y por todas partes se difundió el rumor de que en esa casa vivía una doncella que cocinaba gratis, anunciándolo en su puerta. Esto también llegó a oídos del cazador, que pensó: «Esto te viene bien, ya que eres pobre y no tienes un centavo.» Así que cogió su escopeta de aire y su mochila, dentro de la cual guardaba aún todas las cosas que una vez se había llevado del castillo, y se puso en camino hacia el bosque, hasta que encontró la casita que anunciaba: «Hoy gratis, mañana no». Llevando al cinto el sable con el cual había cortado las cabezas de los tres gigantes, entró en la casita y pidió que le dieran algo de comer.

Cuando la doncella le preguntó a qué se dedicaba, él, regocijado por su deslumbrante belleza, le respondió:

—Ando vagando por el mundo.

Entonces, ella quiso saber de dónde había sacado aquel sable que tenía grabado el nombre de su padre. A su vez, él le preguntó si era la hija del rey.

—Sí —respondió ella.

—Pues con este sable —dijo él— les corté las cabezas a tres gigantes.

Y como prueba sacó sus lenguas de la mochila. Después le mostró la pantufla, el extremo del chal y el trozo de la camisa. Tras lo cual, llena de

contento, ella dijo que quien verdaderamente la había salvado era él, así que fueron juntos en busca del viejo rey y ella, conduciéndolo a su alcoba, le contó que quien en realidad la había salvado de los gigantes era el cazador. Viendo estas pruebas, el rey ya no pudo dudar; quiso saber cómo había sucedido todo y dijo que el cazador podía tomarla por esposa. Al oír esto, la doncella se alegró de todo corazón.

Poco después, vistieron al cazador como si hubiera sido un visitante extranjero y el rey hizo preparar un banquete. Todos se dirigieron a la mesa y el capitán fue a sentarse al lado izquierdo de la princesa, en tanto que el cazador lo hizo al derecho, y el capitán creyó que éste era un caballero extranjero que había venido de visita. A la hora de los postres, el rey, dirigiéndose al capitán, le propuso que resolviera un enigma:

—Si cuando una persona dice que les ha quitado la vida a tres gigantes, uno pregunta dónde están sus lenguas, pues ha visto que no las tienen dentro de sus bocas, ¿qué responde ésta?

—Que no tenían lenguas —respondió el capitán.

—Así no vale —dijo el rey—; cada animal tiene una lengua. ¿Qué merece quien ha mentido de ese modo?

—Merece ser descuartizado—contestó el capitán.

Entonces, el rey le dijo que acababa de pronunciar su propia condena y el capitán fue detenido y hecho pedazos, en tanto que la princesa fue casada con el cazador. Éste hizo venir después a su padre y a su madre, que vivieron felices al lado de su hijo, quien al morir el viejo rey, heredó el reino.

El asno que comía hortalizas

Érase una vez un joven cazador que iba al bosque para acechar desde una atalaya. Su corazón rebosaba de contento y mientras caminaba, silbando, se encontró con una anciana feísima que le habló en estos términos:

—Buenos días, buen cazador. Tú vas de buen humor y contento, en tanto que yo padezco hambre y sed; dame, pues, una limosna.

El cazador se compadeció de la pobre viejecilla y, metiendo la mano en su bolsillo, le dio lo que pudo. Quería proseguir su camino, pero la ancianita le detuvo con estas palabras:

—Escucha, buen cazador, lo que voy a decirte: quiero recompensarte por tu buen corazón. Sigue siempre por tu camino, pues dentro de un rato llegarás a un árbol en el que están posados nueve pájaros que se han apoderado de un abrigo y están disputándoselo. Apunta con tu escopeta y dispara en medio de ellos: dejarán caer el abrigo y uno de los pájaros también caerá, alcanzado por la bala. Llévate el abrigo, pues es un abrigo mágico; si te lo echas a los hombros, te bastará desear hallarte en un determinado lugar para estar en él al instante. Después, arranca el corazón del pájaro muerto y trágatelo entero; cada mañana, al despertarte, hallarás una moneda de oro debajo de tu almohada.

El cazador dio las gracias a la sabia mujer y pensó para sí: «Son muy lindas las cosas que me ha prometido, siempre que se cumplan.» Después de andar unos cien pasos, como oyera encima de él, entre las ramas, un piar ruidoso, levantó la mirada y vio una bandada de pájaros que con picos y garras se disputaban una prenda, como si cada cual la quisiera para sí.

—Vaya, qué curioso—dijo el cazador—; sucede exactamente como la viejecilla ha dicho.

Bajó su escopeta del hombro y, apuntando, disparó en medio de ellos, de modo que las plumas salieron volando. De inmediato y con gran alboroto, los pájaros se dieron a la fuga, pero uno de ellos cayó muerto, junto con el abrigo. Entonces, el cazador hizo tal cual le había indicado la vieja: abrió el pájaro, buscó su corazón y, tragándoselo, se fue con el abrigo a casa.

Al despertarse a la mañana siguiente, se acordó del augurio y quiso ver si se había cumplido. Entonces levantó la almohada y vio brillar la moneda de oro, y de nuevo encontró otra a la próxima madrugada, y así sucesivamente cada vez que se levantaba. Así juntó un montón de oro, hasta que finalmente pensó: «¿De qué me sirve tanto oro si me quedo en casa? Saldré a dar una vuelta por el mundo.»

Se despidió de sus padres, se echó al hombro la mochila de cazador y la escopeta, y partió a la ventura. Sucedió que un día, después de haber atravesado un espeso bosque, al llegar a su linde, vio delante de sí, en la llanura, un impresionante castillo. En una de sus ventanas había una deslumbrante doncella y una vieja que miraba hacia abajo. La vieja, que era una bruja, habló así a la muchacha:

—Ahí viene del bosque alguien que posee un maravilloso tesoro dentro de su cuerpo; por eso, hijita de mi corazón, debemos embelesarlo. Lleva dentro de sí el corazón de un pájaro y por eso cada mañana halla bajo su almohada una moneda de oro, pero a nosotras nos hace más falta que a él.

La vieja siguió contándole más detalles e indicó a la doncella qué debía hacer para cautivarlo; por último, con una mirada furiosa, la amenazó:

—Y si no me obedeces, serás desdichada.

Cuando estuvo más cerca y vio a la muchacha, el cazador se dijo: «He vagabundeado tanto tiempo que ahora tengo ganas de descansar un poco

dentro de este hermoso castillo. Dinero no me falta.» Sin embargo, la verdadera razón era que había quedado prendado de la bella imagen.

Entró, pues, en el castillo y fue recibido amistosamente y servido con cortesía. No había pasado mucho tiempo cuando ya estaba tan enamorado de la joven hechicera que era incapaz de pensar en otra cosa; únicamente buscaba su mirada y todo cuanto ella le exigía lo hacía con gusto. Un día, la vieja dijo:

—Ha llegado el momento de apoderarnos del corazón del pájaro; él ni siquiera se dará cuenta cuando le falte.

Ambas prepararon un brebaje y cuando estuvo listo la vieja lo vertió en una copa que entregó a la muchacha para que se la sirviera al cazador.

—Querido mío —le dijo ella—, brinda ahora por mí.

Entonces él cogió la copa y, una vez que hubo bebido el brebaje, vomitó el corazón del pájaro. La muchacha se lo llevó disimuladamente y, tal como la vieja le había mandado hacer, se lo tragó. A partir de ese día, él ya no volvió a encontrar oro debajo de su almohada, pues éste aparecía debajo de la almohada de la joven, de donde la vieja lo retiraba todas las mañanas. Pero él estaba tan locamente enamorado que no pensaba en otra cosa que en divertirse con la muchacha.

Una vez, la vieja bruja dijo:

—Ahora que ya tenemos el corazón del pájaro, debemos sustraerle también el abrigo mágico.

—Bien podemos dejárselo —respondió la muchacha— puesto que ya ha perdido su tesoro.

Pero la vieja, enfurecida, replicó:

—Un abrigo semejante es una cosa maravillosa que raramente se encuentra en el mundo. Yo quiero tenerlo y lo tendré.

Y abofeteándola, le dijo que en caso de no obedecerla lo pasaría muy mal. De modo que tuvo que obrar según los designios de la vieja, y un día se paró ante la ventana y se puso a mirar a lo lejos, como si estuviera muy triste.

—¿Por qué estás tan triste, ahí parada? —le preguntó el cazador.

—¡Oh, tesoro mío! —fue su respuesta—. Allí enfrente se alza el monte de los granates, donde estas piedras preciosas crecen. Tengo tantos deseos de ellas, que sólo con pensarlo me pongo triste. Pero ¿quién es capaz de traerlas? Sólo los pájaros pueden llegar hasta allí; un hombre, jamás.

—¿Sólo es eso lo que te aflige? —preguntó el cazador—. En ese caso, quitaré en seguida este peso de tu corazón.

Y diciendo esto, la cubrió con su abrigo y formuló el deseo de estar en el monte de los granates. Al instante, ambos se encontraron allí, rodeados por el brillo admirable de las piedras preciosas, y se dedicaron a recoger las piezas más bellas y valiosas. Sin embargo, la vieja, con sus hechicerías, había conseguido que al cazador se le cayeran los párpados de sueño.

—Sentémonos a descansar un rato —le dijo a la muchacha—. Tengo tanto sueño que ya no puedo mantenerme en pie.

Así que se sentaron y, poniendo él la cabeza en el regazo de ella, se quedó dormido. Estando él así, ella le quitó el abrigo de los hombros, se lo puso y, cogiendo los granates, expresó el deseo de volver a casa.

Cuando el cazador se despertó se dio cuenta de que su amada lo había engañado y de que lo había dejado solo en la montaña salvaje.

—¡Ay, cuán grande es la infidelidad en este mundo! —exclamó.

Y lleno de preocupaciones y descorazonado, se quedó allí, sin saber qué hacer. Pero como el monte pertenecía a unos salvajes gigantes que vivían en él haciendo de las suyas, no pasó mucho tiempo hasta ver que tres de ellos venían hacia él. Entonces se echó y simuló estar sumido en un profundo sueño. Los gigantes se aproximaron y el primero de ellos, dándole un puntapié, dijo:

—¿Qué hace aquí este gusano terrestre, mirando hacia su propio interior?

—Aplástalo con el pie —dijo el segundo de ellos.

Pero el tercero, despreciativo, opinó:

—No vale la pena. Déjalo que viva, puesto que aquí no podrá quedarse; apenas suba a la cumbre de la montaña, lo cogerán las nubes y se lo llevarán lejos.

Hablando de este modo, los tres gigantes siguieron su camino, pero, como el cazador había retenido sus palabras, tan pronto como hubieron desaparecido se levantó y trepó a la cumbre. Después de haber esperado un rato, vino hacia él una nube y, cogiéndolo, se lo llevó en un largo viaje por el cielo. Después descendió sobre un gran huerto rodeado de murallas, de tal forma que él pudo deslizarse nuevamente en medio de coles y hortalizas.

Mirando a su alrededor, el cazador se dijo: «¡Si por lo menos tuviera algo que comer! Tengo hambre, así no puedo seguir mi viaje, no se ven por aquí peras ni manzanas, ni fruta de ninguna clase; sólo hortalizas por todas partes.» Pero finalmente pensó: «En último caso, puedo comerme una lechuga; no es algo especialmente sabroso, pero me refrescará.» Así que buscó un bonito corazón de lechuga y comió de él, mas apenas había tragado unas hojas, sintióse un poco raro y bastante cambiado: le habían crecido cuatro patas, una enorme cabeza y dos larguísimas orejas, y con espanto se dio cuenta de que se había transformado en un asno. Pero puesto que seguía sintiendo un hambre terrible y dado que la jugosa lechuga, de acuerdo con su nueva naturaleza, le sabía bien, siguió comiendo con avidez. Al fin halló una clase de lechuga diferente y tan pronto como hubo tragado algunas hojas sintió que se operaba una nueva transformación y que recuperaba su figura humana.

Después, como estaba muy cansado, el cazador se echó a dormir. Al despertar la mañana siguiente, una vez que hubo cogido un corazón de la mala lechuga y un corazón de la buena, pensó: «Esto me ayudará a recuperar lo que me pertenece, a castigar la infidelidad.» Metió, pues, los corazones de las lechugas en su mochila, trepó por la muralla y partió en busca del castillo de su amada. Después de vagar durante algunos días, volvió a encontrarlo. Entonces, embadurnándose rápidamente la cara, de tal modo que ni su propia madre hubiera sido capaz de reconocerlo, fue hacia él y pidió alojamiento.

—Tengo un sueño tan invencible —explicó— que no puedo seguir caminando.

—¿Quién sois, caballero, y cuál es vuestro oficio? —preguntó la bruja.

—Soy un mensajero del rey —respondió él—, y he sido enviado en busca de la lechuga más sabrosa que crezca en la tierra. He tenido la gran suerte de hallarla y la traigo conmigo, pero tanto quema el sol que amenaza con marchitar la tierna hortaliza, de modo que no sé si podré volver con ella.

Al saber lo de la preciosa lechuga, a la vieja se le despertó el apetito y dijo:

—Querido amigo, dejadme probar esa lechuga maravillosa.

—¿Por qué no? —respondió él—. He traído dos cogollos y os daré uno.

Y abriendo su mochila, le dio el corazón de la lechuga mala. Sin el menor recelo y con la boca hecha agua por el desconocido manjar, la bruja fue a la cocina para prepararlo por sí misma. Una vez que la ensalada estuvo lista y sin poder esperar a llevarla a la mesa, cogió algunas hojas y se las metió en la boca; pero no bien se las hubo tragado perdió su figura humana y, convertida en burra, salió al patio. Entonces entró en la cocina la sirvienta, y al ver la ensalada lista se dispuso a llevarla a la mesa, pero en el camino, como de costumbre, le entraron ganas de probar y comió algunas hojas; al instante, la fuerza mágica surtió sus efectos y también ella se transformó en burra y corrió a juntarse con la vieja, mientras la ensaladera se volcaba en el piso.

Entretanto, el cazador había permanecido junto a la hermosa muchacha, y como nadie traía la ensalada y ella estaba también deseosa de probarla, dijo:

—¿Qué habrá pasado con la ensalada? —Y pensando: «La hortaliza ya debe haber producido sus efectos», agregó en voz alta—: Iré a la cocina a averiguarlo.

Al bajar, vio a las dos burras que andaban corriendo por el patio y halló la ensalada desparramada por el suelo.

—Muy bien —dijo—, estas dos tienen ya su merecido.

Recogió, pues, las hojas restantes, las colocó en la fuente y llevó ésta a la muchacha.

—Os traigo yo mismo esta preciosa comida —dijo—, para que no tengáis que esperar más.

Ella comió un bocado y acto seguido, lo mismo que las otras, perdió su figura humana y, convertida en burra, bajó corriendo al patio.

Después de haberse lavado la cara, a fin de que las transformadas mujeres pudieran reconocerlo, el cazador bajó al patio y dijo:

—Ahora recibiréis el pago por vuestra deslealtad.

Ató a las tres con una cuerda y las condujo hasta la casa de un molinero. Golpeó la ventana y el molinero asomó la cabeza, preguntando qué quería.

—Tengo tres animales malvados —respondió él—, y ya no quiero conservarlos por más tiempo. Si estáis dispuesto a recogerlos, a darles albergue y comida, tratándolos tal como os diré, os pagaré por ello lo que me exijáis.

—¿Por qué no habría de hacerlo? —respondió el molinero—. Pero, ¿cómo queréis que los trate?

Entonces el cazador le indicó que a la vieja, que era la bruja, debía darle tres veces azotes y una sola vez comida cada día; a la segunda, que era la sirvienta, debía darle una vez azotes y tres veces comida; y a la más joven, que era la muchacha, ningún azote y tres veces comida, puesto que su corazón no pudo soportar la posibilidad de que fuera golpeada. Después regresó al castillo, donde halló todo lo que le hacía falta.

Al cabo de unos días vino a verlo el molinero y le informó de que la burra vieja, que tan sólo recibía comida una vez por día y numerosos azotes, había muerto.

—En cuanto a las otras —prosiguió—, todavía no han muerto, pero a pesar de que comen tres veces están muy tristes y parece que no durarán mucho tiempo.

Al oír esto, el cazador sintió compasión y, desprendiéndose de su ira, pidió al molinero que le devolviera las burras. Tan pronto como éstas llegaron, les dio a comer de la buena ensalada, a fin de que volvieran a recuperar su aspecto humano. Entonces, la hermosa muchacha, arrodillándose delante de él, exclamó:

—¡Oh, amado mío, perdona la maldad que he cometido contra ti! Era mi madre quien me obligaba a ello, contra mi voluntad, pues yo te amaba de todo corazón.

Tu abrigo mágico se encuentra en un armario y, en cuanto al corazón del pájaro, tomaré un vomitivo para devolvértelo.

Pero como la disposición de él ya era otra, respondió:

—Quédate con él, pues da lo mismo, ya que de hoy en adelante serás mi fiel esposa.

Entonces se celebró la boda y juntos vivieron felices hasta el día de su muerte.

El diablo y su abuela

Había una gran guerra y el rey, que tenía muchos soldados, les daba a éstos una paga tan pequeña que con ella no podían vivir. Entonces, tres de ellos se pusieron de acuerdo para desertar, y uno dijo a los otros:

—Si llegan a pillarnos, nos ahorcarán. ¿Cómo lo haremos?

—Mirad aquel trigal —dijo otro—; si nos ocultamos en él, nadie nos encontrará. El ejército no está autorizado para entrar en él y, por lo demás, mañana deberá seguir su marcha.

Se escondieron, pues, entre las mieses, pero el ejército, en vez de continuar su marcha, se quedó apostado en los alrededores. Después de pasar dos días y dos noches entre el trigo, estaban a punto de morirse de hambre y, sin embargo, no podían salir, porque ello les habría significado una muerte segura.

—¿De qué nos ha servido nuestra huida? —dijeron entonces—. Moriremos aquí miserablemente.

Justo en aquel momento llegó volando un llameante dragón que se posó entre ellos y les preguntó por qué se habían escondido allí.

—Somos tres soldados —respondieron ellos— que desertamos porque nuestra paga era escasa. Si nos quedamos aquí nos moriremos de hambre y si salimos nos ahorcarán.

—Si estáis dispuestos a servirme durante siete años —dijo el dragón—, os conduciré por encima del ejército, de modo que nadie os pillará.

—No tenemos opción y debemos aceptarlo —respondieron ellos.

Cogiólos, pues, el dragón entre sus garras y por el aire los condujo por encima del ejército, y cuando estuvo lejos de allí volvió a depositarlos en tierra. Pero el dragón no era otro que el diablo y, dándoles un pequeño látigo, les dijo:

—Hacedlo restallar en el aire y surgirá tanto dinero como queráis. Podréis vivir como grandes señores, tener caballos y viajar en carrozas, pero al cabo de los siete años me perteneceréis. —Y presentándoles un libro en el que los tres debieron firmar, agregó—: Sin embargo, antes os propondré un enigma y si sois capaces de resolverlo, quedaréis en libertad y fuera del alcance de mi poder.

Tras eso, el dragón desapareció y ellos siguieron su viaje, provistos de su latiguillo. Tuvieron dinero en abundancia, se hicieron vestir como señores y recorrieron el mundo. En cada lugar vivían placenteramente y con suntuosidad, iban a caballo y en carrozas, comían y bebían a sus anchas, pero nunca hicieron nada malo. El tiempo pasó rápidamente y cuando los siete años estaban a punto de cumplirse, dos de ellos fueron presas del miedo; el tercero, sin embargo, tomando el asunto a la ligera, dijo:

—Hermanos, no temáis nada; yo no soy ningún tonto y resolveré el enigma.

Un día fueron al campo y los otros dos se sentaron con la aflicción retratada en su semblante. Entonces se les acercó una vieja, que les preguntó por qué estaban tan apesadumbrados.

—¡Qué puede importaros, puesto que no podéis ayudarnos!

—¡Quién sabe! —respondió ella—. Confiadme vuestras cuitas.

Así que le contaron que habían estado al servicio del diablo casi siete años; que él les había provisto de dinero a montones, a cambio de lo cual ellos le habían vendido sus almas, y que pasarían definitivamente a su poder si al cumplirse los siete años no eran capaces de resolver un enigma.

—Si queréis mi ayuda, tendréis que hacer lo siguiente. Uno de vosotros deberá ir al bosque. Llegará al pie de una roca que se ha desprendido,

formando lo que parece una casita; deberá entrar en ella, y en su interior encontrará ayuda.

Los dos que estaban afligidos pensaron que aquello no iba a salvarles y permanecieron sentados; en cambio, el tercero, que era el más animoso, se puso en camino y se adentró en el bosque hasta encontrar la roca. En el interior de la cueva estaba sentada una vieja arrugadísima, que era la abuela del diablo y que le preguntó qué andaba haciendo por allí. Él le contó todo cuanto había sucedido y, como le cayera simpático a la vieja, ella le tuvo compasión y le prometió su ayuda. Levantó una pesada lápida que cubría la entrada de un subterráneo y le dijo:

—Escóndete ahí y podrás oír todo lo que aquí se diga. Pero quédate muy quieto y no te muevas. Cuando venga el dragón, le preguntaré acerca del enigma, pues a mí me lo cuenta todo; presta entonces atención a lo que responda.

Justo a medianoche llegó el dragón por los aires y pidió su comida. La vieja puso la mesa y sirvió de beber y de comer para que estuviera contento.

Mientras cenaban juntos y charlaban, ella le preguntó cómo le había ido durante la jornada y cuántas almas había conseguido.

—Hoy no he tenido mucha suerte —respondió él—, pero hay por ahí tres soldados a los que tengo seguros.

—No está mal, tres soldados —dijo ella—, pero ésos se las traen y podrían escapársete.

—Ésos son míos —replicó el diablo, despectivo—, porque les propondré un enigma que jamás podrán resolver.

—¿Qué enigma es ése? —preguntó ella.

—Te lo diré: en el Gran Mar del Norte yace un macaco muerto, que les será servido como asado; una costilla de ballena hará las veces de cuchara de plata y una vieja pezuña de caballo, hueca, les servirá de copa para el vino.

Una vez que el diablo se hubo acostado, la vieja levantó la lápida para que saliera el soldado.

—¿Has prestado atención a todo?

—Sí —respondió él—, sé lo suficiente y ya sabré cómo arreglármelas.

Y seguidamente, salió sigilosamente por la ventana y a toda prisa volvió con sus compañeros. Entonces, les contó cómo el diablo había sido superado en astucia por su abuela y cómo había oído de la propia boca de él la solución del enigma. Al oír esto, se pusieron de muy buen humor y, sacando su látigo, se proveyeron de tanto dinero que éste desbordaba por el suelo. Cuando transcurrieron exactamente los siete años, apareció el diablo con el libro y, mostrándoles las firmas, dijo:

—Ahora voy a llevaros al infierno y allí os será servida una comida. Si sois capaces de adivinar qué clase de asado os presentarán, quedaréis libres y podréis marcharos; incluso podréis quedaros con el latiguillo.

El primer soldado empezó:

—En el Gran Mar del Norte yace un macaco muerto. El asado será seguramente él.

—¡Vaya, vaya! —exclamó el diablo, contrariado, y preguntó al segundo—: Pero ¿cuál será vuestra cuchara?

—La costilla de una ballena hará las veces de cuchara de plata.

—¡Bueno! —gruñó el diablo, haciendo una mueca, y preguntó al tercero—: ¿Y también sabéis cuál deberá ser vuestra copa?

—Una vieja pezuña de caballo nos servirá de copa.

Entonces, dando un fuerte grito, el diablo salió volando, pues ya no tenía sobre ellos ningún poder. Los tres se quedaron con el latiguillo; a fuerza de latigazos obtuvieron tanto dinero como les vino en gana y vivieron felices hasta el fin de sus días.

Los cuatro hermanos habilidosos

Érase un pobre hombre que tenía cuatro hijos. Cuando fueron mayores, les dijo:

—Queridos hijos, ahora debéis partir a recorrer el mundo, pues nada tengo que pueda daros. Preparaos y marchad a tierras desconocidas; aprended un oficio y buscad el modo de salir adelante.

Entonces, los cuatro hermanos cogieron cada cual un cayado y despidiéndose de su padre, salieron juntos por la puerta de la aldea. Después de caminar un rato, llegaron a una encrucijada que conducía a cuatro regiones diferentes.

—Aquí debemos separarnos —dijo el mayor—, pero al cabo de cuatro años volveremos a reunirnos en este mismo lugar; entretanto, probaremos nuestra fortuna.

Así que cada cual siguió su camino. El mayor se encontró con un hombre que le preguntó adónde iba y con qué propósito.

—Quiero aprender un oficio —respondió él.

—Ven conmigo y conviértete en ladrón —dijo entonces el hombre.

—No —replicó él—, ése no se considera ya un oficio honrado y, por lo demás, uno termina como las campanas: colgando.

—No temas a la horca —dijo el hombre—; yo sólo te enseñaré a apoderarte de aquello que nadie puede alcanzar y de tal manera que nadie podrá encontrar tus huellas.

Él se dejó convencer y, gracias al hombre, llegó a ser un ladrón profesional y tan hábil que nada a lo cual le hubiera echado el ojo podía considerarse seguro.

El segundo hermano se encontró con un hombre que le hizo la misma pregunta: qué quería llegar a ser en el mundo.

—Todavía no lo sé —respondió él.

—Ven entonces conmigo y llegarás a ser astrónomo. No existe nada mejor que eso, pues nada queda oculto a los ojos de uno.

Esto resultó ser de su agrado y así llegó a ser un astrónomo tan diestro que al terminar su aprendizaje, en el momento de marcharse, su maestro, dándole un telescopio, le dijo:

—Con esto podrás ver todo cuanto sucede en la tierra y en el cielo, y nada podrá ocultarse a tu mirada.

El tercer hermano fue aceptado como aprendiz por un cazador y recibió de él tan buena enseñanza en todo lo relativo al arte de la cacería, que llegó a ser un cazador experto. Al despedirse, su maestro le regaló una escopeta y le dijo:

—Ésta no falla; todo cuanto apuntes con ella lo podrás alcanzar con seguridad.

El hermano menor encontró igualmente a un hombre que, luego de preguntarle por sus planes, le dijo:

—¿No tienes ganas de ser sastre?

—Que yo sepa, no —respondió el joven—. Eso de estar sentado agachado de la mañana a la noche, y las idas y venidas de la aguja y de la plancha, son cosas que no me caben en la cabeza.

—¡Qué va! —exclamó el hombre—. Hablas sin fundamento. Conmigo aprenderás un arte de la costura totalmente diferente; algo decente y, en parte, muy honrado.

Así se dejó convencer y yéndose con él aprendió los fundamentos del arte de aquel hombre. El día de su despedida, ofreciéndole una aguja, le dijo:

—Con ella podrás coser todo lo que se te antoje, ya sea tan frágil como un huevo o tan duro como el acero; las cosas quedarán unidas como una sola pieza y no se advertirá costura alguna.

Cuando transcurrieron los cuatro años acordados, los cuatro hermanos llegaron simultáneamente a la encrucijada; se abrazaron y regresaron junto a su padre.

—Bien —dijo éste, muy contento—, ¿así que el viento os ha traído de nuevo aquí?

Ellos le contaron cómo les había ido y cómo cada cual había aprendido lo suyo. Estaban sentados debajo de un gran árbol, delante de la casa, y el padre dijo:

—Ahora voy a haceros una prueba, para ver qué sabéis. —Y levantando la mirada, se dirigió al segundo hijo—: En la copa de este árbol, entre dos ramas, hay un nido de pinzones. Dime cuántos huevos hay en él.

El astrónomo cogió su telescopio y, mirando hacia lo alto, dijo:

—Son cinco.

Entonces, el padre le dijo al mayor:

—Trae los huevos, sin molestar al pájaro que está echado sobre ellos incubándolos.

El ladrón profesional subió y sacando los cinco huevos por debajo del pájaro, que siguió tranquilamente echado sin darse cuenta de nada, se los llevó a su padre. Cogiéndolos, el padre colocó un huevo en cada esquina de la mesa y el quinto en el centro, y dijo al cazador:

—A ver si cortas por la mitad estos cinco huevos de un solo tiro.

El cazador apuntó con su escopeta y disparó a los huevos, cortándolos tal como el padre había exigido: los cinco a la vez y de un solo tiro.

—Ahora te toca a ti —dijo el padre al cuarto hijo—. Coserás los huevos y lo mismo los pajaritos que había en ellos, de tal manera que el daño del disparo no los afecte.

El sastre cogió su aguja y cosió tal como el padre le había pedido. Cuando hubo terminado, el ladrón tuvo que trepar al árbol y poner de nuevo los huevos en el nido sin que el pájaro se diera cuenta de nada. El avecilla los siguió incubando y después de algunos días salieron los polluelos, que tenían una

rayita roja alrededor del cuello, precisamente en la parte donde el sastre los había cosido.

—Bien —les dijo el viejo a sus hijos—, tengo que elogiaros sobremanera; habéis aprovechado bien vuestro tiempo, aprendiendo cosas útiles. Pero no puedo decir cuál es más aventajado; ello se sabrá pronto, cuando se os presente la ocasión de aplicar vuestras artes.

No mucho después hubo gran alarma en el país, al saberse que la hija del rey había sido secuestrada por un dragón. Preocupado día y noche, el rey hizo saber que aquél que rescatara a su hija la tendría por esposa. Los cuatro hermanos se dijeron que ésta era una buena ocasión para mostrar sus habilidades y se dispusieron a partir juntos para rescatar a la princesa.

—Pronto sabré dónde se encuentra —dijo el astrónomo, y después de mirar por su telescopio, agregó—: Ya la veo; está muy lejos de aquí, sentada sobre una roca en el mar. A su lado está el dragón, vigilándola.

Entonces se presentó ante el rey, pidió un barco para él y sus hermanos, y juntos atravesaron el mar hasta llegar a la roca; sobre ella estaba sentada la princesa y el dragón estaba durmiendo en su regazo.

—No puedo disparar —dijo el cazador—, pues al mismo tiempo podría matar a la hermosa doncella.

—Entonces yo probaré mi suerte —dijo el ladrón.

Y acercándose sigilosamente, sustrajo a la princesa por debajo del dragón, pero de un modo tan sutil y rápido que el monstruo, sin darse cuenta de nada, siguió roncando. Muy contentos, volvieron con ella a toda prisa al barco y salieron a alta mar, pero el dragón, al no encontrar a la princesa al despertarse, los persiguió furioso, bufando por los aires. Entonces, cuando volaba justamente por encima del barco y se disponía a bajar, el cazador tomó su escopeta y le disparó en medio del corazón. El monstruo cayó muerto, pero tan colosal era su tamaño que con su caída destruyó totalmente el barco. A duras penas ellos pudieron agarrarse a unas tablas y quedaron flotando a la deriva. De nuevo, estaban en un gran apuro, pero el sastre, ni corto ni perezoso, cogió su aguja mágica y, dando unas pocas y grandes puntadas, cosió las tablas, y ya sentado sobre ellas, empezó a recoger todos los pedazos del barco; y como también logró coser éstos muy hábilmente,

al poco tiempo el barco volvió a estar listo para navegar y pudieron regresar felizmente a su tierra.

Hubo gran alegría cuando el rey volvió a ver a su hija, y dijo a los cuatro hermanos:

—Uno de vosotros la tendrá por esposa, pero decidid vosotros mismos quién será

Entonces se inició entre ellos una fuerte disputa, pues cada cual se creía con derechos.

—Si yo no hubiera visto a la princesa —dijo el astrónomo—, todas vuestras artes habrían resultado inútiles; por lo tanto, ella es mía.

—¿De qué habría servido verla —dijo el ladrón—, si yo no la hubiera sustraído por debajo del dragón? Por lo tanto, ella es mía.

—Tanto vosotros como la princesa habríais sido despedazados por el monstruo —dijo el cazador—, si mi bala no lo hubiera alcanzado. Por lo tanto, ella es mía.

—Y si yo, gracias a mi arte, no hubiera cosido el barco, todos vosotros os habríais ahogado miserablemente. Por lo tanto, ella es mía.

Entonces el rey sentenció:

—Cada uno de vosotros tiene el mismo derecho, pero puesto que todos no podéis tener a la doncella, no la tendrá ninguno. Sin embargo, como recompensa, os daré a cada cual la mitad de un reino.

Los hermanos acogieron esta decisión con agrado y dijeron:

—Más vale así que estar desavenidos.

De modo que cada cual recibió la mitad de un reino y todos, junto con su padre, vivieron dichosamente todo el tiempo que Dios dispuso.

Unojito, Dosojitos y Tresojitos

Había una mujer que tenía tres hijas; la mayor se llamaba Unojito, puesto que tenía un solo ojo en medio de la frente; la de en medio se llamaba Dosojitos, ya que tenía dos ojos como las demás personas; y la menor tenía por nombre Tresojitos, pues tenía tres ojos, uno de los cuales estaba situado asimismo en medio de la frente. Sin embargo, dado que Dosojitos no tenía un aspecto distinto del resto de la gente, las hermanas y la madre no la querían. Le decían:

—Tú, con tus dos ojos, no vales más que el común de la gente; nada tienes que ver con nosotras.

Y la trataban a empujones, le daban los peores vestidos y sólo le permitían comer las sobras; en suma, la maltrataban todo lo que era posible.

Sucedió que Dosojitos tuvo que ir al campo para cuidar la cabra, pero como sus hermanas le habían dado tan poco para comer, se había quedado con hambre. Entonces, se sentó al borde del camino y se echó a llorar, y tanto lloró que dos riachuelos corrieron de sus ojos. Cuando de pronto levantó la mirada, vio a través de sus lágrimas a una mujer que le preguntó:

—¿Por qué lloras, Dosojitos?

—¿Cómo no voy a llorar? —respondió Dosojitos—. A causa de que tengo dos ojos, como la demás gente, mis hermanas y mi madre no me quieren; me empujan de un lado al otro, me dejan los peores vestidos y sólo me dan de comer lo que les sobra. Hoy me han dado tan poco, que estoy muerta de hambre.

—Sécate las lágrimas, Dosojitos —dijo el hada—. Te explicaré algo que te servirá para no sentir hambre nunca más. Solamente tienes que decirle a tu cabra:

«Cabrita meee,
mesita, ven.»

De este modo, aparecerá en seguida, delante de ti, una mesita pulcramente puesta y llena de la más deliciosa comida, de modo que podrás comer hasta saciarte. Cuando estés satisfecha y ya no la necesites más, di solamente:

«Cabrita meee,
mesita, retírate»,

y ella desaparecerá ante tus ojos.

El hada partió después de decir eso y Dosojitos pensó: «Voy a probar en seguida si lo que ha dicho es verdad, pues tengo demasiada hambre.» Así que dijo:

—Cabrita, meee,
mesita, ven.

Apenas hubo pronunciado estas palabras, apareció una mesita puesta con un mantel blanco, un plato, cuchillo, tenedor y una cuchara de plata; alrededor había las comidas más apetitosas, todavía humeantes y calientes, como recién traídas de la cocina. Por eso Dosojitos rezó la oración más corta que conocía: «Señor, sed nuestro huésped en todo momento. Amén», y sirviéndose comió con deleite. Una vez satisfecha, tal como el hada se lo había enseñado, dijo:

—Cabrita, meee,
mesita, ven.

Y al instante, la mesita desapareció con todo lo que había sobre ella. «Esto sí que es un verdadero hogar», pensó Dosojitos, contenta y de muy buen humor.

Por la tarde, cuando regresó con la cabra, encontró un platillo de barro con la comida que le habían dejado las hermanas, pero no lo tocó. Al día siguiente salió nuevamente con la cabra, desdeñando los insignificantes mendrugos que le habían echado. La primera y la segunda vez, las hermanas no prestaron atención, pero como aquello sucediera de nuevo, dándose cuenta, dijeron:

—Algo no anda bien con Dosojitos, pues cada vez deja la comida, en tanto que antes la tomaba toda; tiene que haber hallado algún recurso distinto.

Cuando volvió al campo para cuidar la cabra, mandaron, pues, a Unojito que la acompañara, a fin de investigar la verdad; debía observar lo que hacía y si alguien le traía de comer y beber. Así que cuando Dosojitos se preparaba para salir, Unojito se le acercó y le dijo:

—Iré contigo al campo para ver si cuidas bien de la cabra y si la llevas a los buenos pastos.

Pero dándose cuenta de lo que Unojito pretendía, Dosojitos condujo a la cabra a unos altos pastizales, y dijo:

—Ven, Unojito, sentémonos, que te cantaré algo.

Unojito se sentó, pues estaba fatigada por la inusual caminata y por los rayos del sol, y Dosojitos cantó una y otra vez:

—Unojito, ¿estás despierta?
Unojito, ¿estás dormida?

Entonces, Unojito cerró su único ojo y se durmió. Y Dosojitos, viendo que estaba sumida en un profundo sueño y que no podría delatarla, dijo:

—Cabrita, meee,
mesita, ven.

Y, sentándose ante su mesita, comió y bebió hasta quedar satisfecha. Tras esto, ordenó:

—Cabrita, meee,
mesita, retírate.

Y todo desapareció al instante. Después, despertó a Unojito y le dijo:

—Unojito, tú quieres vigilar a la cabra y te quedas dormida. Entretanto, la cabra podría haberse escapado a cualquier parte. Ven, volvamos a casa.

Así que regresaron a casa y, nuevamente, Dosojitos dejó su platillo sin tocar, en tanto que Unojito no pudo contar a su madre por qué no quería comer.

—Me quedé dormida en el campo —dijo, disculpándose.

Al día siguiente, la madre dijo a Tresojitos:

—Esta vez la acompañarás tú y vigilarás si alguien le trae de comer y beber mientras está fuera, pues seguramente come y bebe a escondidas.

Tresojitos se acercó, pues, a Dosojitos y le dijo:

—Te acompañaré, para ver si cuidas bien de la cabra y la llevas a los buenos pastos.

Pero dándose cuenta de lo que Tresojitos pretendía, Dosojitos condujo la cabra a unos altos pastizales y dijo:

—Sentémonos aquí, Tresojitos, que te cantaré algo.

Tresojitos se sentó, fatigada del camino y del calor del sol, y Dosojitos se puso a cantar otra vez la cancioncilla de antes:

—Tresojitos, ¿estás despierta?

Pero en vez de seguir: «Tresojitos ¿estás dormida?», cantó:

—Dosojitos, ¿estás dormida?

Y así siguió cantando:

—Tresojitos, ¿estás despierta?
Dosojitos, ¿estás dormida?

Entonces, a Tresojitos se le cerraron dos ojos y se le quedaron dormidos, pero no así el tercero, puesto que no había sido invocado por el verso. Claro que Tresojitos también lo cerró, pero por pura astucia, haciendo como si igualmente durmiera con él; en realidad, el ojo parpadeaba y con él podía verlo todo perfectamente bien. Cuando Dosojitos creyó que Tresojitos estaba profundamente dormida, pronunció sus versitos:

—Cabrita, meee,
mesita, ven.

Y después de comer a su gusto, mandó a la mesita que desapareciera:

—Cabrita, meee,
mesita, retírate.

Sin embargo, Tresojitos lo había visto todo. Dosojitos fue hacia ella y, despertándola, le dijo:

—¡Eh, Tresojitos! ¿Te has quedado dormida? ¡Qué manera de apacentar la cabra! Ven, volvamos a casa.

Cuando volvieron a casa, de nuevo Dosojitos no quiso comer y Tresojitos dijo a su madre:

—Ahora sé por qué esta chica engreída no come: cuando está en el campo, dice a la cabra:

«Cabrita, meee,
mesita, ven.»

Y delante de ella aparece una mesita puesta y servida con las mejores comidas, mucho mejores que las nuestras, y cuando está satisfecha, dice:

«Cabrita, meee,
mesita, retírate.»

Y todo desaparece. A pesar de que me durmió dos ojos con una cantinela, pude presenciarlo todo, pues felizmente el de la frente se me quedó despierto.

Entonces, la envidiosa madre exclamó:

—Conque ésta quiere pasarlo mejor que nosotras, ¿eh? ¡Ya se le acabarán las ganas!

Y cogiendo un cuchillo de matarife lo hundió en el corazón de la cabra y ésta cayó muerta.

Al ver esto, Dosojitos salió de casa muy apesadumbrada y, sentándose en el linde del campo, lloró amargamente. De pronto, el hada apareció nuevamente a su lado y le preguntó:

—¿Por qué lloras, Dosojitos?

—¿Cómo no voy a llorar? —respondió Dosojitos—. La cabra, que cada día ponía la mesa tan lindamente cuando yo pronunciaba vuestros versos, ha sido acuchillada por mi madre. Ahora de nuevo debo sufrir hambre y aflicciones.

—Dosojitos —replicó el hada—, te daré un buen consejo: pide a tus hermanas las entrañas de la cabra muerta y entiérralas delante de la puerta principal. Esto te traerá suerte.

Cuando el hada desapareció, Dosojitos volvió a casa y dijo a sus hermanas:

—Queridas hermanas, dadme aunque sea un pedacito de mi cabra. No pido nada especial; dejadme únicamente las entrañas.

—Si no es más que eso, te las daremos —respondieron ellas, riéndose.

De este modo, Dosojitos recogió las entrañas, que enterró sigilosamente delante de la puerta principal, siguiendo el consejo del hada.

A la mañana siguiente, cuando todas se levantaron y transpusieron el umbral, vieron un magnífico y maravilloso árbol que tenía hojas de plata, entre las cuales colgaban frutos de oro; algo tan hermoso como en el mundo no se había visto nunca. Ellas, sin embargo, no sabían cómo el árbol había llegado hasta allí durante la noche, y sólo Dosojitos se dio cuenta de que había crecido de las entrañas de la cabra, pues se alzaba exactamente en el lugar donde las había enterrado. Entonces, la madre dijo a Unojito:

—Sube, hijita, y cosecha los frutos del árbol.

Unojito subió, pero cuando quiso coger una de las manzanas de oro, la rama se le escapó de las manos; y como esto sucediera una y otra vez, no pudo arrancar ni una sola manzana, a pesar de todos sus esfuerzos. Por lo tanto, la madre dijo:

—Tresojitos, sube tú, ya que con tus tres ojos puedes mirar mejor a tu alrededor.

Así que Unojito descendió del árbol y Tresojitos subió, pero no fue más hábil que su hermana y por mucho que lo abarcara todo con la mirada, las manzanas de oro siempre se le escapaban. Finalmente, la madre se impacientó y subió ella misma, pero lo mismo que Unojito y Tresojitos, tampoco pudo alcanzar ninguna fruta y todas las veces dio manotazos en el aire. Entonces Dosojitos dijo:

—Voy a intentarlo yo; tal vez tenga más éxito.

—¡Qué vas a conseguir tú, con tus dos ojos!—exclamaron las hermanas.

No obstante, Dosojitos subió y ante ella las manzanas de oro no se resistieron; por el contrario, se ofrecieron a su mano, de modo que pudo cogerlas una por una y bajó con el delantal lleno. La madre se las quitó y tanto ella como Unojito y Tresojitos, en vez de tratarla mejor, sintieron envidia de que sólo ella hubiera sido capaz de cosechar la fruta y se mostraron todavía más duras.

Sucedió una vez que, estando juntas al lado del árbol, llegó un joven caballero.

—¡Rápido, Dosojitos! —exclamaron las dos hermanas—. ¡Escóndete aquí, para que no tengamos que avergonzarnos de ti!

Y a toda prisa la cubrieron con un barril vacío que por azar había al lado del árbol, y también metieron dentro las manzanas doradas que acababa de cosechar. Cuando estuvo cerca, el caballero resultó ser un apuesto noble; se detuvo y, admirando el maravilloso árbol de oro y plata, preguntó a las hermanas:

—¿A quién pertenece este hermoso árbol? Quien me dé una de sus ramas podrá pedirme lo que quiera.

De inmediato, Unojito y Tresojitos respondieron que el árbol les pertenecía y que estaban dispuestas a cortarle una rama. Pero por mucho que se esforzaron no fueron capaces, ya que a cada intento las ramas y los frutos se escapaban de sus manos.

—Es muy extraño —dijo entonces el caballero— que este árbol os pertenezca, puesto que no tenéis el poder de cortar ninguna cosa de él.

Ellas insistieron en que el árbol era de su propiedad, pero mientras así hablaban, Dosojitos, que estaba enojada porque sus hermanas no habían dicho la verdad, hizo rodar unas manzanas de oro por debajo del barril, de modo que éstas llegaron a los pies del caballero. Sorprendido al verlas, el caballero preguntó de dónde venían. Unojito y Tresojitos respondieron que tenían otra hermana que no debía dejarse ver, puesto que sólo tenía

dos ojos, como el común de la gente. Pero el caballero, exigiendo verla, llamó:

—¡Dosojitos, sal de ahí!

Entonces, llena de confianza, Dosojitos salió por debajo del barril y el caballero, asombrado por su gran belleza, le dijo:

—Sin duda, tú, Dosojitos, podrás cortarme una rama del árbol.

—Sí —respondió Dosojitos—, bien puedo hacerlo puesto que el árbol me pertenece.

Y subiendo al árbol, sin esfuerzo alguno cortó una rama de finas hojas de plata y llena de frutos de oro que entregó al caballero.

—Dosojitos —dijo el caballero—, ¿qué quieres que te dé a cambio de esto?

—¡Ay! —respondió Dosojitos—. Sufro hambre y sed, padezco aflicciones y miserias desde el alba hasta entrada la noche. Si queréis llevarme con vos, salvándome de esto, seré feliz.

Entonces el caballero montó a Dosojitos en su caballo y la condujo al castillo de su padre. Allí le regaló bellos vestidos, le dejó comer y beber a su gusto y, puesto que tanto la quería, se casó con ella y la boda fue celebrada con gran alegría.

Las dos hermanas, viendo que Dosojitos partía así con el apuesto caballero, envidiaron su suerte más que nunca. «Todavía nos queda el árbol maravilloso —pensaron—; y aunque no podamos cortar sus frutos, todos vendrán, se detendrán delante de él y se dirigirán a nosotras para elogiarlo. ¡Quién sabe lo que nos depara el destino! Pero a la mañana siguiente, el árbol había desaparecido y con él se esfumaron sus esperanzas; en cambio, cuando Dosojitos miró por la ventana de su aposento vio con gran alegría que la había seguido y que estaba plantado delante de ella.

Dosojitos vivió feliz por mucho tiempo. Una vez, dos pobres mujeres llamaron al castillo pidiendo limosna.

Dosojitos miró sus caras y entonces reconoció a sus hermanas, Unojito y Tresojitos, las cuales, habiendo llegado a un grado extremo de pobreza, debían ir pidiendo su pan de puerta en puerta. Dosojitos les dio la bienvenida, las atendió bien y las cuidó, de modo que ambas se arrepintieron de todo corazón del mal que habían causado a su hermana en su juventud.

Los zapatos rotos de tanto bailar

Érase una vez un rey que tenía doce hijas, a cual más hermosa. Dormían juntas en una misma alcoba y sus camas estaban puestas en hilera; por la noche, una vez acostadas las doce, el rey cerraba la puerta con llave. Sin embargo, cuando por las mañanas venía a abrir, veía que sus zapatos estaban rotos de tanto haber bailado y nadie era capaz de explicar cómo tal cosa sucedía. Entonces, el rey hizo saber que quien lograra averiguar dónde se pasaban la noche bailando podría escoger a una de ellas por esposa y heredar el reino después de su muerte; no obstante, el que se comprometiera a esto y después de tres días y tres noches no consiguiera descubrirlo, perdería su vida. No mucho después se presentó un príncipe, ofreciéndose para llevar a cabo la arriesgada tarea. Fue bien acogido y por la noche lo condujeron a una habitación contigua al dormitorio de ellas. Allí estaba preparado su lecho y desde allí debía averiguar adónde iban a bailar; y a fin de que ellas no pudieran hacer nada a escondidas ni tampoco salir por otro lugar, se dejó abierta la puerta de su habitación. Pero al príncipe pronto le pesaron los párpados como plomo y se durmió. A la mañana siguiente, al despertar, se supo que las doce habían ido al baile: ahí estaban sus zapatos con agujeros en las suelas. La segunda y la tercera noche las cosas no sucedieron de modo distinto y entonces, sin clemencia, le fue cortada la cabeza al príncipe. Después vinieron muchos otros que se comprometieron en la empresa, pero todos lo pagaron con sus vidas.

Ahora bien, sucedió que un pobre soldado que estaba herido y ya no podía servir, hallándose en camino hacia la capital del reino se encontró con una anciana que le preguntó adónde iba.

—Yo mismo no lo sé exactamente —respondió él, y añadió bromeando—: Pero me gustaría descubrir dónde rompen las princesas sus zapatos bailando, para llegar a ser rey algún día.

—Eso no es tan difícil —contestó la vieja—, no deberás beber el vino que te servirán por la noche, pero tendrás que simular que duermes profundamente.

Después, le dio un pequeño abrigo y añadió:

—Cuando te lo pongas te volverás invisible y así podrás seguir a las doce princesas.

No bien hubo recibido este buen consejo, el soldado cobró ánimos y se presentó ante el rey como pretendiente. Fue recibido tan bien como los anteriores y vestido con indumentarias reales. A la hora de acostarse fue conducido a la habitación contigua al dormitorio y, cuando iba a meterse en la cama, vino la mayor de las princesas para servirle una copa de vino. Pero como él se había atado una esponja por debajo de la barbilla, dejó correr el vino hacia ella y no probó una sola gota. Entonces, se tendió en la cama y a los pocos momentos simuló roncar, como sumido en un profundo sueño. No bien oyeron esto las doce princesas, se rieron y la mayor dijo:

—Éste bien podría haberse ahorrado la vida.

Tras lo cual se levantaron, abrieron armarios y cajones, sacaron preciosos vestidos, se arreglaron delante de los espejos, corriendo de un lado a otro, dichosas de poder ir al baile. Únicamente la menor dijo:

—No sé qué me pasa; vosotras estáis tan alegres y, sin embargo, yo me siento rara; seguro que va a ocurrirnos una desdicha.

—Tú eres una gallinita que siempre tiene miedo —respondió la mayor—. ¿Has olvidado ya cuántos príncipes han venido en vano? El soldado ni siquiera necesitaba el somnífero; nada habría despertado a semejante bruto.

Cuando todas estuvieron listas, primero echaron una mirada al soldado, pero como éste tenía los ojos cerrados y no se movía en lo más mínimo, pensaron que podían considerarse completamente seguras. Entonces, la mayor fue hasta su propia cama y golpeó sobre ella; de inmediato la cama se deslizó bajo el piso y una por una, precedidas por la mayor, bajaron por la abertura. Habiendo visto todo esto, el soldado no aguardó más y, echándose el abrigo sobre los hombros, bajó por el mismo camino, detrás de la menor de las princesas. En la mitad de la escalera le pisó ligeramente el vestido y ella, asustada, exclamó:

—¿Qué es esto? ¿Quién me sujeta por el vestido?

—No seas boba —dijo la mayor—; debe haberse prendido en un gancho.

Una vez abajo, se hallaron en medio de una maravillosa alameda, cuyo follaje era de resplandeciente plata. El soldado pensó: «Me llevaré un recuerdo» y arrancó una rama, pero al hacerlo el árbol crujió ruidosamente y de nuevo la menor protestó:

—Algo ocurre. ¿Habéis oído el ruido?

—Son salvas de alegría —respondió la mayor—, porque pronto habremos desencantado a nuestros príncipes.

Enseguida, llegaron a otra alameda, cuyas hojas eran todas de oro y, finalmente, a una tercera, donde eran de diamante puro. El soldado cortó una rama en cada una de ellas, cuyos crujidos cada vez hicieron estremecerse a la menor de las princesas, pero la mayor insistió en que se trataban de salvas de alegría. Siguieron, pues, su camino y llegaron a un gran lago donde había doce barquitos que estaban esperando a las doce hermanas; dentro de cada uno había un príncipe que acogió a la suya. El soldado se instaló en el barquito de la menor y el príncipe dijo:

—No sé qué pasa; el barco está hoy mucho más pesado y necesito remar con todas mis fuerzas para poder avanzar.

—¿A qué podría deberse —dijo la menor— sino al tiempo caluroso? Yo también me siento muy acalorada.

Al otro lado del lago se erguía un bello palacio profusamente iluminado, del cual llegaba una alegre música de tambores y trompetas. Remaron pues hacia él, entraron y cada príncipe bailó con su preferida. El soldado,

invisible, también bailaba con ellos, y cuando alguien sostenía una copa llena de vino, él lo bebía, de modo que ésta llegaba vacía a labios de su propietario. Esto también hizo que la menor sintiera miedo, pero la mayor siempre la hacía callar. Así estuvieron bailando hasta las tres de la madrugada, cuando todos los zapatos se destrozaron y tuvieron que terminar. Los príncipes las condujeron de nuevo a través del lago y esta vez el soldado se instaló en el primer barquito, junto con la hermana mayor. En la orilla ellas se despidieron de sus príncipes, prometiéndoles que regresarían de nuevo a la noche siguiente y, una vez que llegaron a la escalera, el soldado subió primero y se acostó, de modo que cuando las doce hermanas, tras subir lentamente a causa de la fatiga, hicieron su aparición, él estaba roncando de nuevo, para que todas lo pudieran oír. Así que dijeron:

—Con uno como éste estamos seguras.

Entonces, se quitaron los hermosos vestidos y los guardaron y, poniendo los zapatos rotos debajo de sus camas se acostaron. A la mañana siguiente, el soldado no quiso decir nada, pues deseaba presenciar de nuevo las extrañas andanzas y así las acompañó también la segunda y la tercera noche. Todo sucedió como la primera vez y ellas bailaron hasta que se les rompieron los zapatos.

La tercera vez él se llevó una copa como recuerdo y, cuando llegó el momento en que debía dar su respuesta, metió en sus bolsillos las tres ramas y la copa y se presentó ante el rey. Pero las doce hermanas se situaron detrás de la puerta para oír lo que iba a decir.

—¿Dónde han roto mis doce hijas sus zapatos de tanto bailar durante la noche? —preguntó el rey.

—En un palacio subterráneo, con doce príncipes —respondió él, y contando cómo había sucedido todo, exhibió las pruebas que había traído.

Entonces, el rey hizo llamar a sus hijas y les preguntó si el soldado había dicho la verdad, y como ellas se vieron delatadas y consideraron que mentir no tenía sentido, tuvieron que confesarlo todo. Por lo tanto, el rey preguntó al soldado a cuál de ellas quería por esposa. Él respondió:

—Puesto que ya no soy muy joven, dadme la mayor.

El mismo día se celebró la boda y le fue prometido el reino para después de la muerte del rey. En cuanto a los príncipes, su maldición fue prolongada por tantos días como noches habían bailado con las doce hermanas.

La remolacha

Había una vez dos hermanos que servían como soldados; uno de ellos era rico, el otro pobre. El que era pobre, queriendo salir de su condición, abandonó el uniforme y se hizo campesino, removió su pedacito de tierra con la azada y sembró remolachas. Las semillas germinaron y entre ellas creció una remolacha grande y robusta que luego siguió aumentando de tamaño ante sus propios ojos, sin que pareciera dispuesta a concluir su crecimiento, por lo cual bien podía llamársela la duquesa de las remolachas. Jamás se había visto una semejante, y sin duda jamás volvería nadie a verla. Al final, llegó a ser tan grande que habría llenado por sí sola una carreta, y habrían sido necesarios un par de bueyes para arrastrarla. Pero el campesino no sabía qué hacer con ella, ni tampoco si la tenía para su dicha o para su desdicha. Por último pensó: «sí la vendo, no recibiré gran cosa por ella, y si la como no me será de más provecho que las remolachas pequeñas; lo mejor será que se la lleve al rey y se la presente como una ofrenda».

Así que la cargó sobre una carreta, puso delante de ella un par de bueyes y la llevó a la corte como regalo para el rey.

—¿Qué singular cosa es ésta? —preguntó el rey—. He visto cosas muy asombrosas en mi vida, pero nunca un monstruo semejante. ¿De qué semilla

puede haber crecido? ¿O acaso eres un hombre prodigio y únicamente tú sabes producir tal cosa?

—No, no —contestó el campesino—, no soy ningún hombre prodigio; no soy más que un pobre soldado, que cuando ya no tenía de qué comer colgó el uniforme y trabajó su tierra. Tengo un hermano que es rico y bien conocido de vos, Majestad; pero yo, puesto que nada tengo, vivo olvidado de todo el mundo.

Entonces el rey, sintiendo por él compasión, dijo:

—Serás salvado de la pobreza; te dotaré de tal modo que podrás equipararte en riquezas a tu hermano.

Y le regaló un montón de oro, tierras, pastos y ganado, enriqueciéndolo de tal modo que la fortuna de su hermano ya no podía compararse con la suya. Cuando aquél supo lo que su hermano había obtenido con una sola remolacha, sintió envidia y se rompió la cabeza pensando qué podría hacer para conseguir también una dicha semejante. Así pues, con la intención de lograrlo mucho más hábilmente, reunió oro y caballos y se los ofreció al rey, creyendo nada menos que a cambio de ello éste le haría un regalo mucho más grande. Puesto que su hermano había recibido tanto por una remolacha, ¿qué no cosecharía él de tan hermosas cosas? Pero, tras recibir los regalos, el rey le dijo que no se le ocurría que existiera nada más especial ni mejor para retribuirle que la gran remolacha. De modo que el rico tuvo que cargar la remolacha de su hermano en una carreta y hacerla conducir a su casa. Una vez allí, como no hallara en quién desahogar su ira y enojo, lo asaltaron malos pensamientos y decidió matar a su hermano. Para ello pagó a unos asesinos, a fin de que le tendieran una emboscada, y enseguida fue a visitar a su hermano y le dijo:

—Querido hermano, sé de un tesoro escondido que podemos desenterrar juntos y repartírnoslo.

El otro estuvo de acuerdo y lo acompañó sin recelos, pero cuando llegaron a las afueras los asesinos cayeron sobre él y se dispusieron a colgarlo de un árbol.

Cuando iban a hacerlo, se oyeron a lo lejos voces y cascos de un caballo, y atemorizados metieron a su prisionero en un saco y, colgándolo de una rama, emprendieron la fuga. Pero una vez arriba, él puso manos a la obra hasta conseguir abrir en el saco un agujero por donde pudiera sacar la cabeza.

El que venía por el camino no era otro que un estudiante vagabundo que cabalgaba cantando alegremente a través del bosque. Cuando el de arriba se dio cuenta de que alguien pasaba por debajo de él, gritó:

—¡Enhorabuena, te saludo!

El estudiante miró por todas partes, sin percatarse de dónde venía la voz.

—¿Quién me llama?—preguntó finalmente.

Desde la cumbre, él respondió:

—Levanta tus ojos; estoy sentado aquí arriba dentro del saco de la sabiduría. En muy poco tiempo he aprendido grandes cosas, frente a las cuales todas las escuelas no valen un comino. Dentro de un instante habré concluido mi aprendizaje; entonces bajaré y seré el más sabio de todos los hombres. Sé leer en las estrellas y en los signos del zodíaco, conozco las idas y venidas de todos los vientos y cada grano de arena del mar; sé curar las enfermedades y domino el poder de las hierbas, de los pájaros y de las piedras. Si pudieras estar aquí dentro, sentirías qué magnificencia emana del saco de la sabiduría.

Al oír esto, el estudiante quedó maravillado y dijo:

—¡Bendita sea la hora en que te he encontrado! ¿No podría yo también meterme un poquito dentro del saco?

Como si no le hiciera gracia, el de arriba contestó:

—Te dejaría entrar un ratito, por gentileza, pero tendrás que esperar todavía una hora, pues me queda una lección por aprender.

Después de haber esperado por un momento, el tiempo se le hizo demasiado largo al estudiante y le rogó que lo dejara entrar, pues su sed de sabiduría era extremadamente grande. Entonces, fingiendo resignación, el de arriba dijo:

—Para que yo pueda salir de la casa de la sabiduría, tienes que hacer descender el saco mediante esa cuerda; así entrarás tú.

Así fue como el estudiante lo hizo bajar y desatando el saco lo liberó.

—¡Subidme a mí ahora, rápido! —pidió entonces, y quiso introducir sus pies dentro del saco.

—¡Espera! —exclamó el otro—. ¡Así no!

Y cogiéndolo, lo metió de cabeza dentro del saco. Luego ató los bordes y mediante la cuerda izó al discípulo de la sabiduría. Por último, meciéndolo en el aire, dijo:

—¿Cómo estás, mi querido discípulo? ¿Ves?, ya notas cómo llega a ti la sabiduría. Aprovecha la experiencia y quédate bien tranquilo, hasta que aumente tu inteligencia.

Diciendo esto, montó en el caballo del estudiante y se fue; sin embargo, al cabo de una hora envió a alguien para que lo descendiera.

Nieveblanca y Rosarroja

Había una pobre viuda que vivía aislada en una cabaña, delante de la cual había un jardín en el que crecían dos rosales, y uno de ellos producía rosas blancas en tanto que el otro las producía rojas. La viuda tenía dos hijas que eran semejantes a los rosales: una se llamaba Nieveblanca y la otra Rosarroja. Eran tan buenas y piadosas, tan laboriosas y perseverantes como

jamás ha habido en el mundo dos niñas semejantes, sólo que Nieveblanca era más silenciosa y apacible que Rosarroja, pues a ésta le gustaba correr por los campos y prados de los alrededores buscando flores y atrapando pajarillos. Nieveblanca prefería quedarse en casa con la madre, ayudándola en el hogar o leyéndole algo cuando no había otra cosa que hacer. Tanto se querían las dos niñas entre sí que siempre que salían juntas iban cogidas de la mano, y cuando Nieveblanca decía: «Nunca nos separaremos», Rosarroja respondía: «No mientras vivamos.»

Y la madre añadía:

—Lo que tenga una deberá repartirlo con la otra.

A menudo iban solas al bosque a buscar fresas, y sin embargo ningún animal las atacaba; por el contrario, acudían confiadamente a ellas: la liebre comía hojas de col de sus manos, la cierva pastaba a su lado, el ciervo pasaba saltando alegremente cerca de ellas, y los pájaros se quedaban posados en las ramas cantando todo su repertorio. Ningún accidente las alcanzaba; cuando se retrasaban en el bosque y las sorprendía la noche, se acostaban sobre el musgo una al lado de la otra y dormían hasta el amanecer, y como la madre lo sabía no se preocupaba.

Una vez, tras haber pernoctado en el bosque, al ser despertadas por la aurora vieron a un hermoso niño vestido con una resplandeciente túnica blanca sentado cerca de su lecho. Se puso de pie y, sin decir una palabra, se alejó bosque adentro. Cuando ellas miraron a su alrededor se dieron cuenta de que habían dormido muy cerca de un abismo y de que seguramente habrían caído en él si hubieran dado unos pocos pasos más en la oscuridad. La madre les dijo después que aquél debía de haber sido el ángel que custodia a los niños buenos.

Nieveblanca y Rosarroja mantenían tan limpia la cabaña de su madre que daba gusto mirar en su interior. Durante el verano, Rosarroja se encargaba del cuidado de la casa y, cada mañana, antes de que la madre se despertara, ponía junto a su cama un ramo de flores con una rosa de cada rosal. Durante el invierno, Nieveblanca encendía el fuego y colgaba la olla sobre las llamas, y aunque ésta era de latón, de puro limpia brillaba como el oro. Por la noche, cuando caían los copos, la madre decía:

—Nieveblanca, ve a echar el cerrojo.

Después se sentaban junto al hogar y la madre, cogiendo sus gafas, les leía algo de un gran libro, mientras las niñas hilaban. A su lado había un corderito y detrás, parado en una percha, había una palomita con la cabeza metida debajo del ala.

Una noche, estando así tan íntimamente reunidas, alguien golpeó la puerta, como pidiendo que lo dejaran entrar.

—¡Rápido, Rosarroja! —indicó la madre—. Abre, pues debe ser un caminante que busca refugio.

Rosarroja acudió y, pensando que sería algún pobre vagabundo, retiró el cerrojo; pero no era tal: era un oso que metió su gran cabeza negra por la puerta. Dando un fuerte grito, Rosarroja retrocedió de un salto; el corderito baló, la palomita empezó a aletear y Nieveblanca fue a esconderse detrás de la cama de la madre. El oso, por su parte, rompió a hablar y dijo:

—No temáis, pues no os haré ningún daño; es que estoy medio congelado y sólo quiero calentarme un poco en vuestra casa.

—Pobre oso —dijo la madre—, échate cerca del fuego, pero presta atención, no vaya a quemársete la piel. —Después llamó—: Nieveblanca, Rosarroja, venid, pues el oso no os hará ningún daño; sus intenciones son buenas.

Entonces se acercaron las dos y paso a paso también se aproximaron el corderito y la palomita, que ya no tenían miedo de él. El oso dijo:

—Niñas, sacudidme un poco la nieve del pelaje.

Ellas cogieron la escoba y le barrieron la piel hasta dejársela limpia; entonces él se tendió al lado del fuego y rugió contento al notar tanta comodidad. Al poco rato, tomando confianza, ellas empezaron a hacer travesuras con el torpe huésped: le desgreñaron el pelo, pusieron los pies sobre su espalda y le restregaron la piel, e incluso lo golpearon suavemente con una rama de avellano, y cuando él rugía se echaban a reír. El oso se entregaba a todo eso con sumo placer y sólo cuando se les iba la mano gritaba:

—¡No me quitéis la vida, niñas!

—Nieveblanca, Rosarroja, sed prudentes
que estáis matando al pretendiente.

Cuando llegó la hora de acostarse y ellas se fueron a la cama, la madre dijo al oso:

—Con la bendición de Dios, puedes quedarte echado al lado del hogar; así estarás protegido del frío y del mal tiempo.

Apenas despuntó el día, las niñas lo dejaron salir y él partió hacia el bosque a través de la nieve. Desde entonces, el oso venía cada noche a la misma hora, se instalaba al lado del hogar y dejaba que las niñas se divirtieran a costa suya todo lo que quisieran. Tanto se acostumbraron a él que no echaban el cerrojo a la puerta hasta que el negro camarada no hubiera llegado.

Cuando vino la primavera y fuera todo se hizo verde, una mañana el oso dijo a Nieveblanca:

—Ahora debo partir y durante todo el verano no podré volver.

—¿Adónde vas, querido oso? —preguntó Nieveblanca.

—Debo ir al bosque, a fin de proteger mis tesoros de los malvados enanos. Durante el invierno, cuando la tierra está endurecida por el frío, tienen que quedarse debajo, pues no pueden abrirse paso; pero ahora, cuando el sol derrite el hielo y calienta la tierra, cavan y suben para escudriñar y robar. Cuando algo cae en sus manos y va a parar a sus cuevas, no vuelve fácilmente a ver la luz del día.

Nieveblanca estaba muy triste por la despedida y al abrirle la puerta, cuando el oso se encogió para pasar por ella, la piel de la fiera se prendió en un gancho y un pedazo de ella se desgarró; entonces a Nieveblanca le pareció ver un resplandor de oro a través del desgarro. Pero no estaba cierta de tal cosa, y el oso se alejó rápidamente y pronto desapareció entre los árboles.

Tiempo después, la madre mandó a las niñas al bosque para que recogieran leña; ellas hallaron un gran árbol que yacía por tierra y vieron que cerca de su tronco algo saltaba entre las hierbas, pero no pudieron distinguir qué era. Al acercarse se dieron cuenta de que se trataba de un enano que tenía una cara vieja y arrugada y una larguísima barba, blanca como la nieve. La punta de su barba había quedado apresada en la grieta del árbol y el pequeño saltaba de un lado al otro como un perrillo tirando de la cuerda, sin saber cómo salir del apuro. Fijando sus ojos ardientes y rojos en las niñas, gritó:

—¿Qué hacéis ahí paradas? ¿No podéis venir a socorrerme?

—¿Qué has hecho, hombrecito? —preguntó Rosarroja.

—¡Gansa tonta y curiosa!—respondió el enano—. Quería partir el árbol, a fin de tener leña menuda en la cocina. Con los troncos gruesos, más bien se quema la exigua comida que necesitamos, pues no tragamos tanto como vosotros, gente bruta y voraz. Ya había conseguido meter felizmente la cuña y todo iba a pedir de boca, pero como la maldita madera era demasiado resbaladiza, la cuña saltó sin que me diera cuenta y la abertura se cerró tan rápidamente que no logré retirar mi hermosa barba blanca; ahí ha quedado cogida y yo no puedo largarme. ¡De esto se ríen estas insulsas bobas, las muy necias! ¡Uf, qué horribles sois!

Las niñas hicieron toda clase de esfuerzos, pero no consiguieron desprender la barba, ya que estaba demasiado apretada.

—Iré corriendo en busca de gente —dijo Rosarroja.

—¡Cabezas de alcornoques, locas! —exclamó el enano—. ¿Quién va a ir en busca de gente? ¡Vosotras dos ya sois demasiada gente! ¿Es que no se os ocurre nada mejor?

—No te impacientes —dijo Nieveblanca—; al instante se me ocurrirá algo.

Y sacando sus tijeritas del bolso, cortó la punta de la barba. Tan pronto como se sintió libre, el enano agarró un saco lleno de oro que estaba metido entre las raíces del árbol y tirando de él hacia sí, refunfuñó:

—Gente bruta, ¡cortar un pedazo de mi soberbia barba...! ¡Que el diablo os pague!

Diciendo esto, se echó el saco a la espalda y sin decir una palabra más a las niñas, se marchó.

Algún tiempo después, Nieveblanca y Rosarroja fueron a pescar y, una vez cerca del riachuelo, vieron algo semejante a un enorme saltamontes que brincaba hacia el agua, como si quisiera precipitarse en ella. Corrieron hacia él y reconocieron al enano.

—¿Adónde vas? —le preguntó Rosarroja—. ¿No querrás saltar al agua?

—¡Tan idiota no soy! —gritó el enano—. ¿Es que no os dais cuenta? ¡El maldito pez quiere arrastrarme adentro!

El hombrecillo se había instalado allí para pescar, pero, infortunadamente, el viento había enredado su barba con el sedal; pronto un gran pez mordió el anzuelo, pero, como a la pobre criatura le faltaron las fuerzas para tirar de él, fue el pez el que, aventajándolo, empezó a tirar del enano hacia el agua, y por más que éste se agarraba a hierbas y juncos, no le servía de mucho; tenía que seguir los tirones del pez y estaba en constante peligro de ir a parar al agua. Las niñas llegaron, pues, en el momento justo: sujetaron firmemente al enano y trataron de desenredar la barba del sedal, pero esto último fue en vano, pues barba y sedal estaban fuertemente entrelazados. No quedaba otra solución que sacar las tijeritas y cortar la barba, con lo cual se perdió una pequeña porción de ella. Viendo esto, el enano les gritó:

—¡Qué maneras son éstas, palurdas, de desfigurarle a uno la cara! ¿No os bastaba con haberme cortado la punta de la barba? Ahora me habéis quitado la mejor parte de ella, y no me atreveré a presentarme delante de los míos. ¡Deberían haceros correr descalzas!

Entonces recogió un saco de perlas que había entre las cañas y, sin decir una palabra más, se lo llevó arrastrando y desapareció detrás de una piedra.

Sucedió que, poco después, la madre mandó a las dos niñas a la aldea para que compraran hilo, agujas, cordel y cintas. El camino las llevó por un páramo donde había unas enormes rocas esparcidas por aquí y por allá. De pronto, vieron un gran pajarraco que planeaba en el aire, describiendo lentos círculos sobre sus cabezas; el pájaro descendió cada vez más hasta que finalmente se lanzó en picado, no lejos de una de las rocas. Enseguida,

oyeron un grito penetrante y quejumbroso y, al acudir, vieron con susto que el águila había atrapado a su viejo conocido, el enano, al que quería llevarse. Sin tardanza, las compasivas niñas sujetaron firmemente al hombrecillo y tiraron de él sin descanso hasta que el águila soltó su presa. Tan pronto como el enano se hubo recuperado del susto, gritó con su voz ronca:

—¿Es que no podíais haberme tratado con más cuidado? Habéis tirado de tal modo de mi fina chaqueta que toda ella está desgarrada y llena de agujeros. ¡Sois una chusma bruta y torpe!

Tras lo cual cogió un saco con piedras preciosas y volvió a meterse en su agujero, debajo de una de las rocas. Y como las niñas ya se habían acostumbrado a su ingratitud, prosiguieron su camino y cumplieron sus encargos en la aldea. Al regreso, cuando pasaron nuevamente por el páramo, sorprendieron al enano, que pensando que nadie andaría por allí tan tarde, había vaciado su saco de piedras preciosas en un lugar despejado del suelo. El sol de la tarde iluminó entonces las gemas e hizo destellar tan suntuosamente sus colores, que las niñas se detuvieron a contemplarlas.

—¡Qué hacéis paradas ahí, papando moscas! —gritó el enano, y su cara gris como la ceniza se puso escarlata de ira.

Quería seguir profiriendo sus insultos, cuando se oyó un fuerte rugido y un oso negro salió del bosque y se acercó trotando. Aterrorizado, el enano se puso de pie de un salto, pero no logró llegar a su escondrijo, pues el oso ya estaba a su lado. Entonces, despavorido, gritó:

—¡Querido señor oso, tened clemencia! Os daré todos mis tesoros, ¡mirad las bellas piedras preciosas que tengo aquí! ¡Perdonadme la vida! ¿Qué provecho obtendréis de un pobre diablo menudo y famélico como yo? Ni siquiera me notaréis entre los dientes. Agarrad en cambio a ese par de niñas impías, serán para vos tiernos bocados. ¡Devoradlas, en nombre de Dios, pues están gorditas como unas codornices!

Sin hacer caso a sus palabras, el oso dio un solo zarpazo a la malévola criatura, que ya no se movió más.

Las niñas habían huido lejos, pero el oso las llamó:

—¡Nieveblanca y Rosarroja! ¡No temáis nada! Esperadme, que iré con vosotras.

Entonces, ellas reconocieron su voz y se detuvieron, y tan pronto como el oso las hubo alcanzado se le cayó la piel y quedó convertido en un apuesto joven vestido enteramente de oro.

—Soy el hijo de un rey —dijo—, y estaba encantado por el impío enano, que se había apoderado de mis tesoros y me había transformado en un oso salvaje que debía vagar por el bosque hasta el día de la muerte de él, pues entonces quedaría libre. Ahora, él ha recibido su merecido castigo.

Así fue como Nieveblanca se casó con él y Rosarroja lo hizo con su hermano, y después repartieron entre ellos los grandes tesoros que el enano había acumulado en su cueva. La madre vivió junto a sus hijas largos años, serena y dichosamente, no sin llevarse consigo ambos rosales, que cada año daban las más hermosas rosas, blancas y roja.

La ondina

Érase una vez un molinero que, junto a su mujer, llevaba una vida dichosa. Poseían dinero y bienes y su prosperidad aumentaba de año en año. Pero el infortunio viene de la noche a la mañana, pues así como antes su riqueza había aumentado, ahora disminuía de año en año, hasta que al final el molinero apenas pudo considerar como propio el molino en que vivía. Hallábase, pues, atribulado y cuando se acostaba tras el trabajo cotidiano, no conseguía hallar reposo; por el contrario, daba vueltas en la cama, agobiado por sus preocupaciones. Una mañana, se levantó antes del alba y salió al aire libre, pensando que ello aliviaría su corazón. Cuando pasaba junto al dique del molino y apareció el primer rayo de sol, oyó un rumor que provenía del estanque. Volvióse y vio a una bella mujer que emergía lentamente del agua. Sus largos cabellos, que apartaba con sus finas manos sobre los hombros, caían por ambos lados de su blanco cuerpo, cubriéndolo. El reconoció al instante que era la ondina del lago, pero, de puro temor, no supo si debía irse o permanecer cerca de ella. Entonces, la ondina, dejando oír su voz suave, lo llamó por su nombre y le preguntó por qué estaba tan triste. Al comienzo, el molinero se quedó mudo, pero al oírla hablar tan afablemente cobró ánimos y le contó que antes había

tenido dicha y riquezas, pero que ahora era tan pobre que ni siquiera sabía qué camino seguir.

—Tranquilízate —le dijo la ondina—, pues te haré tan rico y dichoso como nunca lo has sido hasta ahora; sólo tienes que prometerme que me darás aquello que acaba de nacer en tu casa.

«¿Qué otra cosa puede ser sino un cachorro de la perra o algún gato?», pensó el molinero, y consintió en lo que ella exigía. La ondina volvió a sumergirse en el agua y el molinero volvió a su molino a toda prisa, aliviado y de buen humor. Aún no había llegado cuando la criada se asomó a la puerta y exhortándolo a que se alegrara, le anunció que su mujer había dado a luz a un niño. El molinero se quedó como herido por un rayo, dándose cuenta de que la ondina ya lo sabía antes y, por tanto, lo había engañado. Cabizbajo, se acercó a la cama de su mujer.

—¿Por qué no te alegras al ver a este hermoso niño? —le preguntó ésta.

Entonces, él le contó lo que le había sucedido y la promesa que había hecho a la ondina.

—¿De qué me sirven dicha y riqueza —añadió—, si debo perder a mi hijo? Pero ¿qué puedo hacer?

Las familias que acudieron a felicitarlos tampoco supieron qué aconsejar.

Entretanto, la fortuna volvió a casa del molinero; todo lo que emprendía tenía éxito y era como si los cofres y baúles se llenaran por sí solos y el dinero creciera en el armario de la noche a la mañana. Al poco tiempo, su riqueza llegó a ser mayor que la de antes, pero él no lograba gozar tranquilamente de ella, ya que la promesa que había hecho a la ondina atormentaba su corazón. Cada vez que pasaba junto al estanque, temía que ella surgiera y le recordara su deber, y en cuanto al niño, no dejaba que se aproximara al agua.

—Ten cuidado— le decía—, pues si tocas el agua saldrá de ella una mano que te cogerá y te tirará hacia abajo.

Pero como transcurrió un año tras otro sin que la ondina volviera a mostrarse, el molinero comenzó a sentirse más tranquilo.

El niño llegó a la adolescencia y se hizo aprendiz de un cazador. Al término de su aprendizaje y puesto que se había convertido en un cazador muy diestro, el señor de la aldea lo tomó a su servicio. Vivía en la aldea una doncella hermosa y leal que gustó al cazador y, como el señor se diera cuenta de ello, le regaló una casita. Entonces, ellos contrajeron matrimonio y vivieron dichosa y apaciblemente, pues se amaban de todo corazón.

Una vez, el cazador perseguía a una cierva y cuando el animal hubo salido del bosque siguió tras él hasta que finalmente lo mató de un tiro. Sin darse cuenta de que se hallaba en las cercanías del peligroso estanque, después de destripar al animal fue hasta el agua para lavarse las manos ensangrentadas. Apenas las había sumergido cuando surgió la ondina y, riendo y estrechándolo con sus brazos mojados, lo arrastró consigo tan rápido que las olas se cerraron al instante sobre su cabeza.

Al caer la noche, como el cazador no volviera a casa, su esposa se atemorizó. Salió a buscarle y, puesto que a menudo él le había contado que debía guardarse de la acechanza de la ondina y que, por lo tanto, no debía aproximarse al estanque, no tardó en presentir lo que había ocurrido. Fue corriendo hasta el agua y, al encontrar su morral abandonado en la orilla, ya no tuvo más dudas sobre la desgracia. Gimiendo y retorciéndose las manos, llamó a su amado por su nombre, pero fue en vano; corrió al otro lado del estanque y lo llamó de nuevo, profirió duras palabras contra la ondina, pero no hubo ninguna respuesta. La superficie del agua estaba quieta y sólo la media cara de la luna la miró imperturbable desde abajo.

La pobre mujer no se apartó del lago; recorrió sus bordes con pasos rápidos y sin descanso, una y otra vez, a veces en silencio, a veces lanzando fuertes gritos, y otras veces gimiendo quedamente. Por último, sus fuerzas la abandonaron, cayó al suelo y se durmió profundamente. Poco después tuvo un sueño.

Presa de pánico, iba subiendo entre grandes peñascos; zarzas y sarmientos se enredaban a sus pies, la lluvia le golpeaba la cara y el viento agitaba sus largos cabellos. Al llegar a la cumbre, vio un panorama muy distinto: el cielo era azul, el aire tibio y el terreno descendía en suave pendiente; en medio de un verde prado, entre flores multicolores, había una pulcra cabaña. Se dirigió hacia ella y abrió la puerta, y entonces vio sentada allí a una anciana de blancos cabellos que le hacía señales amistosas. En ese momento la pobre mujer despertó.

El día ya había despuntado y de inmediato ella decidió cumplir lo soñado. Subió penosamente por el monte y halló cada cosa tal como las había visto durante la noche. La vieja la acogió amistosamente y, mostrándole una silla, la invitó a sentarse.

—Ha debido ocurrirte alguna desdicha —le dijo— para que acudas a mi solitaria cabaña.

Deshecha en lágrimas, la mujer le contó lo que le había sucedido.

—Consuélate —dijo la anciana—, porque voy a ayudarte. Aquí tienes un peine de oro; espera hasta que sea luna llena y entonces ve hasta el lago, siéntate a su orilla y peina con él tus largos cabellos negros. Cuando hayas terminado, deja el peine en la orilla y verás lo que pasa.

La mujer regresó, pero aún faltaba tiempo para la luna llena y la espera se le hizo interminable. Por fin, apareció en el cielo el disco luminoso y entonces se encaminó al estanque; se sentó a la orilla y peinó sus largos cabellos negros con el peine de oro, y cuando hubo terminado lo dejó en el borde del agua. Poco después, se oyó un rumor desde el fondo y se levantó una ola que llegó hasta la orilla y se llevó el peine. Transcurrió justo el tiempo necesario para que el peine tocara el fondo, cuando se abrió la superficie del agua y emergió la cabeza del cazador. Nada dijo, pero dirigió a su esposa una triste mirada. En el mismo instante vino una segunda ola que cubrió la cabeza del hombre. Todo había desaparecido y el estanque volvió a quedar tan quieto como antes; sólo la cara de la luna brillaba sobre él.

Desconsolada, la mujer volvió a su casa y una vez más el sueño le mostró la cabaña de la anciana. A la mañana siguiente, se puso en camino por segunda vez y contó sus penas a la maga. La vieja le dio una flauta de oro y dijo:

—Espera hasta que vuelva a ser luna llena; ve entonces con la flauta, siéntate en la orilla del lago y toca alguna hermosa melodía; cuando hayas terminado, deja la flauta en la arena y verás lo que pasa.

La mujer hizo tal como la vieja le había dicho. No bien había dejado la flauta en la arena cuando se oyó un rumor desde el fondo y se levantó una ola que se acercó y se llevó la flauta consigo. Poco después, se abrieron las aguas y no solamente emergió la cabeza sino también el cuerpo del cazador, hasta la cintura. Lleno de anhelos, extendió sus brazos hacia ella, pero entonces vino una segunda ola rugiendo, lo cubrió y volvió a sumergirlo.

—¡Ay! ¿De qué me sirve ver a mi amado sólo para perderlo de nuevo? —dijo la desdichada mujer.

De nuevo la pena volvió a colmar su corazón, pero el sueño la condujo a la casa de la anciana por tercera vez. Se puso, pues, en camino y la maga, consolándola, le dio una rueca de oro y le dijo:

—Todavía no se ha cumplido todo lo necesario. Espera hasta que vuelva la luna llena, lleva entonces la rueca hasta la orilla del lago e hila hasta que el huso esté lleno; cuando termines deja la rueca cerca del agua y verás lo que pasa.

La mujer lo hizo todo exactamente así. Apenas la luna llena se hubo mostrado, fue con la rueca de oro hasta la orilla e hiló laboriosamente hasta que el huso estuvo lleno de hilo. Apenas había puesto la rueca en la orilla, cuando desde el fondo del agua se oyó un rumor aún más fuerte que los anteriores y una ola poderosa acudió con prisa y se la llevó. Enseguida, impulsada por un chorro, apareció la cabeza y después el cuerpo entero del hombre. Saltó prestamente del agua y, cogiendo a su mujer de la mano, echó a correr. Pero apenas se habían alejado un corto trecho cuando el estanque entero, con un bramido espantoso y con impetuosa violencia se levantó, inundando los campos adyacentes. Los fugitivos veían ya aproximarse la muerte, pero entonces, en su desesperación, la mujer invocó la ayuda de la maga y al instante se transformaron ambos: él en un sapo y ella en una rana. La marea, que ya los había alcanzado, no pudo matarlos, pero sí los separó, llevándoles muy lejos el uno del otro.

Una vez que las aguas refluyeron y ellos volvieron a pisar tierra firme, recuperaron sus figuras humanas; pero ninguno sabía dónde había quedado el otro y se hallaron entre gentes desconocidas que ignoraban su país. Altas montañas y profundos valles se interponían entre ellos y para ganarse la vida cada cual debió dedicarse a apacentar ovejas. Durante largos años condujeron sus rebaños a través de campos y bosques, siempre llenos de tristeza y de nostalgia.

Un día, cuando de nuevo la primavera había hecho florecer la tierra, salieron ambos con sus rebaños y quiso el azar que se encaminaran hacia el mismo lugar. Él vio a lo lejos, en la falda de una montaña; el otro rebaño y llevó sus ovejas hacia allí. Se encontraron en un valle, pero no se reconocieron; sin embargo, se alegraron de no hallarse ya tan solos. Desde entonces salían cada día juntos con sus rebaños; no hablaban mucho, pero se sentían consolados. Una noche, cuando la luna brillaba en el cielo y las ovejas reposaban ya, el pastor sacó una flauta de su bolsa y tocó una hermosa pero triste melodía. Al terminar, se dio cuenta de que la pastora lloraba amargamente.

—¿Por qué lloras? —le preguntó.

—¡Ay! —respondió ella—. Así brillaba la luna llena la última vez que toqué en la flauta esa hermosa melodía y la cabeza de mi amado asomó sobre el agua.

El la miró y fue entonces como si un velo cayera de sus ojos, pues reconoció a su amada esposa; y como ella también lo mirara, mientras la luna iluminaba su cara, también lo reconoció. Se abrazaron y besaron, y en cuanto a si fueron felices, nadie necesita preguntarlo.

La liebre y el puercoespín

Esta historia, muchachos, parece un cuento de mentira y, sin embargo, es verdadera, puesto que mi abuelo, por quien la conozco, cada vez que gustosamente me la contaba, solía decir:

—Tiene que ser cierta, hijo mío, porque de otra manera no podría ser contada.

Así fue como pasó la historia.

Era un domingo de otoño, justo cuando florecía el alforfón; el sol se había levantado y brillaba en el cielo, la brisa matinal soplaba cálidamente por encima de los rastrojos, las alondras cantaban en el aire, las abejas zumbaban entre el alforfón, y las gentes, endomingadas, iban a la iglesia; y todas las criaturas de la tierra estaban alegres, y también el puercoespín.

El puercoespín estaba parado delante de su puerta con los brazos cruzados, mirando hacia fuera y gozando de la brisa matinal, mientras tarareaba una cancioncilla tan bien o tan mal como un puercoespín puede hacerlo un buen domingo por la mañana. Cuando así se hallaba entonando en voz baja, se le ocurrió de pronto que, mientras su mujer lavaba y vestía a los niños, bien podía darse un paseo por el campo y mirar qué tal iban sus nabos. Los nabos eran las hortalizas que más próximas se hallaban de su casa y, como él y su familia solían comer de ellos, los consideraba como de su propiedad. Dicho y hecho. El puercoespín cerró tras de sí la puerta y se encaminó hacia el campo. Todavía no se había alejado suficientemente de su casa y estaba a punto de bordear el seto de endrinos que había delante del campo, cuando la liebre, que había salido con propósitos semejantes, es decir, para echar una mirada a sus coles, lo advirtió. Al verla venir, el puercoespín le dio amablemente los buenos días, pero la liebre, que era a su modo una dama distinguida y exageradamente arrogante, no le devolvió el saludo; por el contrario, adoptando una mueca de profundo sarcasmo, le dijo:

—¿Cómo es que andas por el campo, tan temprano por la mañana?

—Doy un paseo —respondió el puercoespín.

—¿Un paseo? —rió la liebre—. Me parece que podrías emplear tus piernas en mejores cosas.

Tal respuesta enojó enormemente al puercoespín, que toleraba cualquier cosa menos las observaciones sobre sus piernas, que de por sí eran torcidas.

—¿Acaso te crees —replicó el erizo— que las tuyas tienen más méritos?

—Eso es lo que pienso —afirmó la liebre.

—Habría que verlo —dijo el puercoespín—. Apuesto a que te gano en una carrera.

—¡Es para reírse! ¡Tú, con tus patas torcidas! —exclamó la liebre—. Pero, si es que tienes tantas ganas, por mi parte adelante. ¿Qué apostamos?

—Un Luis de oro y una botella de aguardiente —propuso el puercoespín.

—Aceptado —dijo la liebre—. Démonos la mano; ya podemos empezar.

—No, no hay tanta prisa —objetó el puercoespín—. Todavía estoy en ayunas y primero quisiera volver a casa y tomar algún bocado. En media hora estaré de vuelta en este mismo sitio.

Tras decir eso y puesto que la liebre estuvo de acuerdo, el puercoespín se fue. Mientras iba caminando, pensó: «La liebre confía en sus largas piernas, pero ya veré cómo ganarla. Es una distinguida dama, qué duda cabe, pero a la vez un poco tonta; ya me las pagará.»

Al volver a su casa, le dijo a su mujer:

—Mujer, vístete pronto, pues tienes que venir conmigo al campo.

—¿Qué es lo que pasa? —preguntó su esposa.

—He apostado con la liebre un Luis de oro y una botella de aguardiente; vamos a competir en una carrera y quiero que tú estés presente.

—¡Hombre de Dios! —empezó a gritar la esposa del puercoespín—. ¿Estás chiflado? ¿Es que has perdido todo el juicio? ¿Cómo se te ocurre competir en una carrera con la liebre?

—¡Cierra el pico, mujer! —exclamó el puercoespín—. Eso es cosa mía. No te entrometas en asuntos de hombres. ¡Rápido, vístete y ven conmigo!

¿Qué otra cosa podía hacer la mujer del puercoespín? Quisiéralo o no, tuvo que seguirlo.

Cuando iban por el camino, el puercoespín dijo a su esposa:

—Ahora, pon mucha atención a lo que te voy a decir. Mira, allí, en ese largo sembrado, es donde haremos nuestra competición. Partiremos desde aquel extremo y la liebre correrá por un surco y yo por otro. Lo único que tú tienes que hacer es quedarte aquí, dentro de este surco, y cuando la liebre llegue desde el otro extremo, te vuelves hacia ella y le gritas: «Ya estoy aquí.»

Dicho esto, llegaron al sembrado y tras indicar a su mujer su lugar, el puercoespín se dirigió al otro extremo. Cuando llegó la liebre ya estaba allí.

—¿Podemos empezar? —preguntó la liebre.

—Sin duda —respondió el erizo.

—¡Adelante, pues!

Y entonces, cada cual se instaló en su respectivo surco. La liebre contó: «Uno, dos... ¡tres!», y como un huracán salió disparada a lo largo del campo. Por su parte, el puercoespín dio apenas unos tres pasitos, después se encogió dentro del surco y allí se quedó muy tranquilamente.

Cuando la liebre llegó a toda carrera al final del sembrado, la mujer del puercoespín se volvió hacia ella y le gritó:

—¡Ya estoy aquí!

La liebre se quedó perpleja y con no poco asombro pensó que no podía ser otro que el mismo puercoespín quien así le gritaba, pues, como se sabe, la esposa del puercoespín tiene la misma apariencia que su marido. Sin embargo, pensó: «Hay algo aquí que me huele raro», y gritó:

—¡Una vez más! ¡De vuelta!

Y de nuevo se lanzó como el huracán, con las orejas sacudidas por el viento. Sin embargo, la esposa del puercoespín se quedó en su lugar tranquilamente. Una vez que la liebre hubo llegado al otro extremo, el puerco espín, volviéndose hacia ella, le gritó:

—¡Ya estoy aquí!

Pero la liebre, fuera de sí de ira, replicó:

—¡Una vez más! ¡De vuelta!

—Pues no me viene mal —contestó el puercoespín—. Por mí, todas las veces que tú quieras.

Así la liebre corrió setenta y tres veces más, y cada vez el puercoespín se mostró dispuesto a continuar. Siempre que la liebre llegaba a uno u otro extremo, el puercoespín o su esposa gritaban:

—¡Ya estoy aquí!

Pero en la septuagésima cuarta vuelta la liebre no llegó a la meta: en medio del campo se derrumbó, brotó la sangre de su cuello y allí quedó muerta, en el mismo sitio. El puercoespín recogió el Luis de oro y la botella de aguardiente que había ganado, llamó a su esposa para que saliera del surco y ambos volvieron contentos a casa, y si es que todavía no han muerto es que viven aún.

Así fue como en el páramo de Buxtehude el puercoespín corrió con la liebre hasta matarla. A partir de entonces. a ninguna liebre se le ha pasado por la cabeza competir en una carrera con un puercoespín de Buxtehude.

La moraleja de esta historia es, primero, que nadie, por muy distinguido que sea, debe tener la ocurrencia de mofarse de una persona más humilde, ni siquiera de un puercoespín; y, segundo, que al buscar esposa es aconsejable tomar una de la misma condición y similar aspecto. De modo que si uno es un puercoespín tiene que procurar que su pareja también lo sea, y así sucesivamente.

El campesino y el diablo

Érase una vez un campesino astuto y pícaro, de cuyas mañas habría mucho que contar; sin embargo, la historia más bonita es aquélla de cómo en una ocasión le tomó el pelo al diablo.

Una vez, a la caída de la noche y cuando tras haber terminado de labrar un campo se disponía a regresar a casa, el campesino observó en medio de su terreno un montón de carbón ardiendo y, lleno de asombro, vio que sobre las brasas estaba sentado un pequeño diablillo negro.

—Se diría que estás sentado sobre un tesoro —le dijo el campesino.

—Así es —respondió el diablo; sobre un tesoro que contiene más oro y plata que has visto en toda tu vida.

—Pues el tesoro se halla en mi campo, y por lo tanto me pertenece —dijo el campesino.

—Será tuyo —replicó el diablo— si durante dos años me das la mitad de lo que produzca tu terreno. Dinero me sobra, pero anhelo los frutos de la tierra.

El campesino estuvo de acuerdo con la propuesta.

—Sin embargo, para que no haya disputas sobre el reparto —declaró—, estipulemos que a ti te pertenecerá todo lo que crezca por encima de la tierra y a mí, lo que crezca por debajo.

Tal cosa fue del agrado del diablo. Pero el astuto campesino sembró remolachas. Cuando vino el momento de la cosecha, apareció el diablo con la intención de recoger su parte, pero no halló otra cosa que las marchitas hojas amarillas, mientras el campesino, muy contento, desenterraba sus remolachas.

—Por una vez has tenido la ventaja —le dijo el diablo—, pero la próxima lo convenido ya no valdrá: a ti te pertenecerá lo que crezca por encima de la tierra y a mí lo que crezca por debajo.

—Me va igualmente bien —respondió el campesino.

Y cuando llegó la época de la siembra, ya no sembró remolachas, sino trigo. Al madurar los granos, fue al campo y segó los cargados tallos muy a ras de la tierra. Cuando llegó el diablo no encontró otra cosa que los rastrojos y, lleno de ira, se lanzó a un rocoso precipicio.

—Así es como hay que burlar a los zorros —dijo el campesino, y empezó a recoger su tesoro.

El ladrón maestro

Un día, delante de su humilde casa, un anciano y su mujer estaban descansando después de trabajar. De pronto, llegó un suntuoso carruaje tirado por cuatro caballos negros, del cual descendió un señor ricamente vestido. El campesino se levantó y, acercándose al señor, le preguntó qué deseaba y en qué podía servirle. El desconocido le dio la mano y dijo:

—No deseo otra cosa que disfrutar de una comida campestre. Preparadme unas patatas como vosotros acostumbráis comerlas; luego me sentaré a la mesa para degustarlas con placer.

—Sin duda sois un conde, un príncipe o acaso un duque, pues los señores nobles suelen tener tales caprichos. Como sea, vuestro deseo será cumplido.

La mujer fue a la cocina y comenzó a lavar y a rallar las patatas para preparar con ellas unas albóndigas tal como las comen los campesinos. Mientras ella estaba ocupada en este trabajo, el campesino dijo al desconocido:

—Venid entretanto conmigo a mi huerta, donde todavía me queda algún quehacer.

Había cavado unos hoyos en el jardín y ahora quería plantar unos árboles.

—¿No tenéis hijos que puedan ayudaros en el trabajo?—preguntó el desconocido.

—No —respondió el campesino—. El hijo que tenía hace ya mucho tiempo que se largó a recorrer el mundo. Era un muchacho travieso, inteligente y astuto, pero no quiso aprender nada y se dedicó a cometer toda clase de diabluras. Finalmente, se marchó de casa y desde entonces no he vuelto a saber nada de él.

El viejo cogió un arbolito, lo metió en el hoyo y junto a él clavó una estaca; y una vez que hubo rellenado el hueco y apisonado la tierra, ató el tronco a la estaca por debajo, por el medio y por arriba.

—Pero, decidme —preguntó el señor—, ¿por qué no atáis también a una estaca, como habéis hecho con éste, aquel árbol torcido, nudoso y encorvado hacia el suelo que hay en aquel rincón, para que crezca bien derecho?

El anciano respondió con una sonrisa:

—Habláis, señor, según vuestro criterio y bien se ve que no os habéis ocupado de la horticultura. Aquel árbol es ya viejo y nudoso y a estas alturas nadie puede enderezarlo; a los árboles hay que enderezarlos mientras son jóvenes.

—Es lo que ocurrió con vuestro hijo—dijo el desconocido—; si lo hubierais enderezado mientras era joven, no se habría largado por esos mundos. Ahora también debe haberse vuelto duro y nudoso.

—Desde luego —dijo el anciano—. Hace ya mucho tiempo que se marchó; debe haber cambiado.

—¿Lo reconoceríais todavía si se presentara delante de vos?—preguntó el desconocido.

—Por la cara, difícilmente —contestó el campesino—, pero tenía una seña: un lunar en el hombro, en forma de alubia.

No bien hubo dicho esto, el desconocido se quitó la chaqueta y desnudando su hombro mostró al campesino la alubia.

—¡Dios mío! ¡En verdad, eres mi hijo! —exclamó el anciano, y el amor que profesaba a su muchacho se despertó en su corazón. Pero agregó—: ¿Cómo puedes serlo? Te has convertido en un gran señor y vives en la riqueza y la opulencia. ¿De qué manera has conseguido esto?

—¡Ay, padre! —respondió el hijo—. El joven árbol no fue atado a ninguna estaca y así creció torcidamente. Ahora es demasiado adulto y no se enderezará. ¿Que cómo he logrado todo esto? Pues me he convertido en ladrón. Pero no os asustéis, pues soy un ladrón de categoría. Para mí no hay candados ni cerrojos, y lo que me apetece es mío. No creáis que robo como los ladrones ordinarios; sólo tomo lo que les sobra a los ricos. Los pobres no tienen nada que temer, pues a ellos prefiero darles antes que quitarles algo. De modo que si no puedo apoderarme de las cosas con esfuerzo, astucia y habilidad, prefiero no tocarlas.

—¡Ay, hijo mío! —exclamó el padre—. Esto no me gusta nada; un ladrón no deja de ser un ladrón y, te lo digo yo, tal cosa no puede tener un final feliz.

Lo condujo ante la presencia de la madre y ella, al enterarse de que era su hijo, se echó a llorar de alegría, pero cuando éste le dijo que era un ladrón profesional, dos riachuelos le corrieron por las mejillas. Finalmente, dijo:

—Aun cuando se ha convertido en un ladrón, sigue siendo mi hijo, y mis ojos han vuelto a verle una vez más.

Se sentaron a la mesa y de nuevo él comió junto a sus padres los humildes alimentos que no había probado en mucho tiempo.

—Si nuestro señor el conde, que está ahí en su castillo, llega a saber quién eres y qué haces —dijo el padre—, ya no te tomará en los brazos ni te mecerá, como hizo al llevarte a la pila bautismal, sino que, por el contrario, hará que te columpies en la horca.

—No temáis, padre; no me hará daño, puesto que conozco bien mi oficio. Hoy mismo iré a verlo.

Al aproximarse la noche, el ladrón montó en su carruaje y se dirigió al castillo. Tomándolo por un hombre distinguido, el conde lo recibió con deferencia; sin embargo, cuando el desconocido le reveló su identidad, palideció y se quedó mudo durante un rato. Por último, dijo:

—Eres mi ahijado y, por lo tanto, haré que prevalezca la clemencia sobre la justicia y procederé contigo con indulgencia. Puesto que te vanaglorias de ser un ladrón maestro, quiero poner tu arte a prueba, pero si no sales vencedor tendrás que casarte con la hija del cordelero y tu música nupcial será el graznido de los cuervos.

—Señor conde —respondió el maestro ladrón—, imaginad tres tareas tan difíciles como queráis y, si soy incapaz de cumplirlas, haced conmigo lo que os dé la gana.

Tras reflexionar por algunos momentos, el conde dijo:

—Bien, primero tendrás que robar mi propio caballo de la cuadra; después, mientras dormimos, deberás quitar la sábana por debajo de mi cuerpo y del de mi esposa sin que nos demos cuenta, y además tendrás que sacarle a ella la alianza del dedo; y por último, tendrás que sacarme al cura y al sacristán fuera de la iglesia. Recuérdalo todo bien, porque te estás jugando la vida.

El maestro ladrón se dirigió ante todo a la ciudad más próxima y allí compró sus vestidos a una vieja campesina y se los puso. Después se tiñó la cara de marrón y se dibujó además algunas arrugas, de tal modo que nadie habría podido reconocerlo. Por último, llenó un pequeño tonel con un viejo vino húngaro mezclado con un fuerte somnífero y metiéndolo dentro de la cesta que llevaba a su espalda se encaminó con pasos lentos y tambaleantes al castillo del conde. Cuando llegó, ya había oscurecido y, sentándose en una piedra que había en el patio, empezó a toser como una vieja enferma del pecho, frotándose las manos como si tuviera frío. Delante de la puerta de la caballeriza había unos soldados echados alrededor de una fogata, y uno de ellos, al ver a la vieja, la llamó:

—Acércate, abuelita, ven a calentarte con nosotros. Bien se ve que no tienes dónde dormir y que te echas donde puedes.

La vieja se acercó con pasitos cortos y, pidiendo ayuda para que la descargaran del cesto que llevaba a la espalda, se sentó con ellos junto al fuego.

—¿Qué llevas ahí en este tonelillo, vejestorio?—preguntó uno de ellos.

—Unos buenos tragos de vino —respondió ella—. Vivo del comercio, y a cambio de algunas monedas y buenas palabras, os daré con mucho gusto un vaso.

—Pues que venga —dijo el soldado, y después de probar un vaso exclamó—: ¡Cuando el vino es bueno, da gusto beber un vaso más!

Entonces se hizo servir de nuevo y los demás siguieron su ejemplo.

—¡Eh, compañeros! —llamó uno de ellos a los que estaban dentro de la cuadra— Hay aquí una abuelita que tiene un vino tan viejo como ella misma. ¡Tomad también un trago, que os calentará las tripas mejor que nuestra fogata!

La vieja llevó, pues, su tonelillo a la caballeriza. El caballo del conde estaba ensillado y uno de los soldados estaba montado en él, mientras otro le sujetaba las riendas y un tercero la cola. Ella les sirvió cuanto quisieron hasta que se agotó el tonel. Poco después, las riendas cayeron de la mano del primero, que se tendió en el suelo y se puso a roncar; el otro soltó la cola y, echándose, roncó todavía más fuertemente. El que estaba montado se quedó en su sitio; sin embargo, inclinó la cabeza hacia el cuello del caballo y, durmiéndose, empezó a dar unos resoplidos como si su boca fuese un fuelle. En cuanto a los soldados que estaban fuera, hacía mucho ya que se habían quedado dormidos; yacían inmóviles en el suelo, como si hubieran sido piedras. Viendo que había tenido éxito el ladrón colocó en la mano del primero una cuerda en vez de las riendas, y al otro, al que sujetaba la cola, le puso un haz de pajas. Pero ¿qué podía hacer con aquel que estaba montado sobre el caballo? No quería hacerlo caer al suelo de un empujón, ya que en tal caso se despertaría y podría gritar. De pronto, se le ocurrió una solución: desató las cinchas y, atando la silla a unas cuerdas que colgaban de unos anillos que había en la pared, tiró de ellas e izó al durmiente jinete por los aires, con montura y todo, tras lo cual lo aseguró anudando las cuerdas a un palo. Seguidamente, desató al caballo, pero al advertir que al cabalgar por el patio empedrado los del castillo oirían el ruido, antes envolvió los cascos con viejos trapos y conduciendo al caballo cuidadosamente hasta afuera, lo montó y salió disparado.

Al despuntar el día, el maestro ladrón saltó sobre el caballo robado y se dirigió al castillo. El conde estaba precisamente levantándose y echó una mirada por la ventana.

—¡Buenos días, señor conde! —le gritó—. Aquí está el caballo que sin problema alguno sustraje de la cuadra. No tenéis más que mirar de qué manera vuestros soldados están durmiendo en el suelo y, cuando queráis ir a la caballeriza, podréis ver cuán cómodamente se han instalado vuestros guardias.

El conde tuvo que reírse, pero en seguida dijo:

—Por una vez lo has conseguido, pero la segunda vez las cosas no te resultarán tan fáciles. Y te advierto que si te presentas ante mí como un ladrón, te trataré como tal.

Por la noche, una vez que se hubo acostado, la condesa apretó fuertemente la alianza con el puño, y el conde dijo:

—Todas las puertas están cerradas con llave y con cerrojo. Yo me quedaré despierto para esperar al ladrón, y si osa entrar por la ventana le pegaré un tiro.

Por su parte, el avezado ladrón se encaminó en la oscuridad hacia el lugar donde se hallaba la horca, cortó la soga de la que pendía un pobre pecador y, echándoselo al hombro, se dirigió hacia el castillo. Una vez allí, colocó una escalera debajo de la ventana del dormitorio y, con el muerto a la espalda, comenzó a subir. Cuando hubo subido lo suficiente como para que la cabeza del muerto apareciera delante de la ventana, el conde, que había estado acechándole desde la cama, le disparó con su pistola. Al instante, el

ladrón dejó caer al pobre pecador y, bajando rápidamente por la escalera, se escondió en un rincón. La noche estaba lo bastante iluminada por la luna para que el ladrón pudiera ver claramente al conde, que, saliendo por la ventana, bajó por la escalera y arrastró el muerto hasta el jardín. Allí comenzó a cavar una fosa, donde se dispuso a enterrarlo. «¡Ahora —pensó el ladrón— ha llegado el momento favorable», y abandonando velozmente su rincón subió por la escalera y sin vacilación entró en el dormitorio de la condesa.

—Querida esposa —comenzó a decir, imitando la voz del conde—, el ladrón ha muerto. Pero teniendo en cuenta que era mi ahijado y que más que un malvado era un pícaro, no quiero exponerlo al oprobio público; además, siento compasión por sus pobres padres. Antes del alba, yo mismo lo enterraré en el jardín, para que el asunto no tenga trascendencia. Así que dame la sábana para envolver el cadáver; lo enterraré como a un perro.

La condesa le dio la sábana.

—¿Sabes qué? —prosiguió el ladrón, más adelante—. Siento un arranque de generosidad: dame también el anillo. El infeliz se ha jugado la vida; que se lo lleve, pues, a la tumba.

Ella no quería contrariar al conde y, aunque de mala gana, se quitó el anillo del dedo y se lo dio. El ladrón partió con ambos objetos y llegó a casa sin contratiempos antes de que el conde terminara en el jardín su trabajo de sepulturero.

El conde puso una cara muy larga cuando, a la mañana siguiente, llegó el maestro trayéndole la sábana y la alianza.

—¿Sabes hacer brujerías? —le preguntó—. ¿Quién te ha sacado de la tumba donde yo mismo te he puesto y te ha devuelto a la vida?

—A mí no me habéis enterrado —dijo el ladrón—, sino al pobre pecador que estaba en la horca.

Y después de contarle detalladamente cómo había acontecido todo, el conde debió conceder que era un ladrón inteligente y astuto.

—Pero todavía no has terminado —añadió—; te queda por resolver la tercera tarea y, si no lo consigues, todo habrá sido en vano.

El maestro sonrió, sin responder palabra.

Cuando hubo caído la noche, se encaminó hacia la parroquia con un enorme saco a la espalda, un bulto bajo el brazo y una linterna en la mano. En el saco llevaba cangrejos y en el bulto, cabos de velas. Sentándose en el cementerio, sacó uno de los cangrejos y le pegó uno de los cabos sobre la espalda; luego encendió el pabilo y depositando el cangrejo en el suelo lo dejó caminar. Sacó entonces un segundo cangrejo del saco y, procediendo de la misma manera, continuó hasta que hubo vaciado completamente el saco. En seguida se puso una larga túnica negra que tenía el aspecto de un hábito de monje y se pegó una barba gris al mentón. Cuando finalmente hubo quedado del todo irreconocible, cogió el saco en el que habían estado los cangrejos y, dirigiéndose a la iglesia, subió al púlpito. El reloj de la torre estaba dando la medianoche y cuando la última campanada hubo sonado, con voz alta y estridente gritó:

—¡Escuchad, pecadores! El fin de todas las cosas ha llegado; el día del juicio final está próximo. ¡Escuchad, escuchad! El que quiera subir conmigo al cielo que se meta en este saco. Yo soy Pedro, el que abre y cierra las puertas del cielo. Mirad afuera, en el cementerio: los muertos caminan recogiendo sus huesos. ¡Venid, venid, meteos en el saco! ¡Este es el fin del mundo!

Sus gritos resonaron por toda la aldea. El cura y el sacristán, que eran los que vivían más próximos a la iglesia, fueron los primeros en oírlos y, al ver las luces que se paseaban por el cementerio, dándose cuenta de que algo extraordinario ocurría, entraron en la iglesia. Después de escuchar el sermón durante un rato, el sacristán le dio un codazo al cura y le dijo:

—No estaría nada mal si aprovecháramos la ocasión para llegar juntos y de un modo fácil al cielo, antes del alba del día del Juicio Final.

—Ciertamente —respondió el cura—, en eso mismo estaba yo pensando. Si así lo deseáis, pongámonos en camino.

—De acuerdo —dijo el sacristán—, pero vos, señor cura, tenéis la preferencia; yo os sigo.

De esta manera, el cura rompió la marcha y subió hasta el púlpito, donde el maestro le abrió el saco; primero se introdujo el cura y luego lo hizo el sacristán. De inmediato, el maestro ató fuertemente el saco y, cogiéndolo por el remate, se lo llevó arrastrando por la escalera del púlpito y cada vez que las cabezas de los dos incautos chocaban con los escalones, gritaba:

—¡Ahora pasamos ya por la montaña!

Después los arrastró de la misma manera a través de la aldea y, cuando pasaban por las pozas dejadas por la lluvia, decía:

—¡Ahora pasamos ya a través de las húmedas nubes!

Y cuando finalmente los arrastró por la escalera del castillo, gritó:

—¡Ahora subimos por la escalera del cielo y pronto estaremos en la antesala!

Al llegar arriba, metió el saco dentro del palomar y, como las palomas aletearan, dijo:

—¡Escuchad cómo los ángeles se alegran y agitan las alas!

Después echó el cerrojo y se fue.

A la mañana siguiente, se presentó ante el conde y le dijo que también había cumplido con la tercera tarea y que había secuestrado al cura y al sacristán de su parroquia.

—¿Dónde los has dejado?—preguntó el señor.

—Están en un saco, ahí arriba, en el palomar, imaginándose que se hallan en el cielo.

El conde subió por sí mismo para convencerse de que había dicho la verdad. Después de haber liberado al cura y al sacristán de su cautiverio, dijo:

—Eres un ladrón extraordinario y has ganado tu apuesta. Esta vez saldrás con la piel intacta, pero apresúrate en abandonar mi país, porque si vuelves a dejarte ver por estos lados puedes contar con tu ascensión al cadalso.

El maestro ladrón se despidió de sus padres y una vez más partió por el ancho mundo; desde entonces nadie ha vuelto a saber nada de él.

El túmulo

Estaba un día un rico campesino en su hacienda contemplando sus campos y prados; el grano crecía vigorosamente y los árboles estaban cargados de frutos. El grano del año pasado todavía se amontonaba en el hórreo en tan grandes cantidades que las vigas apenas podían soportarlo. Fue entonces al establo, donde estaban los bien cebados bueyes, las gordas vacas y los lustrosos caballos. Finalmente, regresó a su aposento y miró los cofres de hierro donde se hallaba su dinero. Mientras estaba examinando sus riquezas, oyó una llamada. Sin embargo, no golpeaban la puerta de su aposento, sino la puerta de su corazón. Abrióse ésta y oyó una voz que le decía: «¿Has hecho el bien a los tuyos con todo esto? ¿Has considerado las necesidades de los pobres? ¿Has repartido tu pan con los hambrientos? ¿Te has contentado con lo que tenías o cada vez has exigido más?»

El corazón no tardó en responder: «He sido duro e implacable y jamás he hecho algún bien a los míos. Y si algún pobre ha acudido a mí, he desviado los ojos. No me he preocupado de Dios; sólo he pensado en aumentar mis riquezas. Si todo lo que hay bajo el cielo hubiera sido mío, yo no habría tenido suficiente.»

Al oír esta respuesta se horrorizó, las rodillas comenzaron a temblarle y tuvo que sentarse. Entonces alguien golpeó de nuevo, pero lo hizo en la puerta de su aposento. Era su vecino, un pobre hombre que tenía un montón de hijos, a los cuales ya no podía seguir alimentando. «Sé que mi vecino es rico —pensó el pobre—, pero también sé que es igualmente duro. No creo que vaya a ayudarme, pero mis hijos gritan pidiendo pan, debo atreverme.»

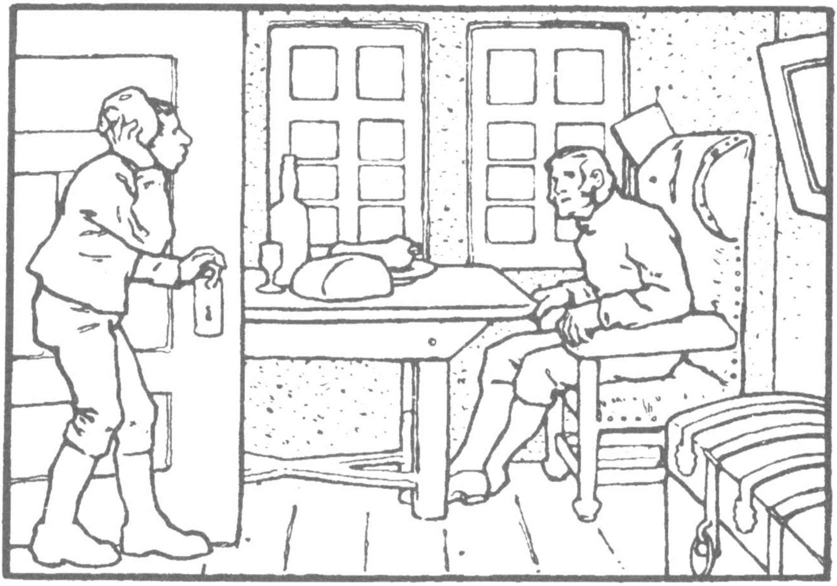

—Ya sé que no es fácil que os desprendáis de lo vuestro —le dijo—, pero vengo como alguien a quien el agua le está llegando al cuello: mis hijos tienen hambre. ¡Prestadme cuatro libras de grano!

El rico se quedó mirándolo un largo rato y, entonces, fue como si un amable rayo de sol fundiera una gota del hielo de su avaricia.

—No te prestaré las cuatro libras —respondió—, sino que te regalaré ocho, siempre que cumplas una condición.

—¿Qué debo hacer? —preguntó el pobre.

—Cuando muera, deberás vigilar mi tumba durante tres noches.

El campesino sintió un escalofrío ante tamaña solicitud, pero como hubiera consentido cualquier cosa, dada la necesidad en que se hallaba, así lo prometió y se llevó el grano a casa.

Fue como si el rico hubiera presentido lo que iba a ocurrir, pues al cabo de tres días cayó repentinamente al suelo, muerto. No se supo cómo sucedió esto exactamente y nadie llevó luto por él. Después de su entierro, el pobre se acordó de su promesa y, a pesar de lo mucho que le hubiera gustado estar exento de ella, pensó: «Él se mostró benévolo conmigo, con su grano pude socorrer a mis hijos hambrientos; y, aunque no fuera así, se lo he prometido, debo cumplirlo.»

Al caer la noche fue al cementerio y se sentó sobre el túmulo. Todo estaba tranquilo; la luna brillaba por encima de las tumbas y de vez en cuando pasaba volando una lechuza que dejaba oír sus gritos quejumbrosos. Al levantarse el sol, el pobre volvió sin contratiempos a su casa, y la segunda noche transcurrió con la misma tranquilidad. Pero en la tarde del tercer día sintió un miedo particular: tenía la impresión de que algo iba a acontecer. Cuando llegó, advirtió que junto al muro del cementerio había un hombre al que nunca había visto antes. Ya no era joven, tenía cicatrices en la cara y sus ojos ardientes, penetrantes, miraban a su alrededor. Llevaba un viejo abrigo que lo cubría por entero y sólo sus grandes botas de montar eran visibles.

—¿Qué buscáis aquí? —le preguntó el campesino—. ¿No os da miedo el solitario cementerio?

—Yo no busco nada —respondió él— y tampoco temo a nada. Soy como el muchacho que partió de su casa para aprender a tener miedo y cuyos esfuerzos fueron vanos. Sin embargo, él recibió por esposa a la princesa y junto con ella, grandes riquezas; en cambio, yo siempre he seguido siendo pobre. No soy más que un soldado dado de baja y he decidido pasar la noche aquí, puesto que no tengo albergue.

—Si no tenéis miedo alguno —dijo el campesino—, quedaos entonces conmigo y ayudadme a vigilar aquel túmulo.

—Vigilar es cosa de soldados —replicó él—; lo que nos suceda aquí, bueno o malo, lo soportaremos juntos.

El campesino convino en ello y los dos se sentaron sobre el túmulo.

Hasta medianoche todo permaneció tranquilo, pero entonces se oyó súbitamente en el aire un silbido agudo y los dos vigilantes vieron delante de sí al maligno en persona.

—¡Fuera, bribones! —les gritó—. El que yace en esta tumba es mío y vengo a buscarlo. Si no os largáis de aquí, os retorceré los pescuezos.

—Señor de la pluma roja —repuso el soldado—, vos no sois mi capitán y yo no necesito obedeceros. Por lo demás, todavía no he aprendido a tener miedo. Seguid vuestro camino, pues nosotros nos quedaremos aquí.

El diablo pensó: «Con oro atraparé mejor a este par de canallas», y bajando el tono les preguntó mansamente si no querían una bolsa de oro a cambio de marcharse a sus casas.

—Es como para considerarlo —respondió el soldado—, pero con una bolsa de oro no nos contentamos. Si estáis dispuesto a darnos tanto oro como el que cabe en una de mis botas, entonces os dejaremos libre el campo y nos marcharemos.

—No llevo tanto conmigo —dijo el diablo—, pero iré a buscarlo. En la ciudad vecina vive un cambista que es buen amigo mío y que con gusto me lo adelantará.

Cuando el diablo hubo desaparecido, el soldado se quitó su bota izquierda y dijo:

—Vamos a tomarle el pelo a este carbonero; dadme vuestro cuchillo, compañero.

Cortó la suela de su bota y colocó ésta al lado del túmulo, sobre el alto pasto que bordeaba un foso, recubriéndolo en parte.

—Así está muy bien —dijo—; ahora ya puede venir el deshollinador.

Ambos esperaron sentados y poco después el diablo regresó con un saquito de oro en la mano.

—Vertedlo aquí dentro —dijo el soldado, levantando un poco la bota—; pero me temo que no será suficiente.

El Negro vació el saquito, pero el oro se escurrió y la bota quedó vacía.

—¡Diablo estúpido! —exclamó el soldado—. No es suficiente. ¿No os lo había dicho? Tendréis que traer más.

El diablo meneó la cabeza y partió; al cabo de una hora regresó con un saco mucho más voluminoso bajo el brazo.

—¡Adentro, sin temor! —gritó el soldado—. Pero dudo de que la bota vaya a llenarse.

El oro tintineó al caer y la bota volvió a quedarse vacía. Con sus ojos ardientes, el diablo miró dentro, convenciéndose de que era verdad.

—¡Tenéis unas pantorrillas demasiado gordas! —exclamó, haciendo una mueca.

—¿Pero es que os habíais imaginado que tengo patas de chivo, como las vuestras? —replicó el soldado—. ¿Desde cuándo os habéis vuelto tan roñoso? ¡Traed más oro, o de lo contrario nuestro negocio quedará anulado!

El demonio se largó una vez más. En esta ocasión estuvo ausente más tiempo y finalmente, cuando apareció, venía jadeando bajo el peso de un saco que traía al hombro. Lo vertió dentro de la bota y, sin embargo, ésta se llenó tan poco como las veces anteriores. Enfurecido, quiso arrancar la bota de manos del soldado, pero en ese momento el primer rayo de sol rompió a brillar en el cielo y, profiriendo agudos gritos, el maligno espíritu se dio a la fuga. La pobre alma se había salvado.

El campesino quería repartir el oro, pero el soldado le dijo:

—Dales mi parte a los pobres; voy a instalarme en su cabaña y con el resto podremos vivir en paz y armonía por cuanto tiempo Dios quiera.

Gente lista

Un día un campesino cogió su báculo de haya del rincón donde lo guardaba y dijo a su mujer:

—Trine, me voy del pueblo y no volveré hasta dentro de tres días. Si durante este tiempo viene el tratante de ganado y quiere comprar nuestras tres vacas, puedes vendérselas, pero no por menos de doscientos táleros, ni por un céntimo menos, ¿me oyes?

—Anda tranquilo, en nombre de Dios, pues así lo haré —respondió la mujer.

—Sí, claro —dijo el hombre—, pero de niña te golpeaste una vez la cabeza y esto te dura hasta el día de hoy. Pero te aseguro que si haces tonterías te pintaré la espalda de azul sin necesidad de pintura y sólo con este palo que tengo en la mano, y la pintura no se borrará durante todo un año, puedes estar segura.

Dicho esto, el hombre se puso en camino.

A la mañana siguiente, llegó el tratante y la mujer no tuvo necesidad de gastar muchas palabras con él. Una vez que hubo mirado las vacas y oído el precio, el hombre dijo:

—Pagaré eso con mucho gusto; es lo que valen, a precio de amigos. Me llevaré los animales en seguida. Y quitándoles sus cadenas, sacó las vacas del establo. Cuando estaba a punto de salir por el portón, la mujer lo cogió por la manga y dijo:

—Primero tenéis que darme los doscientos táleros; de lo contrario no puedo dejaros ir.

—Correcto —respondió el hombre—; sólo que he olvidado atarme la bolsa a la cintura. Pero no os preocupéis, pues os dejaré una fianza hasta que pague: me llevaré sólo dos vacas y os dejaré la tercera; así os quedaréis con una buena garantía.

Esto convenció a la mujer, que, al dejar salir al hombre con sus vacas, pensó: «¡Cómo se alegrará Hans cuando vea que he procedido con tanta inteligencia!»

Tal como había dicho, el campesino regresó al cabo de los tres días y enseguida preguntó si las vacas habían sido vendidas.

—Por supuesto, querido Hans —respondió la mujer—, y por doscientos táleros, tal como tú dijiste. Apenas si valen tanto dinero, pero el hombre se las llevó sin mayor discusión.

—¿Dónde está el dinero? —preguntó el campesino.

—El dinero no lo tengo —contestó la mujer—. Él había olvidado venir con su bolsa, pero pronto lo traerá; sin embargo, me ha dejado una buena garantía.

—¿Qué garantía? —preguntó el hombre.

—Una de las tres vacas, que no podrá llevarse mientras no haya pagado las otras. Lo he hecho con astucia, pues me he quedado con la más pequeña, que es la que come menos.

Enfurecido, el hombre levantó su báculo, dispuesto a aplicarle con él la prometida pintura, pero de pronto lo dejó caer y dijo:

—Eres la gansa más tonta que anda por esta tierra de Dios, pero te tengo compasión. Voy a recorrer el camino y durante tres días me quedaré esperando, a ver si encuentro a alguien más tonto que tú. Si tengo éxito serás perdonada, pero si no, recibirás tu bien merecida recompensa, y sin rebaja.

Salió, pues, hacia el camino principal y allí se sentó en una piedra y se dispuso a esperar el paso de los acontecimientos. Al poco rato, vio acercarse una carreta, sobre la cual iba una mujer de pie, en vez de sentada sobre los haces de paja que traía o caminando al lado de los bueyes para guiarlos. El hombre pensó: «Parece ser una de las que busco», y levantándose corrió de un lado al otro por delante de la carreta, como quien no está en su sano juicio

—¿Qué queréis, compadre? —le preguntó la mujer—. No os conozco. ¿De dónde venís?

—He caído del cielo —respondió el hombre—, y no sé qué hacer para regresar. ¿No podéis llevarme en vuestra carreta?

—No —dijo la mujer—, no conozco el camino. Pero, puesto que venís del cielo, probablemente podréis decirme cómo le va a mi marido, que está allí hace ya tres años; seguramente le habréis visto.

—Claro que lo he visto, pero a todos los hombres no les puede ir bien. Cuida de las ovejas; sin embargo, los dichosos animalitos le causan muchos problemas, pues saltan por los montes y se pierden en los páramos y él tiene que correr detrás de ellos para reunirlos. Así que anda harapiento y pronto se le caerán las ropas del cuerpo. Y allá no hay sastres, ya que san Pedro no deja entrar ninguno, como sabéis por el cuento.

—¡Quién lo hubiera pensado! —exclamó la mujer—. ¿Sabéis una cosa? Iré a buscar su levita de los domingos, que todavía guardo en casa, en el armario, allí podrá llevarla con orgullo. Tened la bondad de entregársela.

—Eso no es posible —respondió el campesino—; no está permitido llevar ropas al cielo y se las quitan a uno en la puerta.

—Escuchadme —dijo la mujer—: ayer vendí mi precioso trigo y recibí un montón de dinero. Quiero enviárselo a él; si metéis la bolsa dentro de vuestro bolsillo, nadie se dará cuenta.

—Si no puede ser de otra manera —manifestó el campesino—, os haré el favor con gusto.

—Quedaos sentado aquí —dijo ella—, mientras voy a casa en busca de la bolsa. Volveré en seguida. En vez de ir sentada sobre los haces de paja, prefiero viajar de pie, ya que así los bueyes arrastran menos peso.

Hizo andar a los bueyes y el campesino pensó: «Esta tiene tendencia a la chifladura; si realmente trae el dinero, mi mujer podrá felicitarse, pues no recibirá la paliza..»

Al poco tiempo, ella llegó corriendo y metió el dinero con sus propias manos en el bolsillo del campesino. Antes de irse, le dio mil veces las gracias por su servicio.

Al volver a casa, la mujer se encontró con su hijo, que había regresado del campo. Después de contarle los inesperados acontecimientos que había vivido, añadió:

—Me alegro muchísimo de haber hallado la ocasión de mandar algo a mi pobre marido. ¿Quién se hubiera figurado que le faltaría algo en el cielo?

El hijo quedó estupefacto.

—Madre —dijo—, puesto que no todos los días viene alguien del cielo, partiré en seguida para ver si todavía encuentro a ese hombre; tiene que contarme cómo es aquello y cómo andan las cosas en lo que respecta al trabajo.

Ensilló su caballo y partió a toda prisa. Encontró al campesino sentado debajo de un sauce, disponiéndose a contar el dinero de la bolsa.

—¿No habéis visto al hombre que ha venido del cielo? —le preguntó el muchacho.

—Sí —respondió el campesino—, pero ya ha tomado el camino de vuelta, subiendo por aquella montaña, que es por donde le queda más cerca. Si cabalgáis aprisa, todavía lo podéis alcanzar.

—¡Oh! —exclamó el muchacho—. Me he matado trabajando durante todo el día y la carrera hasta aquí me ha dejado exhausto. Puesto que vos conocéis a ese hombre, tened la bondad de montar en mi caballo y de ir a convencerle de que venga hasta aquí. «Ajá —pensó el campesino—, he aquí otro que no tiene mecha en la lámpara.»

—¿Por qué no habría de haceros este favor?—dijo, y montando partió al galope.

El muchacho permaneció allí sentado hasta que cayó la noche, pero el campesino no volvió. «Seguramente —pensó— el hombre del cielo tenía mucha prisa, no quiso volver, el campesino debe haberle dado el caballo para que se lo lleve a mi padre.» Volvió a casa y le contó a su madre lo que había ocurrido: había enviado el caballo a su padre, a fin de que no tuviera que andar corriendo de un lugar a otro.

—Has hecho bien —replicó ella—; tú tienes piernas jóvenes todavía y puedes ir a pie.

Una vez llegado a casa, el campesino dejó el caballo en el establo junto a la vaca dada en garantía, y al ver a su mujer le dijo:

—Trine, has tenido suerte, pues he encontrado a un par de ingenuos que son todavía más bobos que tú. Así que por esta vez te salvas de la paliza; la guardaré para otra ocasión.

Después encendió su pipa y, sentándose en su sillón favorito, añadió:

—Ha sido un buen negocio: un caballo lustroso y encima una enorme bolsa de dinero a cambio de dos vacas flacas. Si la estupidez siempre reportara tanto, con mucho gusto la honraría.

Así pensó el campesino, pero seguramente tú tienes más simpatía por los ingenuos.

La duración de la vida

Una vez que Dios hubo terminado de crear el mundo, quiso determinar la duración de la vida de todas las criaturas. Entonces, vino el burro y le preguntó:

—Señor, ¿cuánto tiempo debo vivir?

—Treinta años —respondió Dios—. ¿Te conviene?

—¡Ay, Señor! —respondió el burro—, es mucho tiempo. Considera mi penosa existencia: llevar pesadas cargas de la mañana hasta la noche, tirar de los sacos de grano hasta el molino para que otros coman el pan, sin más estímulo que palizas y patadas. ¡Dispénsame una parte de ese largo tiempo!

Entonces, Dios tuvo clemencia y le eximió de dieciocho años. Consolado, el burro se fue y apareció el perro.

—¿Cuánto tiempo quieres vivir tú? —le preguntó Dios—. Al burro le parecen demasiado treinta años, pero tú estarás contento con eso.

—Señor —respondió el perro—, ¿es ésa tu voluntad? Considera lo que tengo que correr; mis piernas no lo soportarán por tanto tiempo. Y una vez que haya perdido la voz y no pueda ladrar, y los dientes y no pueda morder, ¿qué me quedará sino andar gruñendo de un rincón al otro?

Dios vio que tenía razón y le rebajó doce años. Después vino el mono.

—A ti te gustaría vivir treinta años, ¿verdad? —le preguntó el Señor—. No necesitas trabajar, como el burro y el perro, y siempre estás de buen humor.

—¡Ay, Señor! —respondió él—, lo parece, pero no es así. Cuando llueven gachas de mijo, yo no tengo cuchara. Siempre tengo que hacer travesuras y muecas para divertir a la gente, y cuando me echan una manzana y la muerdo, resulta que es ácida. ¡Cuán a menudo la tristeza se oculta tras la risa! ¡No podré soportar eso durante treinta años!

Dios sintió compasión y le descontó diez años.

Finalmente apareció el hombre, dichoso, sano y fresco, para pedir a Dios que determinara la duración de su vida.

—Vivirás treinta años —dijo el Señor— ¿Te parecen suficientes?

—¡Qué tiempo tan corto! —exclamó el hombre—. Justamente cuando haya construido mi casa y el fuego arda en mi propio hogar; cuando florezcan y den fruto los árboles que haya plantado y cuando me disponga a disfrutar de la vida, ¡entonces deberé morir! ¡Oh, Dios, prolonga mi tiempo!

—Te añadiré los dieciocho años del burro —dijo Dios.

—Eso no es suficiente —replicó el hombre.

—Tendrás también los doce años del perro.

—Todavía es demasiado poco.

—Pues bien —dijo Dios—, te daré además los diez años del mono, pero más no recibirás.

El hombre se fue, pero no quedó satisfecho.

Así es como el hombre vive setenta años. Los primeros treinta, que rápidamente quedan atrás, son sus propios años; entonces está sano, con buen ánimo, trabaja con gusto y disfruta de su existencia. Después siguen los dieciocho años del burro y a lo largo de ellos se le impone una carga tras otra: tiene que acarrear el grano destinado a otros, y golpes y puntapiés son la recompensa por sus fieles servicios. Luego vienen los doce años del perro: entonces anda gruñendo por los rincones y ya no tiene dientes para morder. Y cuando este tiempo ha transcurrido, los diez años del mono hacen de despedida: el hombre chochea y se chifla y comete bufonadas que despiertan la irrisión de los niños.

El sastre en el cielo

Ocurrió que, en un hermoso día, el buen Dios quiso ir a pasear por los jardines celestiales y se llevó consigo a todos los apóstoles y santos, de modo que no quedó nadie en el cielo, excepto san Pedro. El Señor le había ordenado que durante su ausencia no dejara entrar a ninguna persona y, por lo tanto, san Pedro fue a apostarse a la puerta del cielo para montar guardia. No mucho después, alguien golpeó y Pedro preguntó quién era y qué quería.

—Soy un honrado y pobre sastre—respondió una fina voz—que ruega ser admitido.

—Claro —dijo Pedro—, honrado como el ladrón en la horca. Has sido largo de uñas y le has timado el paño a la gente. No entrarás en el cielo; el Señor me ha prohibido dejar entrar a nadie durante su ausencia.

—¡Tened misericordia! —exclamó el sastre—. Unos pequeños retazos que se caían solos de la mesa no pueden ser considerados robos y no vale la pena mencionarlos. Mirad, cojeo y tengo ampollas en los pies a causa de la caminata; volver se me haría imposible. Dejadme entrar y haré todos los trabajos pesados: meceré a los niños, lavaré sus pañales, limpiaré los bancos donde hayan jugado y remendaré sus trajes rotos.

San Pedro se dejó conmover y abrió la puerta lo justo para que el sastre cojo pudiera deslizar su flaco cuerpo en el interior. Tuvo que sentarse en un rincón detrás de la puerta y estarse quieto y callado a fin de que el Señor, a su vuelta, no se diera cuenta de su presencia y no se enojara. El sastre obedeció, pero, en un momento en que san Pedro abandonó la puerta, se levantó y, lleno de curiosidad, se fue a husmear por todos los rincones del cielo. Finalmente, llegó a un espacio donde había muchas y valiosas sillas, en medio de las cuales se hallaba un sillón enteramente de oro con incrustaciones de relucientes piedras preciosas. Era mucho más alto que las restantes sillas y delante había un escabel también de oro. Este era el sillón en que se sentaba el Señor cuando estaba en casa y desde el cual podía ver todo lo que ocurría en la tierra. El sastre se quedó un buen rato inmóvil mirando aquel sillón, puesto que le gustó más que ninguna otra cosa. Por último, sin poder reprimir por más tiempo su curiosidad, subió al sillón y se sentó en él. Entonces, vio todo lo que pasaba en la tierra y advirtió que una mujer vieja y fea que estaba lavando en un riachuelo sustraía disimuladamente dos velos. Tanto se enfureció el sastre al ver esto que cogió el escabel de oro y lo tiró a través del cielo hasta la tierra para darle a la vieja ladrona. Pero, puesto que no pudo recuperar el escabel, se deslizó sigilosamente del sillón y fue a sentarse de nuevo en su lugar detrás de la puerta, con la cara de quien no ha matado una mosca.

Cuando el Señor volvió con su séquito celestial, no se dio cuenta de la presencia del sastre detrás de la puerta, pero en el momento de sentarse en su sillón echó de menos el escabel. Preguntó a san Pedro adónde había ido a parar, pero él no lo sabía. Entonces, le preguntó si había dejado entrar a alguien.

—Yo no sé de nadie que haya andado por aquí —respondió Pedro—, excepto un sastre cojo que todavía está sentado detrás de la puerta.

Así que el Señor mandó que el sastre compareciera ante él y le preguntó si había sustraído el escabel y, en tal caso, dónde lo había escondido.

—¡Oh, Señor! —respondió el sastre alegremente—, lo tiré a la tierra, a causa de mi ira para darle un escarmiento a una vieja a la que descubrí robando un par de velos mientras lavaba.

—¡Ah, pícaro! —exclamó el Señor—, si yo juzgara como tú lo haces, ¿qué crees que sería de ti hace ya mucho tiempo? No tendría ya ni una silla, ni bancos ni sillones; ni siquiera un atizador quedaría por aquí, pues todo se habría tirado a las cabezas de los pecadores. Tú no puedes quedarte en el cielo por más tiempo; tendrás que traspasar la puerta y ya verás tú adónde te encaminas. Aquí no puede castigar nadie aparte de mí, el Señor.

San Pedro tuvo que conducir de nuevo al sastre fuera del cielo y, puesto que éste tenía los zapatos rotos y los pies llenos de ampollas, cogió un báculo y se fue a Aguardaunmomento, donde los soldados devotos pasan el tiempo divirtiéndose.

Seis se abren paso por el mundo

Había una vez un hombre que conocía diversas artes; había servido en la guerra demostrando su lealtad y coraje, pero al terminar ésta fue dado de baja y al partir no recibió por viático más que tres reales.

—Esperaos —dijo—, que esto no lo dejaré pasar. Si encuentro las personas apropiadas, el rey tendrá que entregarme los tesoros de todo el reino.

Lleno de ira, se adentró en el bosque y allí vio a un hombre que había arrancado seis árboles como si hubieran sido unos tallos de trigo.

—¿Quieres venir conmigo y ser mi servidor? —le preguntó.

—De acuerdo —respondió él—, pero primero debo llevar este manojo de leña a mi madre.

Cogió uno de los árboles y con él lió los otros cinco y, echándose el atado al hombro, partió. Al regresar se fue con su amo y éste dijo:

—Nosotros dos nos abriremos paso por el mundo entero.

Cuando hubieron caminado un rato se encontraron con un cazador que estaba arrodillado apuntando con su escopeta. El amo le preguntó:

—Cazador, ¿a qué quieres dispararle?

—A una mosca que está a dos millas de aquí, parada en la rama de un roble; quiero sacarle el ojo izquierdo de un balazo —respondió él.

—Ah, ven conmigo —invitó el hombre—. Si nos juntamos los tres, nos abriremos paso por el mundo entero.

El cazador accedió y partió con ellos. Llegaron a un lugar donde había siete molinos de viento cuyas aspas giraban con gran rapidez, aunque no soplaba viento ni de la derecha ni de la izquierda y no se movía una sola hojita.

—Ignoro qué hace moverse a los molinos —dijo el hombre—; no sopla ni una brisa.

Siguió caminando con sus servidores y, cuando hubieron recorrido un par de millas, vieron a alguien que estaba sentado en un árbol y que se tapaba una ventanilla de la nariz mientras soplaba con la otra.

—¡Vaya! ¿Qué haces ahí arriba? —le preguntó el hombre.

—A dos millas de aquí hay siete molinos de viento —respondió él—. Mirad, estoy soplando para hacerlos girar.

—Ah, ven conmigo —dijo el hombre—; si nos juntamos los cuatro, podremos abrirnos paso por el mundo entero.

Entonces el soplador bajó y partió con ellos, y al cabo de un rato vieron a uno que estaba parado en una sola pierna, pues se había quitado la otra, depositándola en el suelo.

—Te lo has arreglado muy cómodamente para tomar descanso —le dijo el amo.

—Soy corredor —explicó el hombre—, y para no correr demasiado rápido me he quitado una pierna; cuando corro con las dos piernas soy más veloz que el vuelo de los pájaros.

—Ah, ven conmigo. Si nos juntamos los cinco, nos abriremos paso por el mundo entero.

Partió, pues, con ellos y al poco rato se encontraron con un hombre que llevaba un sombrerito ladeado sobre una oreja. El amo le dijo:

—¿Qué maneras son ésas? No te pongas el sombrero de ese modo, sobre una sola oreja, pues pareces un badulaque.

—No puede ser sino de este modo —respondió el otro—, porque si me calo el sombrero debidamente, entonces cae una helada tremenda que hace que los pájaros se congelen en el aire y mueran.

—Ah, ven conmigo —dijo el amo—; si nos juntamos los seis, nos abriremos paso por el mundo entero.

¡Así fue como los seis llegaron a una ciudad donde el rey había hecho saber que quien quisiera competir en una carrera con su hija y obtuviera la victoria se convertiría en su esposo, pero que quien perdiera también perdería su cabeza. El hombre se presentó ante el rey y le dijo:

—Quiero que mi servidor corra en mi lugar.

—En ese caso —respondió el rey—, también debes dar como prenda la vida de él; de modo que tanto su cabeza como la tuya responden de la derrota.

Una vez que tal acuerdo quedó firmemente establecido, el hombre le abrochó la otra pierna al corredor y le dijo:

—Corre rápido y procura que obtengamos la victoria.

Fue estipulado que el vencedor sería aquel que primero volviera trayendo agua de una fuente muy lejana. Entonces entregaron una jarra al corredor y otra a la princesa, y ambos se lanzaron a correr al mismo tiempo; pero en un abrir y cerrar de ojos, mientras la princesa había corrido sólo un pequeño trecho, los espectadores ya no podían distinguir al corredor; era ni más ni menos que si hubiera pasado una ráfaga de viento. Llegó a la fuente en muy breve tiempo, llenó la jarra de agua y emprendió el regreso. Pero a mitad del camino de vuelta le entró sueño, así que dejó la jarra en el suelo y se tendió a dormir. A fin de despertarse pronto se puso como almohada una calavera de caballo que encontró por allí, teniendo en cuenta su dureza. Entretanto, la princesa, que corría tan bien como puede hacerlo una persona corriente, había llegado a la fuente y, llenando su jarra de agua, había vuelto a emprender carrera; al ver que el corredor estaba echado y durmiendo, dijo con regocijo:

—El enemigo ha caído en mis manos.

Entonces, le vació la jarra y continuó corriendo. Ahora bien, todo habría estado perdido si el cazador no se hubiera hallado afortunadamente en lo alto del castillo y con sus penetrantes ojos no lo hubiera visto todo.

Y, cogiendo su escopeta, disparó, con tanta destreza, que arrancó la calavera de caballo sobre la cual yacía la cabeza del corredor, sin causarle a éste el menor daño. El corredor despertó de inmediato y, dando un salto, descubrió que su jarra estaba vacía y que la princesa le llevaba bastante ventaja. Sin embargo, sin desanimarse, corrió de nuevo con su jarra a la fuente, la llenó otra vez y aun así, llegó a la meta diez minutos antes que la princesa.

—Ved —dijo—, sólo ahora he movido un poco las piernas; antes no podía llamársele a esto una carrera.

El rey se sintió humillado, y con más razón su hija, de que un vulgar soldado licenciado fuera a desposarla, así que juntos deliberaron cómo deshacerse de él y sus compañeros.

—No te aflijas —le dijo el rey—, pues se me ha ocurrido un recurso; éstos no se saldrán con la suya.

Y llamándolos les dijo:

—Ahora vais a divertiros; comeréis y beberéis todos juntos.

Los condujo entonces a una habitación que tenía el piso y las puertas de hierro, y cuyas ventanas estaban resguardadas con barrotes también de hierro. En la habitación había una mesa llena de exquisitas comidas.

—Pasad —les ordenó el rey— y buen provecho.

Pero una vez que estuvieron adentro mandó echar la llave y poner los pasadores en la puerta; después hizo venir al cocinero y le ordenó encender fuego bajo la habitación, hasta que el hierro se pusiera candente. El cocinero así lo hizo y, mientras estaban sentados a la mesa, los seis comenzaron a sentir un calor enorme, pero lo atribuyeron a la comida. Sin embargo, cuando el calor fue aumentando y quisieron salir, al encontrar puerta y ventana cerradas, comprendieron las malas intenciones del rey, que quería sofocarlos.

—Pero no lo conseguirá —dijo el del sombrerito—; haré venir tal escarcha que el fuego se avergonzará y correrá a esconderse.

Entonces, se enderezó el sombrero y de inmediato sobrevino una helada que hizo desvanecerse el calor y con la cual las comidas de las fuentes comenzaron a enfriarse. Al cabo de algunas horas y pensando que habrían perecido de calor, el rey mandó abrir la puerta y quiso comprobarlo por sí mismo. Pero cuando la puerta estuvo abierta, los seis seguían allí frescos y sanos, manifestando que les vendría bien salir para calentarse y que, además, debido al gran frío reinante en la habitación, la comida se había congelado en las fuentes. El rey, por lo tanto, bajó lleno de ira, riñó al cocinero y le preguntó por qué no había hecho lo que se le había ordenado. Pero el cocinero le respondió:

—Hay allí brasas suficientes; comprobadlo vos mismo, señor.

El rey vio que, en efecto, ardía un inmenso fuego bajo el piso de hierro y se dio cuenta de que con ese procedimiento no conseguiría nada contra los seis.

Por lo tanto, el rey empezó a meditar de nuevo sobre el medio de deshacerse de los indeseables huéspedes y, haciendo venir a su jefe, le dijo:

—Si renuncias al derecho sobre mi hija, tendrás todo el oro que quieras.

—¡Oh, sí, Majestad! Dadme tanto como pueda cargar mi servidor y ya no reclamaré a vuestra hija. —Y como el rey estuviera de acuerdo, añadió—: Dentro de quince días regresaré a recogerlo.

Después, hizo venir a los sastres de todo el reino y les pidió que cosieran un saco y lo tuvieran listo dentro de quince días. Y cuando el saco estuvo terminado, el fuerte, el que era capaz de arrancar árboles, tuvo que echárselo al hombro y presentarse ante el rey.

—¿Quién es este individuo tan fornido —dijo el rey— que trae al hombro semejante saco del tamaño de una casa?

Y pensó aterrado: «¡Cuánto oro podrá llevarse!» Mandó, pues, traer una tonelada, que debieron acarrear dieciséis hombres entre los más vigorosos, pero el fuerte, cogiéndola con una sola mano la metió en el saco y dijo:

—¿Por qué no seguís trayendo más? Esto llena apenas el fondo.

Entonces, poco a poco, el rey hizo traer todo su tesoro, que el fuerte iba introduciendo en el saco, pero eso no fue suficiente ni para llenarlo hasta la mitad.

—¡Traed más! —gritó—. Estas migajas no bastan.

Así que, además, tuvieron que juntar por todo el reino siete mil carretas llenas de oro que el fuerte introdujo en el saco con bueyes y todo.

—No perderé el tiempo examinándolo —dijo— y lo tomaré tal cual, con tal de llenar el saco.

Cuando todo estuvo dentro, aún quedaba espacio para mucho, pero él dijo:

—Voy a poner fin a esta historia; alguna vez hay que cerrar un saco, aunque no esté lleno del todo.

Y echándoselo al hombro, partió con sus compañeros.

Al ver entonces que un solo hombre se llevaba las riquezas de todo el reino, el rey montó en cólera y ordenó formar a su caballería para que persiguiera a los seis y le quitaran el saco al fuerte. Los dos regimientos los alcanzaron pronto y les gritaron:

—¡Estáis prisioneros! ¡Tirad al suelo el saco con el oro, de lo contrario os haremos pedazos!

—¿Qué decís? —preguntó el soplador—. ¿Que estamos prisioneros? Primero saldréis todos bailando por los aires.

Y tapándose una ventanilla de la nariz, sopló por la otra hacia los dos regimientos, que salieron diseminados por el azul del cielo hacia los montes, cayendo uno por aquí y el otro por allá. Un sargento mayor gritó pidiendo clemencia y dijo que tenía nueve heridas, que era un hombre

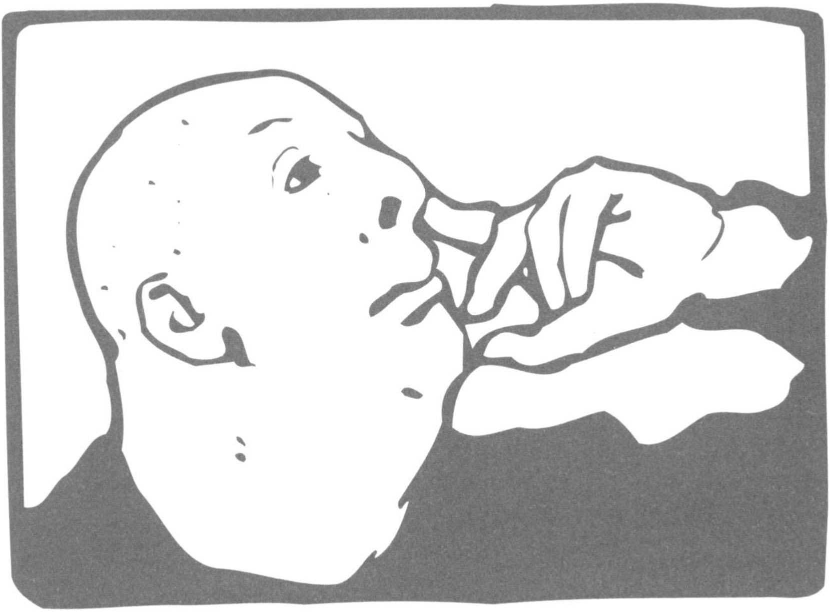

honrado y no merecía tal humillación. Entonces, el soplador atenuó un poco su bufido y aquél pudo descender sin sufrir daño. Seguidamente, el soplador le dijo:

—Vuelve ahora donde el rey y dile que puede seguir enviando más caballería, que a todos los soplaré por los aires.

El rey, cuando hubo oído el recado, dijo:

—Dejad que se marchen esos hombres. No podríamos con ellos.

Los seis se llevaron las riquezas a sus casas, las repartieron entre sí y vivieron dichosamente hasta el fin de sus días.

Blancanieves

Un día, en la mitad del invierno, cuando los copos caían del cielo como plumas, una reina estaba sentada junto a una ventana cuyo marco era de ébano. Y mientras cosía, alzó la vista para mirar los copos y entonces se pinchó el dedo con la aguja y tres gotas de sangre cayeron a la nieve. Dado que el rojo lucía tan hermoso sobre la blanca nieve, ella pensó: «¡Si tuviera un hijo tan blanco como la nieve, tan rojo como la sangre, tan negro como la madera del marco!...» Poco tiempo después, tuvo una hija que era de piel tan blanca como la nieve, de labios tan rojos como la sangre y de cabellos tan negros como el ébano, por lo cual fue llamada Blancanieves. Pero, al nacer la niña, murió la reina.

Después de un año, el rey tomó una nueva esposa. Era una hermosa mujer, pero tan orgullosa y presumida que no toleraba que nadie la aventajara en belleza. Poseía un espejo maravilloso y cuando se ponía delante de él para mirarse, preguntaba:

—Espejito, espejito, ¿qué decís?
¿Quién es la más hermosa del país?

Entonces el espejo respondía:

—Majestad, vos sois la más hermosa.

Y ella se ponía muy contenta, pues sabía que el espejo decía la verdad.

Por su parte, Blancanieves creció y se hizo cada día más bonita, y cuando cumplió los siete años era bella como un día radiante y mucho más hermosa que la misma reina. Una vez, cuando ésta preguntó al espejo:

—Espejito, espejito, ¿qué decís?
¿Quién es la más hermosa del país?

él respondió en estos términos:

—Ante mí sois la más bella, Majestad,
mas Blancanieves os supera en beldad.

Horrorizada al oír esto, la reina se puso verde y amarilla de envidia. A partir de entonces, cada vez que vela a Blancanieves se le encogía el corazón de tanto que odiaba a la muchacha. La envidia y la soberbia crecían en su alma como la mala hierba, cada vez más alta, y no la dejaban en paz de día ni de noche. Entonces, llamó a un cazador y le dijo:

—Llévate la niña al bosque; no quiero verla nunca más delante de mis ojos. Debes matarla y traerme sus pulmones y su hígado, como prueba de que lo has hecho.

El cazador obedeció y se la llevó consigo, pero cuando estaba apuntando con su escopeta para perforar el inocente corazón de Blancanieves, ella se echó a llorar.

—¡Oh, buen cazador! —exclamó—. ¡No me quites la vida! Me iré hacia la profundidad del bosque y nunca más regresaré a casa.

Tan hermosa era la niña que el cazador sintió compasión y dijo:

—Vete, pues, pobre niña.

«Los salvajes animales del bosque la devorarán pronto», pensó y, sin embargo, sintió como si se hubiera quitado un peso del corazón al no tener que matarla. Y como en aquel momento apareciera un joven jabalí corriendo hacia él, lo mató y le sacó los pulmones y el hígado, que llevó a la reina como pruebas. El cocinero tuvo que hervirlos en agua salada y la malvada mujer se los comió, creyendo que eran los pulmones y el hígado de Blancanieves.

Así pues, la pobre niña quedó completamente sola en el inmenso bosque y tan llena de miedo que miró cada una de las hojas de los árboles sin saber qué hacer. Entonces echó a correr, a través de las zarzas y pisando los hirientes pedruscos, y los animales salvajes pasaron a su lado sin hacerle daño. Siguió corriendo tanto tiempo como se lo permitieron sus pies, hasta que estaba ya por caer la noche; en eso, vio una pequeña cabaña y entró en ella para descansar. En la casa todo era pequeño, pero tan gracioso y limpio que no hay cómo expresarlo. Había una mesita con un mantel blanco y siete platitos con sus respectivas cucharitas, más siete cuchillitos y tenedorcitos, y siete copitas. Frente a la pared había siete camitas, una al lado de la otra, cubiertas con sábanas blancas como la nieve. Y como Blancanieves tenía tanta hambre y sed, comió un poco de verdura y de pan de cada uno de los platitos y bebió una gota de vino de cada copita, pues no quería quitárselo todo a uno solo. Después, como tenía mucho sueño, se tendió en una de las camitas, pero ninguna le quedaba bien: una era demasiado larga, otra demasiado corta. Finalmente, la séptima resultó ser justa; se acostó en ella y, encomendándose a Dios, se durmió.

Cuando estuvo totalmente oscuro, llegaron los dueños de la cabañita; eran los siete enanos que cavaban en los montes buscando minerales. Encendieron sus siete velitas y cuando la cabaña estuvo iluminada se dieron cuenta de que alguien había estado en ella, pues no todo estaba en el mismo orden en que lo habían dejado.

El primero dijo:

—¿Quién ha estado sentado en mi sillita?

El segundo:

—¿Quién ha comido de mi platito?

El tercero:

—¿Quién mordió de mi panecillo?

El cuarto:

—¿Quién comió de mi verdurita?

El quinto:

—¿Quién ha usado mi tenedorcito?

El sexto:

—¿Quién ha cortado con mi cuchillito?

El séptimo:

—¿Quién ha bebido de mi copita?

Entonces, el primero miró a su alrededor y, al ver que en su cama había un pequeño hoyo, preguntó:

—¿Quién se ha acostado en mi camita?

Los otros vinieron corriendo y exclamaron:

—¡También alguien ha estado acostado en la mía!

Y cuando el séptimo fue a mirar su cama, vio que en ella estaba acostada Blancanieves, durmiendo. Enseguida llamó a los otros, que acudieron corriendo y prorrumpieron en exclamaciones de sorpresa. Fueron en busca de sus siete velitas e iluminaron a Blancanieves.

—¡Ay, Dios mío! ¡Ay, Dios mío! —exclamaron—. ¡Qué hermosa es esta niña!

Tan grande fue su alegría que no la despertaron y la dejaron seguir durmiendo en la misma camita. Así que el séptimo enano durmió con sus compañeros, una hora con cada uno, y de este modo transcurrió la noche.

Cuando Blancanieves despertó por la mañana vio a los siete enanos y sintió miedo. Pero ellos se mostraron amistosos y le preguntaron:

—¿Cómo te llamas?

—Me llamo Blancanieves —respondió ella.

—¿Y cómo es que has llegado a nuestra casa? —prosiguieron indagando los enanos.

Entonces, ella les contó que su madrastra había ordenado que la mataran, pero que el cazador le había perdonado la vida y que después había corrido durante el día entero hasta encontrar finalmente la cabañita.

—Si quieres ocuparte de nuestro hogar —dijeron los enanos—, cocinar, hacer las camas, lavar, coser y hacer calceta, manteniendo todo en orden y limpio, puedes quedarte con nosotros y nada te faltará.

—Sí, quiero, de corazón —respondió Blancanieves, y se quedó con ellos.

Les mantenía la casa en orden. Por las mañanas, ellos partían hacia la montaña en busca de oro y otros metales, y cuando volvían por la noche su comida debía estar lista. A lo largo de los días la niña se quedaba sola; por eso los buenos enanitos la advirtieron, diciendo:

—Ten cuidado con tu madrastra, pues pronto sabrá que estás aquí; no dejes entrar a nadie.

En cuanto a la reina, después de haber comido lo que creyera que eran los pulmones y el hígado de Blancanieves, no tuvo la menor duda de que de nuevo volvía a ser la primera y la más hermosa de todas, y poniéndose delante de su espejito, preguntó:

—Espejito, espejito, ¿qué decís?
¿Quién es la más hermosa del país?

El espejo respondió:

—Ante mí sois la más bella, Majestad,
mas Blancanieves, que vive en la cabaña
de siete enanos allá tras la montaña,
os supera en beldad.

Entonces, ella se horrorizó, pues sabía que el espejo no decía mentiras; se dio cuenta de que el cazador la había engañado y comprendió que Blancanieves seguía viva. Así que de nuevo se devanó los sesos pensando una y otra vez cómo podría matarla, ya que mientras no fuera ella la más bella de todo el reino la envidia no la dejaría en paz. Finalmente, habiendo conseguido dar con un ardid, se tiñó la cara y se vistió como una vieja mercera, quedando del todo irreconocible. Con este disfraz, cruzó los siete montes y, cuando hubo llegado a la casa de los siete enanos, llamó a la puerta y voceó:

—¡Llevo bonitas mercancías! ¡Comprad! ¡Comprad!

Blancanieves se asomó por la ventana.

—Buenos días, buena mujer —dijo—. ¿Qué lleváis para vender?

—¡Buenas mercancías! ¡Bonitas mercancías! —gritó ella—. Cordones de todos los colores.

Y sacó uno para mostrarlo, trenzado con sedas multicolores.

«Puedo dejar pasar a esta honrada mujer», pensó Blancanieves y quitó el cerrojo de la puerta y le compró el bonito cordón.

—¡Qué aspecto tienes, niña! —exclamó la mujer—. Ven, voy a apretarte el corpiño como es debido.

Sin sospechar nada malo, Blancanieves se puso delante de ella y dejó que la ciñera con el nuevo cordón. Pero la vieja apretó tan rápida y firmemente que a Blancanieves se le cortó el aliento y cayó al suelo como muerta.

—Eras la más hermosa —dijo la vieja, y partió a toda prisa.

No mucho después, por la noche, los siete enanos volvieron a casa. ¡Cómo se estremecieron al ver a su querida Blancanieves en el suelo, inmóvil como si estuviera muerta! Levantándola un poco, se dieron cuenta de que estaba ceñida demasiado fuertemente y cortaron el cordón; entonces ella comenzó a respirar débilmente y poco a poco revivió. Cuando los enanos oyeron lo que había sucedido, dijeron: —La vieja mercera no era otra que la desalmada reina. Ten cuidado y no dejes entrar a ninguna persona cuando nosotros no estemos en casa.

Ahora bien, cuando la malvada mujer hubo vuelto a casa, se puso delante de su espejo y le preguntó:

—Espejito, espejito, ¿qué decís?
¿Quién es la más hermosa del país?

El espejo respondió entonces como antes:

—Ante mí sois la más bella, Majestad,
mas Blancanieves, que vive en la cabaña
de siete enanos allá tras la montaña,
os supera en beldad.

Al oír esto, la sangre le hirvió de puro espanto, pues se dio cuenta de que otra vez Blancanieves había vuelto a la vida.

—Pero esta vez —dijo— urdiré algo que acabará contigo.

Y con las brujerías que conocía preparó un peine venenoso; después se disfrazó y tomó la apariencia de otra vieja. De este modo, cruzó los siete montes y cuando hubo llegado a la casa de los siete enanos, llamó a la puerta y voceó:

—¡Buenas mercancías! ¡Comprad, comprad!

Asomándose, Blancanieves dijo:

—Seguid vuestro camino, pues no me está permitido dejar entrar a nadie.

—Pero te estará permitido echar una mirada —dijo la vieja y, sacando el peine venenoso, se lo mostró.

Tanto le gustó el peine a la niña que se dejó embaucar y abrió la puerta. Cuando hubieron cerrado el trato, la vieja dijo:

—Ahora te peinaré como es debido.

Sin el menor recelo, la pobre Blancanieves dejó obrar a la vieja, pero no bien ésta hubo metido el peine entre sus cabellos, el veneno surtió efecto y la niña cayó al suelo sin sentido.

—¡Tú, prodigio de belleza! —exclamó la malvada mujer—. ¡Ahora sí que he acabado contigo!

Y se marchó. Afortunadamente, pronto vino la noche, cuando los siete enanos volvían a casa. Al ver que Blancanieves yacía en el suelo como muerta, sospecharon en seguida de la madrastra, se pusieron a buscar y encontraron el peine venenoso. Apenas lo hubieron retirado, Blancanieves volvió en sí y les contó lo que había acontecido. De nuevo le recomendaron tener cuidado y no abrir la puerta a nadie.

De vuelta a casa, la reina se puso delante del espejo y le preguntó:

—Espejito, espejito, ¿qué decís?
¿Quién es la más hermosa del país?

Él le respondió como la vez pasada:

—Ante mí sois la más bella, Majestad,
mas Blancanieves, que vive en la cabaña
de siete enanos allá tras la montaña,
os supera en beldad.

Al oír hablar así al espejo, la reina tembló de ira.

—¡Blancanieves debe morir, aun a costa de mi propia vida! —exclamó.

Y se dirigió de inmediato a una habitación oculta y solitaria en la cual no entraba nadie, y allí preparó una manzana extremadamente venenosa. Su piel blanca con manchas rojas era de tan hermoso aspecto que cualquiera, sólo con mirarla, hubiera sentido ganas de morderla, pero quien lo hiciera estaba condenado a morir. Cuando la manzana estuvo lista, la reina se tiñó la cara y, disfrazándose de campesina, caminó a través de los siete montes hasta la casa de los siete enanos. Cuando llamó a la puerta, Blancanieves, asomando la cabeza por la ventana, le dijo:

—No debo dejar entrar a ninguna persona; los siete enanos me lo han prohibido.

—A mí me da igual —respondió la campesina—; ya me desharé de mis manzanas. Mira, te regalaré una.

—No —dijo Blancanieves—, no debo aceptar nada.

—¿Temes algún veneno? —preguntó la vieja—. Observa bien: parto la manzana por la mitad; tú comerás la que tiene la mancha roja, yo la blanca.

La manzana estaba preparada tan hábilmente que sólo la parte roja contenía el veneno. Blancanieves sintió vivas ganas de morder la hermosa manzana y cuando vio que la campesina la comía no pudo resistir más y, estirando la mano, cogió la mitad venenosa. Pero, apenas le hubo dado un mordisco, cayó al suelo, muerta. Entonces la reina le lanzó una mirada espeluznante y, con una risa chillona, exclamó:

—¡Blanca como la nieve, roja como la sangre, negra como el ébano! ¡Esta vez los enanos no podrán resucitarte!

Y ya en casa, preguntó al espejo:

—Espejito, espejito, ¿qué decís?
¿Quién es la más hermosa del país?

Finalmente, éste respondió:

—Majestad, vos sois la más hermosa.

Entonces, su envidioso corazón se quedó tranquilo, tan tranquilo como puede quedarse un corazón envidioso.

Por la noche, cuando los enanos regresaron a casa, encontraron a Blancanieves tendida en el suelo; de su boca no se escapaba ya el menor aliento, pues estaba muerta. La tendieron en una cama, registraron en busca de algún veneno, aflojaron su corpiño, la peinaron, la lavaron con agua y vino, pero todo fue en vano: la querida niña estaba muerta y siguió muerta. La pusieron, pues, dentro de un féretro y los siete se sentaron a su alrededor, llorando plañideramente por ella durante tres días. Después quisieron

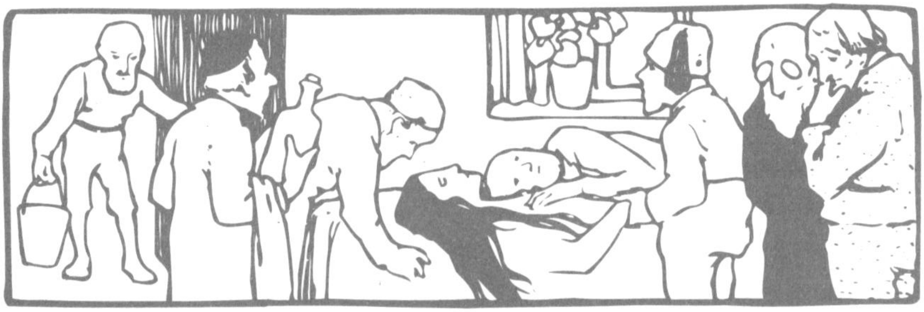

enterrarla, pero al ver que seguía tan lozana como una persona viva y que sus mejillas seguían tan rosadas y hermosas, dijeron:

—No podemos sepultarla en la negra tierra.

Así que mandaron construir un ataúd transparente, de cristal, que permitía verla desde cualquier lado; la pusieron dentro y escribieron con caracteres de oro su nombre y su condición de princesa. Después llevaron el ataúd a la cumbre del monte y siempre uno de ellos se quedó junto a él, vigilándolo. También los animales vinieron a llorar por Blancanieves, primero un búho, después un cuervo y, finalmente, una paloma.

Blancanieves estuvo largo, largo tiempo dentro del ataúd y su cuerpo no se corrompía; por el contrario, parecía que estuviera durmiendo, pues seguía siendo tan blanca como la nieve, tan roja como la sangre y de cabellos tan negros como el ébano. Entonces, sucedió que un príncipe se extravió en el bosque y llegó a casa de los enanos para pasar la noche. Después fue al monte y vio el ataúd dentro del cual estaba la hermosa Blancanieves y leyó las inscripciones con letras de oro. Enseguida, dijo a los enanos:

—Dejadme el ataúd, os daré lo que queráis a cambio de él.

Pero los enanos respondieron:

—No lo daremos ni por todo el oro del mundo.

—Entonces, regaládmelo —propuso él—, pues ya no podré vivir sin ver a Blancanieves; la honraré y la veneraré como lo más querido.

Al oír hablar así, los buenos enanos se compadecieron de él y le dieron el ataúd. El príncipe lo hizo conducir en hombros de sus sirvientes y ocurrió que éstos tropezaron con una rama; entonces, debido a la sacudida, el bocado venenoso que Blancanieves había tragado salió expulsado de su garganta. Poco después, abrió los ojos, alzó la cubierta del ataúd e incorporándose, viva otra vez, exclamó:

—¿Dónde estoy, Dios mío?

—Estás conmigo —dijo el príncipe, lleno de alegría, y contándole todo lo que había pasado, añadió—: Te quiero más que todo lo que hay en el mundo. Ven conmigo al castillo de mi padre y serás mi esposa.

Blancanieves sintió ternura por él y lo siguió, y los preparativos para la boda fueron dispuestos con gran lujo y magnificencia.

A la fiesta también fue invitada la desalmada madrastra de Blancanieves. Una vez que ésta se hubo ataviado con sus bellos vestidos, se puso delante del espejo y le preguntó:

—Espejito, espejito, ¿qué decís?
¿Quién es la más hermosa del país?

El espejo respondió:

—Ante mí sois la más bella, Majestad,
pero la joven reina os supera en beldad.

Entonces, la malvada mujer lanzó un juramento y sintió tanto, tanto miedo que no supo dónde meterse. Al principio no quiso ir de ningún modo a la boda, pero esto no consiguió tranquilizarla, pues debía ir y ver a la joven reina. Al entrar, reconoció a Blancanieves y tal fue su miedo y sobresalto que se quedó paralizada. Entonces, cogieron con unas tenazas unas pantuflas de hierro que habían puesto sobre un brasero y que ya estaban al rojo y las colocaron delante de ella. Tuvo que calzar las candentes pantuflas y bailar hasta que cayó muerta al suelo.